Het grote uitstel

Marc Reugebrink

HET GROTE UITSTEL *(roman)*

Meulenhoff | Manteau

INHOUD

Sferen zijn ruimtescheppingen die als immuunsystemen werken,
voor extatische wezens die het buiten op zich voelen inwerken.

Peter Sloterdijk

Che

Love was out to get me.

The Monkees

Rega was gelukkig. Boven Oost-Europa lag een groot en krachtig hogedrukgebied dat zorgde voor de aanvoer van droge lucht uit het zuidoosten. Het kwik liep hier en daar op tot boven de dertig graden. Niemand kon zich herinneren dat al zo vroeg in het jaar de temperatuur dergelijke waarden had laten zien. En het zou nog maar de voorbode zijn van een lange hete zomer, met waterschaarste in Frankrijk en Groot-Brittannië. Akkers verdorden, weiden verbrandden, vee moest bij gebrek aan groenvoer geslacht worden. De lucht trilde boven de weg, die in de verte nat leek te zijn.

In Angola wonnen de marxisten de burgeroorlog. In de dichte bossen van de provincie Tacumán in Argentinië vochten de rebellen van de Ejercito Revolucionario del Pueblo en de linksperonistische Montoneros tegen de soldaten van Videla – en verloren vijfhonderd man. Daniel Ortega Saavedra keerde na twee jaar ballingschap in Cuba terug naar zijn geliefde Nicaragua, waar Anastasio Somoza Debayle, gesteund door de Verenigde Staten, het land nog onverminderd in een... een ijzeren... een moorddadige greep hield. En in de nacht voorafgaand aan deze stralende dag, zo beweerden de autoriteiten later, scheurde in cel 719, op de zevende verdieping van de Justizvollzugsanstalt Stuttgart-Stammheim, zei men, scheurde Ulrike Meinhof, zei men, een blauw-witte instituutshanddoek in repen, vlocht daarvan een touw, sloeg het ene eind om haar hals, bond het andere aan de fijnmazige tralies voor het venster, klom op het voetenbankje dat ze boven op haar bed had gezet – en sprong.

Maar Rega, Daniël Winfried Rega, was in- en ingelukkig.

Ik denk tenminste dat hij dat was, gelukkig. Iets anders

lijkt me in zijn situatie niet mogelijk. Hoe zou je zelf zijn? Hij... hoe zeg je dat een beetje mooi?... hij... (likte kut, hij befte, hij deed... deed cunni... cunnilingus? Cunnilingus *doen*? Of: hij *cunnilingueerde*? Hij *bedreef* de cunnilingus? Hij 'bevredigde oraal'?) ...hij lag in het lange gras op zijn rechterzij met zijn hoofd tussen de benen van Mireille Leistra; in zijn linkerhand haar linkerbil, en in zijn andere hand, die onder haar heup door naar achteren reikte, haar andere bil, zodat hij, als dat nodig geweest zou zijn, haar onderlichaam heen en weer had kunnen bewegen met zijn handen. Maar nodig was dat niet. Veeleer was het alsof hij moeite moest doen het contact met haar beide billen niet te verliezen door de heftigheid waarmee Mireille zelf haar onderlichaam over zijn gezicht schuurde, terwijl ze tegelijkertijd aan zijn pik sjorde, die zich ter hoogte van haar eigen gezicht bevond, ook al hield zij haar hoofd dan achterover, weg van zijn lichaam, ver weg.

Zoiets maakt gelukkig, lijkt me toch, al was het dan wat benauwd. Mireilles jeans zat nog ter hoogte van haar knieën, zodat ze haar benen niet heel ver kon spreiden; en ook Rega's gerafelde spijkerbroek was niet volledig naar beneden getrokken, laat staan geheel uit. Dat waren ze zo gewend. Haar kleine meisjeskamer op de begane grond in de geheel verbouwde boerderij, met uitzicht op een weiland en de rij bomen langs de oprit naar de volgende boerderij, lag een kleine tien seconden van de keukendeur, en meer tijd was er niet tussen het openen van die deur en het moment waarop haar moeder of vader, naar zij zelf dachten, onverwachts binnenkwam om te zeggen dat de thee klaar was of dat Mireille niet moest vergeten dat ze om vijf uur paardrijles had, omdat haar vader haar er immers met de Mercedes naartoe zou brengen, of om te vragen of Rega misschien een hapje meeat. In die luttele seconden moesten broeken opgehesen en posities ingenomen zijn, niet overdreven ver uit elkaar, maar zeker ook niet te dicht bij elkaar. En Rega had zelfs nog iets minder tijd, omdat hij de deur meestal niet hoorde, geklemd als hij zat tussen haar zachte dijen, waar hij ruw werd weggeduwd, weggetrapt bijna, om nog tijdens het omrollen, van de matras op de grond naar de oranje zitzak in de hoek, zijn broek op en zijn geruite overhemd naar beneden te trekken, want er was natuurlijk geen sprake van dat hij op zo'n moment zijn broek dicht kreeg. 'Flying Mother Nature's silver seed to a new home in the sun', kweelde Neil Young op het grijze pick-upje dat naast de zitzak op een sinaasappelkistje stond.

Zo waren ze het gewend, ook al was het hier niet nodig, in het lange gras, in de schaduw van wat berken en eiken, ver weg van het pad dat door wandelaars niet verlaten mocht worden, en al evenmin door de honden die ze eventueel (meestal) bij zich hadden en die te allen tijde aangelijnd dienden te blijven, zoals op de bordjes aan het begin van het bos duidelijk te lezen viel. Hier had alles uit gekund, de schoenen, de jeans, zijn T-shirt, haar witte bloes, en haar kleine bh'tje zelfs, een witte met voorop een rozenrood roosje van stof. Hier was, vind ik achteraf, meer mogelijk geweest dan de wat benarde positie, dan toegeknepen dijen en een achteroverbuigend hoofd. Ze hadden zich van alles kunnen bevrijden.

'Mannie... mannie', hijgde Mireille in wat Rega een oneindige verte leek. Zijn tong tintelde van het continue raspen van haar fijne ruwe krulhaartjes, zijn kin met nog niet meer dan een zweem van dons schrijnde als op een koude februariochtend met felle oostenwind bij min zes of zeven, en zou zeker rood zien, straks – straks wanneer ze via de wandelpaden terug zouden lopen naar Che, naar 'het pand van Jenna', zoals de bouwvallige boerderij in de bocht van de hoofdstraat van D. in de volksmond soms naar zijn laatste bewoonster werd genoemd: het gekraakte pand dat nu al weer een paar jaar dienstdeed als jeugdhonk en waar de bezoekers volgens sommigen – Bölle van de buurtwinkel schuin tegenover bijvoorbeeld, voor wie Che het werk van de duivel zelve was, of Groot-Oonk van café Hoeks, die een dergelijke gelegenheid als valse concurrentie beschouwde – waar de bezoekers als beesten lagen te neuken in de vensterbanken ('zélf gezien, ik hè da godjandorie zélf gezien', lalde Bölle, enigszins scheefgezakt op zijn barkruk in Hoeks) en waar – meende ook wethouder Pasman, nippend van een ouwe klare – drugs werden gebruikt, zo niet verhandeid, reden, zei hij, waarom op geregelde, 'en vooral ongeregelde tijden, natuurlijk', De Poel langs werd gestuurd voor controle.

'De Poel, dienstdoende diender,' grinnikte Puut terwijl hij achter de bar in Che wat glazen spoelde, 'onze eigenste veldwachter Bromsnor, ha! Poelepoele! Weet je hoe je die Poelepoele aanpakt, Rega? Hiermee!' Hij haalde een fles Hooghout tevoorschijn. 'Zjonge zjeneverrr meneerrr. Vindt-ie lekker, Poelepoele. Wij mogen dat niet verkopen natuurlijk. Hebben we geen vergunning voor – alleen bier en lichte spiritualiën nietwaar? – maar hij vraagt er zelf om, onze Poel. Jongens, zegt-ie dan, heb je niet zo'n kleintje voor me? En wij zeggen dan natuurlijk, nee, zeggen wij, nee, meneer agent, dat verkopen wij niet, dat weet u best. En dan zegt-ie dat-ie dat ook niet vroeg. Ik koop niks, zegt-ie dan, ik wil gewoon een neutje krijgen, jongens. Het is koud. Het is laat. De Poel! Laat me nie lachen!'

'En met die snor van 'm ruikt-ie ook niet al te best', zei Jozef Buskermolen, alias Buks, terwijl hij een grote, in een punt gedraaide sigaret opstak. 'Wat daar allemaal in hangt, God mag 't weten...'

Buks was net als Puut een van de mannen van het eerste uur. Of ze daadwerkelijk beiden aanwezig waren toen Jenna's boerderij, die na haar overlijden al een jaartje of wat leegstond, werd gekraakt, is niet helemaal duidelijk. Er deden over dat voorval verschillende verhalen de ronde. Volgens Puut vond een en ander in het holst van de nacht plaats. Hij, Andreas Wagtink, Kuno van Hoek, zijn vriendin Phillie natuurlijk – die eigenlijk gewoon Jannie Bloem heette, maar haar bijnaam kreeg toen ze, 'à la Phil Bloom', zoals ze zelf zei, 'om een weddenschap', naar ze beweerde, een uur lang naakt achter de tap had gestaan (en niet alleen erachter, grinnikte Kuno) – en Anton Keyzer en Hans Veerling, zij hadden zich met behulp van een koevoet met de nodige moeite toegang verschaft tot het pand en snel snel het wrakkige meubilair naar binnen gedragen dat ze op een bakfiets hadden meegenomen. 'Wij zessen,' zei Puut, met een schuine blik op een in blauwe nevelen gehulde Buks, 'en wij alleen, Rega.' Daarna hadden ze de meegebrachte beschilderde lakens voor de ramen gehangen, met in rode *spraypaint* de woorden 'Gekraakt' en 'Een plek voor de jeugd' en 'Vrijheid voor ons', en ze hadden gewacht tot in het ochtendgloren het vw-busje van De Poel langs was gekomen. 'Met z'n zessen', zei Puut weer en Buks haalde zijn schouders op. De Poel was even gestopt en had van achter het stuur wat naar de lakens voor de ramen gekeken, een notitie gemaakt, en was vervolgens weer vertrokken. 'Maar die ging natuurlijk terugkomen, dat wisten we allemaal, die moest natuurlijk eerst overleggen met Pasman of met de burgemeester, weet je wel. Maar wat zou hij hebben willen doen? In z'n eentje ME spelen of zo? Met een knuppeltje en zo'n rieten schild? Zie je het voor je? Poelepoele met zo'n helmpje op? Maar we hadden wel afgesproken, wij zessen, we hadden dus wél afgesproken dat, mocht De Poel of Pasman of de burgemeester de hulp inroepen van de politiekorpsen uit de omgeving – want dat doen ze wel eens, Rega, dat hebben ze in Amsterdam ook gedaan, immers – we hadden afgesproken dat we dan passief verzet zouden plegen, ons naar buiten zouden laten dragen, zelf geen stap zouden verzetten.'

Buks schoof met zijn linkerhand wat lange slierten haar uit zijn gezicht en blies een grote blauwe rookwolk uit. Buks had een ander verhaal. 'Op klaarlichte dag', had hij al eens gezegd, en dat de voordeur gewoon open had gestaan, 'zoals Puut heel goed weet', zei hij. En dat ze er binnen waren gegaan om wat te roken – '...eh, nou ja, je weet wel, blowen, weet je wel?' – en dat dan en daar het idee was ontstaan om van het leegstaande pand een jeugdhonk te maken. Keyzers vader was iets hoogs bij de gemeente immers, en die kende Pasman weer, en de burgemeester zelf, en zo zou er dan wel iets te regelen zijn, hadden ze gedacht. Van meubilair en bakfietsen was pas later sprake geweest – weliswaar nog voordat de gemeenteraad, aarzelend en onder grote druk van vader Keyzer achter de schermen, had ingestemd met de nieuwe bestemming van het pand, ook al omdat niemand wist wat er precies mee te doen. 'Afbreken!' had Bölle, als voorzitter van de middenstandsvereniging van D. geroepen, want de boerderij van Jenna stond als het ware voor zijn winkel, in het smalle straatje dat in de bocht van de hoofdweg rechtdoor liep. Afbraak van de boerderij zou zijn winkel als vanzelf bij de hoofdstraat betrekken, hem zichtbaar maken voor heel het dorp, en Bölle verwachtte daar veel van. Op de plek van het pand zou dan een parkje moeten komen, meende hij, met bankjes misschien, en met fietsenrekken, handig voor de klandizie. Maar Duising van de PPR, die zelfs in D. een zetel had weten te halen, meende dat 'de boerderij van Jenna' een beschermd dorpsgezicht was, en wist zo handig de natuurlijke afkeer van verandering bij de dorpelingen – iets waarvoor alle partijen buitengewoon gevoelig waren – te combineren met een progressief idee: een eigen plek voor de jeugd van tegenwoordig.

Maar het aftandse meubilair stond er al voordat de voorzittershamer in de gemeenteraad de tafel had geraakt, dat was waar, moest ook Buks toegeven, en dat De Poel hen daar nog fijntjes op gewezen had, een dag of drie voor de vergadering. Hij was binnen komen wandelen door de lange gang, had de deur naar de vroegere opkamer opengeduwd en even met zijn handen voor zijn gezicht gewapperd om door de dikke blauwgrijze rook in het vertrek zicht te krijgen op het gezelschap. 'Jongens,' zei hij, 'dit mag niet, hè? Jullie mogen hier niet zijn, nog.' Maar Anton

Keyzer zei dat die paar dagen toch ook wel geen verschil meer zouden maken, en De Poel had hem even aangekeken van onder de glimmende klep van zijn politiepet. Anton keek zelfverzekerd terug.

'Beschouw het hier anders maar als bezet!' zei iemand, Puut misschien wel. 'Gekraakt', zei iemand anders, terwijl Anton, zonder zijn ogen van De Poel weg te draaien, met zijn handen een afwerend gebaar achter zijn rug naar de rest maakte. 'Grapje', zei hij tegen De Poel, die kort knikte, zich op zijn hakken omdraaide en in het weggaan over zijn schouder zei: 'Als jullie maar geen herrie maken. Ik wil geen klachten horen.'

Zo was het gegaan, had Buks wel eens verteld, op die altijd wat lijzige toon van hem en met de nodige wegwerpgebaren. En op een avond dat Puut nog niet in het pand was, uiteraard, hij niet in de rede gevallen kon worden – iets wat vaak gebeurde, wat hij ook zei, in aanwezigheid van wie dan ook. Buks was iemand naar wie je niet luisterde, die je de gelegenheid niet bood om zijn zinnen af te maken, zoals Rega, zowel uit onwetendheid als uit eenvoudige, hem ingeboren beleefdheid, wel had gedaan. Je brak hem af, halverwege of onmiddellijk. Puut onderbrak hem, Kuno, Hans, zelfs Anton, zelfs Keyzer, die het niet nodig had iemand het woord te ontnemen, zelfs hij viel Buks meestal in de rede. Waarna Buks zich in rook en achter de gordijntjes van zijn steil vallende lange haren terugtrok, de schouders iets omhoog, als iemand die het koud had, of als iemand die het verwachtte elk moment geslagen te zullen worden.

Toch, Buks vertelde waarschijnlijk de waarheid, denk ik, al was het maar omdat elk ander scenario in een dorp

als D. hoogst onwaarschijnlijk geacht moest worden: koe-
voeten, kraken, lakens voor de ramen, 'Vrijheid voor ons',
opstand tegen het gezag, ook al werd dat dan maar vertegenwoordigd door een goedmoedige, besnorde agent
die samen met een hulpje – een blond mannetje dat 'niet
van hier' was – de kleine politiepost in de voorkamer van
een rijtjeswoning even verderop bemande. Dat zouden
ze wel gewild hebben, daar in Che, en nog wel meer ook;
een heel peleton ME'ers, stokslagen, gewonden, rook- en
brandbommen, een dode misschien zelfs wel – alsnog een
glansrol vervullen in een geschiedenis die zich al voltrok-
ken had, elders en eerder, alsnog de helden worden in een
verhaal dat al lang bestond, dat niet door en met hen pas
tot stand kwam, maar achteraf door hen werd ingevuld.
Of dan toch ten minste het láátste hoofdstuk zijn in die
glorierijke geschiedenis van een beweging die als een... als
een *vloedgolf* de westerse wereld had overspoeld, lijkt me
dat Puut had kunnen zeggen, als een *vloedgolf*, onstuitbaar,
en wij, zegt Puut, wij zijn de *laatsten der Mohikanen*, of zoiets
zou hij hebben kunnen zeggen als hij het had gedaan; een
addendum, zou ik willen stellen, waarin datgene wat elders
alweer bijna in zijn tegendeel verkeerd was, wat de insti-
tuten had veroverd die het eerder had willen slopen, nog
eenmaal in zijn oorspronkelijke gedaante opblonk; Che als
de laatste zuivere manifestatie van een vrijheids- en eman-
cipatiedrang die binnen handbereik bracht wat elders alweer achter de horizon was verdwenen, of verstard in formules, of opgeslokt door wat het ooit bekritiseerde: de
chiliastisch, als het ware, chiliastisch oplichtende, liefst
niet al te verre morgen waarop klokken werden stilgezet,

spiegels afgedekt, omdat tijd noch zelfbeeld er ook nog maar iets toe deden in een nieuwe wereld waarin mijn dijn was, hij zij, wij jullie en alle anderen, ach... – in Che, in de boerderij van Jenna, in de bocht van de hoofdweg dwars door D.

Rega had alleen geknikt bij Buks' verhaal, wist niet precies wat waar was, wel wat hij wilde geloven, moest geloven, dacht hij, zodat hij later tegen Puut zei dat die Buks een wat uitgebluste indruk op hem maakte, 'iemand zonder dromen', zei hij, en Puut had een hand op zijn schouder gelegd en tegen hem gezegd: 'Je hebt een schérpe blik, Rega, messcherp.' En er was even een rilling door Rega heen gegaan, een ontroering denk ik dat het was, een gevoel dat hij van Puut hield zelfs, van Puut en van Anton, van Andreas, Kuno, Phillie en Hans, en van Buks' jongere zusje Betty, Betty Buskermolen, op wie hij later nog verliefd zou worden, later, veel later, lang na nu, nu hij gelukkig is, ingelukkig, in het lange gras, met lange halen likkend, Mireille likkend, die 'Manniemannie' kreunt, en: 'Ga door, Dannymannie, ga door, ga door.'

Ze kusten elkaar voor het eerst in Che op een vloer vol moddersporen te midden van dansende paartjes die zo goed en zo kwaad als het ging in de ruimte die was ontstaan door het samentrekken van deel en opkamer, om elkaar heen bewogen, af en toe met een voet Rega rakend, Rega in kleermakerszit, recht tegenover Mireille in kleermakerszit, blauw in blauw oog kijkend, en zij soms naar zijn volle lippen, hij soms naar het zilverachtige blikkeren van haar beugel, de bruine elastiekjes aan de zijkanten.

Het was november en er was zoals elk jaar kermis op het plein voor het gemeentehuis, niet ver van het jeugdhonk. Er draaiden een carrousel en een zweefmolen, en bij hoge uitzondering was er ook een cakewalk, waar Rega maar met moeite in durfde, zwoegend op bewegende planken, op en neer gaande vloerdelen en een steile helling, een brede lopende band als het ware, waar de voor de gelegenheid door de exploitant ingehuurde Keyzer meisjes onder de oksels pakte ('en een klein beetje bij de borstjes, Rega,' zei hij later, 'een klein beetje wel natuurlijk') en zo naar boven hielp – en dan op een lange en brede golvende lopende band annex glijbaan weer helemaal naar beneden. Telkens wanneer Rega aan een nieuwe cyclus begon, wanneer hij na beneden te zijn aangeland en op de schouders werd geslagen door Hans Veerling en door Kuno, die er maar niet genoeg van konden krijgen, hij toegelachen werd door een achteromkijkende Betty, die zo snel als mogelijk opnieuw omhoog wilde, over wild bewegende planken naar de steile helling en Keyzers grote, warme handen – telkens voelde Rega zich dan wat misselijk worden. Maar er was natuurlijk geen sprake van dat hij een keer kon overslaan, dat hij bijvoorbeeld naast een sjekkiesrokende Buks over het hek ging staan leunen om te kijken naar de hotsende, soms sierlijk balancerende lichamen die voorbij de grote opening in de fel beschilderde voorgevel van de cakewalk langskwamen – marionetten in een poppenspel, zo had hij kunnen denken, zoals Buks waarschijnlijk dacht. 'Kijk, als marionetten in een poppenspel, Rega, ze hebben het niet door, ze zien het niet...' Ik hoor het hem zeggen.

Het was na de zesde of zevende keer dat hij, willoos naar beneden rollend en glijdend, in het omwentelen plotseling in Mireilles ogen keek, in staal-, nee grijs-, nee briljant-, briljantblauw met stipjes geel, olijf-, brem-, koolzaadgele stipjes en hier en daar een zweem van grijs, cementgrijs of... of duif... duifblauw, heet het, geloof ik, toch blauw dus (RAL-kleur 5014, *Taubenblau, Pigeon blue, Bleu pigeon, Azul colombino, Blu colomba*...) duifblauw, maar haast grijs (het luisterde nauw) – in Mireilles ogen keek hij. En naar haar gezicht, haar lippen, lipjes, rozerood, *Rosé, Rose, Rosa, Rosato,* bleekrood dus eigenlijk, bleekrode, niet-gestifte, dacht hij, niet-gestifte lipjes. En haar glimlach zag hij, en haar ogen, en haar glimlach (dat zei ik al), en haar haar, blonde fijne, goud-, honingblonde haartjes – overal, dacht hij misschien wel onmiddellijk, overal op haar lichaam glanzend dons, zich hier en daar verdichtend tot ragfijne krulletjes. Of nauwelijks zichtbaar, een gouden schijn, zo zou hij ook hebben kunnen denken, terwijl hij naar haar keek en zij naar hem, met een glimlach, haar bleekrode glimlach, die verraadde dat ze hem al langer had gezien, veel langer dan hij haar, zodat hij geen kans had, hij al deel was van haar blik en haar verlangen, deel van een verwachting die nu wel vervuld móést worden. Zo voelde dat. 'Noodlottig', zou Buks hebben kunnen zeggen, maar Puut ook wel: 'Noodlottig, Rega, het noodlot. Het. Nood. Lot. De historische noodzakelijkheid, zie je?' – want zo sprak hij vaak, Puut – en: 'Alle Lust will Ewigkeit, Rega, tiefe, tiefe Ewigkeit.' Hij kon moeilijk anders dan zich aan dit alles overgeven, ook al zag hij, toen ze zijn naam zei, achter haar lippen ineens, voor het eerst, dat metalige blikkeren van haar beugel, waardoor hij onwillekeurig toch even terugweek, een centi-meter misschien, nauwelijks zichtbaar, door haar haast zeker niet gezien, dacht hij, maar voldoende om zich nog net een beetje meer schuldig te voelen dan hij zich door haar hoge, op hem gerichte, meende hij, op hem en op hem alleen ge-richte verwachtingen toch al voelde.

'Daniël', zei ze en ze schudde even met haar haar, schudde, dacht Rega (ook al vergiste hij zich schromelijk), op een Mireilleachtige manier met haar blonde haar, boog haar hoofd wat naar beneden terwijl ze met een in fijnlederen schoentjes gestoken voet zoekend over de grond ging, als een ballerina haar voet in één lijn met haar gestrekte been, en keek hem van onderaf aan met haar blauwe, haar bril-jantblauwe ogen. 'Daniël, ik heb dorst.'

En Rega... Daniël... nee, Rega, Daniël Winfried Rega voelde hoe er iets aan of in hem begon te schuiven, alsof hij een bewogen foto was, terwijl hij tegelijkertijd aan de grond genageld stond. Ergens buiten hem zocht zijn lichaam houvast, deed een stap in haar richting, en zijn arm strekte zich in de hoop steun te vinden, al valt heel goed te begrij-pen dat Mireille de uitgestoken hand als een uitnodiging opvatte en haar hand in de zijne legde, zodat ze hand in hand in een voor de gelegenheid ongewoon druk bevolkt Che arriveerden.

Puut stond zwetend achter de bar met in zijn rechterhand wel een stuk of twintig in elkaar gestapelde glazen die hij onder de almaar stromende tap hield om er op het juiste moment een af te nemen en vliegensvlug op het dienblad naast de zilveren tapkraan te zetten zodra het schuim de rand bereikte, waar Phillie naast hem, in een T-shirt met

veel te wijde mouwen, met een witte plastic spaan het over-
tollig schuim van de glazen streek alvorens ze tot boven
haar hoofd op te heffen en door te geven aan de reikende
handen aan de bar. Het was op dat moment dat je door het
gapende mouwsgat, afhankelijk van waar je stond natuurlijk, de aanzet of zelfs een groot deel van een blote borst
kon zien.

'Philliehiehie!' loeide een jongen met een pokdalig gezicht en kortgeknipte haren die niemand van ons daar ooit
eerder had gezien. Hij zwaaide een tientje heen en weer.
'Vieff, lekker wieff!' 'Bier lekker dier!' riep iemand onmiddellijk uit een andere hoek, een boerenzoon uit het nabijgelegen Markelo, wiens vader varkens hield, zodat zijn toekomst verzekerd leek te zijn en we hem dan ook al spoedig
niet meer op school zagen verschijnen. Puut fronste zijn
wenkbrauwen. Op dagen als deze was Che een ordinaire
kroeg, zo zei hij wel eens, iets waarmee hij niet goed uit de
voeten kon, in tegenstelling tot bijvoorbeeld Keyzer, die
begreep dat juist nu het kleine beetje geld verdiend kon
worden waarmee Che de winter door kon komen, zodat
ook dat ene, hooguit anderhalve vat bier in de twee weken
bekostigd kon worden dat gewoonlijk meer dan voldoende
was om de dorst van de schaarse stamgasten te lessen.
Tijdens de kermis maakte het volk geen onderscheid meer
tussen Hoeks of Che of de wat verder gelegen discotheek
De e8, en zou het zelfs de eerste de beste hoerentent zijn
binnengewandeld als daar drank, waarmee bedoeld werd:
bier, voorradig was geweest (maar in De Viersprong, een
paar kilometer westelijk van D., op een kruispunt van on-
verharde wegen en omgeven door naaldbomen, dronk men

alleen schuimwijn, zo heb ik me laten vertellen). Dat er in Che de rest van het jaar allerlei onoorbaars plaatsvond, zoals beweerd werd, deed er in tijden van kermis niets toe. Het kon gebeuren dat zelfs Bölle door de lange gang binnen kwam gewankeld en op veel te luide toon een pilsje bestelde. En ook Puut sprak, met overigens een vies gezicht, over een 'blijkbaar noodzakelijke ideologische detente'. Niemand behalve een verachtelijk snuivende Buks begreep overigens wat dat precies inhield.

Rega keek naar de elkaar beklimmende gestalten voor de bar, de geblokte, brede ruggen, het stugge kortgeknipte boerenhaar op knobbelige achterhoofden, de reikende handen en halzen; hij zag het draaien van gewrichten, de rouwrand onder een brokkelige, blauwzwarte nagel en de kleine donkere haartjes op een bleke, boven alles uittorenende knokige vinger; boven de bar zwaaide een van de in omgekeerde rieten mandjes opgehangen 25-wattlampjes heftig heen en weer. Er hing een blauwe nevel die het moeilijk maakte om te onderscheiden wie het precies waren die zich schokkerig om elkaar heen bewogen op de voor de gelegenheid gecreëerde dansvloer. De muziek was oorverdovend. Behalve Puut en Phillie herkende Rega niemand en even had hij het gevoel dat alles om hem heen abrupt tot stilstand kwam. Hij hoorde een hoge, nog in sterkte toenemende pieptoon die het geschreeuw en de stampende muziek even volledig leek te gaan verdringen, en van links en van rechts, van boven en onder werd zijn blikveld bestormd door het zwart van de nacht, alsof het tafereel voor hem langzaam wegzonk in een bad vol inkt. Iemand kneep even in zijn hand.

Mireille kneep even in zijn hand en met haar mond, met haar bleekrode, haar niet-gestifte bleekrode lipjes, dacht hij, raakte ze even zijn oorschelp terwijl ze iets tegen hem zei, riep, ze schreeuwde iets in zijn oor wat hij niet verstond. Rega draaide zijn hoofd, iets te snel, zodat zijn mond en de hare, zodat hun monden heel dicht, hun monden op minder dan een centimeter, schat ik, van elkaar verwijderd waren nog, hun lippen elkaar, zijn volle lippen haar bleekrode lipjes op een haar na raakten, en meer dan een lichte beweging van een van beiden, meer dan het korte knikje dat Mireille met haar hoofd gaf, meer was niet nodig voor hun eerste kus. Een moment lang, misschien een of twee seconden, stonden ze roerloos met hun lippen tegen elkaar aan, hand in hand, twee lichamen mond op mond tegen elkaar geleund. Maar toen voelde Rega hoe Mireille haar lippen lichtjes vaneen deed en met het puntje, met niet meer dan het puntje van haar tong over zijn lippen ging, zoekend, tastend. Haar tong duwde zachtjes tegen zijn onderlip, nog zachter tegen zijn bovenlip, likte voorzichtig van links naar rechts en weer terug.

En zijn mond gehoorzaamde.

Zijn knieën knikten, en langzaam, en niet langer alleen, zakte Rega, zakten Mireille en Rega naar de modderige vloer, in een bijna sierlijke beweging, elkaar vasthoudend aan de bovenarmen nu, elkaar kussend. Niet langer alleen, en toch één, verbonden, dichterbij dan ooit, dacht hij, hoopte hij, al wilde hij meteen, toen al, nog voordat haar handen langs zijn lichaam naar beneden gleden en de zijne op zoek gingen naar alles wat tot op dat moment alleen als naam en voorstelling had bestaan, als de toevallige glimp in het passeren van de meisjeskleedkamer bij de gymzaal, als fletse plaatjes in doorgegeven tijdschriftjes, als de hem beschamende, in de aanwezigheid van zijn ouders op tv vertoonde beelden van rennende naakte mensen op een toneel die om onduidelijke redenen 'Oh Calcutta' zongen – nog voordat dit alles veranderde in een werkelijkheid met nieuwe, geheel eigen raadsels, terwijl hij en Mireille alleen nog maar kusten, daar op de vloer, aangestoten door die of die, toen al wilde hij onmiddellijk nog nader komen dan hij al was, opgaan, als dat het woord is (maar dat is het woord niet), opgaan maar niet verdwijnen, versmelten dus misschien, dichter- dan dichterbij.

In haar wilde hij.

'Neuken,' zou Veerling hebben kunnen zeggen, 'lekker raggen en rumpen en rimmen, Rega.' Maar dat was het niet, zelfs al was het dat ook. En ja, toen hij weken daarna, bij het zwakke licht van een olielampje in haar meisjeskamer na veel omtrekkende bewegingen – het bevoelen van haar borstjes, de polsbrekende toeren die hij moest uithalen om zijn hand in haar nauwe jeans te wringen op weg naar die ruwe haartjes op haar onderbuik, zijn vingertoppen nog ver verwijderd van de plek die hij zocht – toen hij eindelijk, zonder zijn broek uit te trekken, zijn stijve gewoon recht vooruit uit zijn gulp, min of meer half in haar doordrong, maar zich schielijk terugtrok toen ze 'Au au' fluisterde, en nog eens 'Au', ja toen reed hij wel 's nachts op zijn fiets door de vrieskou terug naar huis en herhaalde eindeloos tegen zichzelf, ook al mocht het geen naam hebben, dat hij geneukt had. 'Ik heb het gedaan! Geneukt! Voor het eerst! Geneukt!' Maar daar ging het niet om.

Hij wilde zichzelf verliezen, denk ik, zonder kwijt te raken wat hem uitmaakte, een nabijheid die tussen hem en Mireille elke afstand ongedaan maakte terwijl de een toch de ander bleef en de ander de een, de ene, de enige, zoals hij de enige was, wilde, moest zijn, het enige wat er was voor haar – en hij wilde dat al toen en daar, op de vloer in Che, kort na hun eerste kus, die van de tweede, van alle volgende nauwelijks te onderscheiden was.

'Voedertijd!' balkte iemand in de omgeving van de bar boven de muziek uit, en of hij, of Rega nog van plan was een stukje over te laten voor de rest van de gasten, of ging hij haar helemaal opeten. Maar Mireille opende even haar ogen, keek hem stralend aan, en zei: 'Daniël, oh.' En voor Rega was het nu alsof er nooit iets anders geweest was dan dit, dan Mireille Leistra, dan haar blauw in het zijne, van het ene op het andere moment – en dat het altijd zo zou blijven. Dat vooral. Het zou altijd zo blijven, altijd, eeuwig, in onverwisselbaarheid, oog in oog, of geklemd tussen haar dijen, zoals later, dichterbij al, nu, in het gras, in het ongewoon hete voorjaar in de schaduw van wat berken en eiken, hier, tussen haar dijen met lange halen, op weg, voor immer op weg naar iets wat als belofte behouden bleef, in de verwachting werd vervuld, later, zo laat mogelijk – nu nog niet, nu nog niet, nu zeker nog niet, dacht Rega, en hij greep naar Mireilles hand rond zijn pik om haar te dwingen even op te houden met kneden en knijpen. Op de binnenkant van zijn dij kriebelde iets, iets gras- of insect-achtigs, iets uit de natuur ver weg.

'Tiefe Ewigkeit', doceerde Puut op een avond een paar maanden later. Op het vliegveld van Entebbe in Oeganda zouden die nacht Israëlische commandotroepen 103 joodse gijzelaars van Air France vlucht 139 bevrijden uit een oude terminal, waar ze sinds een kaping bijna een week eerder werden vastgehouden door Palestijnen van dr. Wadia Hadads PLFP, daarbij geholpen door het leger van Idi Amin. In Soweto waren een paar weken daarvoor studenten – scholieren eigenlijk meer, kinderen nog – in opstand gekomen tegen het gebruik van het Afrikaans in de lessen en had de politie 23 jongeren doodgeschoten, zeiden zij, bijna tweehonderd, beweerden anderen. En op de honderdeenentwintigste dag van het proces tegen de Baader-Meinhofgroep, enkele dagen eerder, trachtte de verdediging bij monde van Otto Schily vijf getuigen toegelaten te krijgen die het verband tussen de Vietnamoorlog en de medewerking (ik geloof dat hij 'collaboratie' zei) van Duitse bedrijven en instanties aan die oorlog konden aantonen, een 'Verschwörung', zei hij misschien, die derhalve als oorlogsmisdaad aangemerkt kon worden, zodat op die manier, meende hij, het 'völkerrechtlich begründeten Widerstandsrecht' van de beklaagden alleszins aannemelijk gemaakt kon worden. De getuigen werden niet toegelaten.

Puut stond achter de tap. Het was nu volop zomer. De dubbele deur die oorspronkelijk toegang had verschaft tot de stal en gewoonlijk gesloten bleef, stond wagenwijd open, net als alle ramen, zodat The Allman Brothers minstens tot bij Hoeks te horen moesten zijn; men kon dus weer wat verwachten die avond: klachten van Bölle, misschien van Groot-Oonk zelf, al deed die dat niet gauw omdat zijn schlagers soms ook door de nacht plachten te schallen, zijn Freddy Beck en Udo Jürgens of Peter Maffay: 'Duhuhu, du bist alles in der Welt', of hoe ging dat. Er stond geen zuchtje wind en zelfs van de in zijn eigen roerloosheid gevangen Buks drupte het zweet van het gezicht. Om over de glimmende rode kop van Veerling maar te zwijgen, die in een oude rookstoel vlak bij de bar onder een poster van Herman Brood en zijn Wild Romance een gebalde vuist ter hoogte van zijn kruis op en neer bewoog en 'zeventien centimeter keihard vlees' zei tegen Betty en Kuno en Phillie en wie het maar horen wilde – Louisa Roetgering ook nog, en Marja ten Have, en die jongen van König, die hier niets te zoeken had – 'zeventien centimeter, en dat bij deze temperaturen,' zei hij, 'wie maakt me los, wie oh wie.'

'Begeerte, Rega,' zei Puut, 'begeerte is de ware bron van alle verandering. *Begeerte heeft ons aangeraakt.* Ken je dat?'

Of hij dat ding soms had opgemeten, wilde Phillie weten, en Veerling zei: 'Jazeker, meten is weten, en mijn weten meet zeventien hele centimeters.'

'Komt uit de Internationale.'

'Doe jij dat soms ook?' vroeg Phillie aan Kuno.

Puut ademde diep in, keek naar iets in de verte, en begon op gedragen toon:

Ontwaakt, verworpenen der aarde!
Ontwaakt, verdoemde in hongers sfeer!
Reedlijk willen stroomt over de aarde
En die stroom rijst al meer en meer.
Sterft, gij oude vormen en gedachten!
Slaafgeboornen, ontwaakt, ontwaakt!
De wereld steunt op nieuwe krachten,
Begeerte heeft ons aangeraakt!

Buks schraapte zijn keel. Iets te luid.

'De wereld steunt op nieuwe krachten, begeerte heeft ons aangeraakt!' zei Puut, zong hij nu bijna, met veel nadruk, terwijl hij met een spaan de schuimende koppen op de glazen gladstreek.

'Begeerte', herhaalde Rega.

'Volgens mij is die van jou lang geen zeventien centimeter Kuno', monkelde Phillie en ze legde haar hand op zijn dij. Kuno glimlachte vaag. Louisa Roetgering schoof iets dichterbij en ook Betty kwam uit haar stoel en onttrok zo Kuno geheel aan het zicht van degenen die aan de bar zaten, al kon je nog net tussen Betty's bovenarm en Louisa's schoudergewricht de geringde, ik denk knedende vingers van Phillies hand op dat bovenbeen zien.

'Begeerte', zei Puut, en hij keek nu even naar iets schuin boven hem, naar de houten balken van het plafond misschien, waar de plankenvloer van de eerste en enige verdieping direct bovenop lag, zodat je door de kieren – 'zoiets heet een réét, Rega', zei Veerling toen ze beiden ooit op hun buik lagen te gluren naar niets en naar niemand – alles kon zien wat er beneden gebeurde. 'Het gaat om de begerende geest', zei Puut. Hij liet een aansteker kunstig tussen zijn vingers draaien. 'Op weg naar het volledige zelfbewustzijn, snap je? Dat heeft namelijk met vrijheid te maken. Want kijk 's, wij zijn dus... eh... voorbestemd, weet je wel, voorbestemd om vrij te zijn, zie je. En wanneer is de mens vrij, ik bedoel écht vrij?'

'Frei bin ich, wenn ich bei mir selbst bin', zei Buks zonder zich te verroeren. Rega keek even kort naar hem. Alleen zijn neus was zichtbaar tussen het voor zijn gezicht hangende haar waaruit traag wat blauwe rook opsteeg. Rond Kuno's stoel waren de rangen nu gesloten. Betty en Louisa stonden met hun rug naar de bar dicht tegen elkaar aan en bogen zich voorover, terwijl aan de rechterkant Marja ten Have aanschoof en daarachter het blozende gezicht van König te zien was. Ook Veerling was uit de rookstoel overeind gekomen en stond op zijn tenen reikhalzend achter Betty. Ergens daartussen of -onder bevond zich Kuno zelf, bevond zich ook Phillie. Er was daar iets gaande.

'Vrij is de mens wanneer hij volledig bij zichzelf is, Rega', zei Puut, Buks straal negerend. 'Dat is de bedoeling, snap je?'

'Bij mijzelf...' zei Rega aarzelend.

'Kijk,' vervolgde Puut terwijl hij achter zich reikte om de volumeknop van de versterker wat terug te draaien, 'op een bepaald niveau van bewustzijn... van zélfbewustzijn, bedoel ik, op een zeker moment ontdek je dat je, als je jezelf volledig wilt verwerkelijken, je moet beginnen met de uiterlijke wereld te veranderen.' Hij stopte even, legde beide handen met gespreide vingers voor zich op de bar, hield zijn hoofd wat scheef terwijl hij er een kort ogenblik naar keek, en zei: 'Waarom, zul je je afvragen.'

Rega knikte, en 'Ja' zei een plotseling uit zijn ineengedoken houding opverende Buks, hij veegde met één hand wat slierten haar uit zijn gezicht, 'ja, waarom moet dat, Puut, dat wil ik ook wel 's weten, waarom moet ik beginnen de uiterl...'

'Het gaat erom, Rega,' zei Puut nu iets luider en hij maakte een korte beweging met zijn hand, 'het gaat erom dat wij vervréémd zijn, snap je? Snap je dat? Vervréémd. Zie je?'

'Vervréémd,' echode Buks, 'snap je Rega, wij zijn vervréémd, ik ben vervréémd, jij bent vervréémd, en Puut hiero, Puut is ook héél errùg vervréémd, hè Puut, hè? Voel jij je ook zo vervréémd, Puut?'

Puut keek nu strak naar Buks, die even knipperde met zijn ogen. Hij trok wat met zijn mond en zijn blik schoot zenuwachtig heen en weer van de bar naar Puut en vervolgens zijdelings naar Rega en weer naar beneden, naar waar een half verbrokkeld bierviltje lag waar hij eerder die avond aan had zitten plukken. Ten slotte haalde hij zijn schouders op, grijnsde wat schaapachtig en dook weer in elkaar. Uit het gezelschap rond Kuno en Phillie klonk een gemoffeld geluid.

'Oempf.'

'Oelala', zei Betty, terwijl ze zich iets oprichtte.

'Kijk, Rega, het gaat erom dat je op een bepaald niveau van zelfbewustzijn tot de slotsom komt dat het juist de uiterlijke wereld is die je afhoudt van de volledige verwezenlijking van je bewustzijn. Of simpeler gezegd: dat er van alles tussen jou en de vrijheid staat waar ieder mens nu eenmaal noodlottig naar streeft. Dat is wat het verlangen in je wekt de hinderpalen op te ruimen, wat de... de begéérte dus, wat de begeerte wekt om de weg vrij te maken naar een volledig en absoluut zelfbewustzijn en daarmee naar de absolute vrijheid en onafhankelijkheid.'

'Maar... eh... wat ís dat dan wat er tussen mij en die... eh die vrijheid staat? Ik bedoel...'

'De maatschappij', zei Puut.

'De maatschappij?'

'De maatschappij,' herhaalde hij, 'alles waardoor onze samenleving wordt gevormd, weet je wel.'

Rega keek hem niet-begrijpend aan. Betty Buskermolen maakte zich nu los van de gebogen ruggen en begaf zich in de richting van het uit losse, ongeschaafde planken bestaande schuttingwandje waarachter de deuren naar de toiletten verborgen waren, en van waaruit je verder door kon lopen om achter de bar te komen.

'Het kapitalisme,' zei Puut nu, terwijl hij even vluchtig naar Betty keek, die in de achter de bar gelegen keuken verdween, 'het kapitalisme natuurlijk, Rega. Wat anders? Onze maatschappij is van boven tot onder door het kapitalisme bepaald, door de verdeling in een bezittende en een niet-bezittende klasse, als je wilt, meesters en slaven. Het gaat om de tegenstellingen tussen productieve krachten en de eh... eh... de productieverhoudingen, ik bedoel tussen wie werkt en voor wie gewerkt wordt, en die tegenstellingen zullen er uiteindelijk voor zorgen dat de kapitalistische maatschappij wordt opgeruimd en plaatsmaakt voor een... een ándere samenleving, zie je?'

'Voor een maatschappij dus', zei Buks terwijl hij met zijn ene hand een nog brandende peuk in een asbak gooide en met zijn andere zijn pakje Rider-shag tevoorschijn haalde. 'Het gaat erom een maatschappij door alweer een maatschappij te vervangen, en dan, abracadabra ben je *vrij,* snap je, Rega?'

'Een ándere maatschappij,' zei Puut fel, terwijl hij een woedende blik op Buks wierp, 'vervangen door een ándere maatschappij.'

Maar Buks keek naar beneden, naar zijn handen, die een nieuwe sigaret rolden. Hij sprak nu alsof hij het alleen tegen zichzelf had, maar luid genoeg om voor anderen hoorbaar te zijn. 'Lood om oud ijzer', zei hij bijvoorbeeld, en: 'Zelf-bewustzijn als nieuwe onderhorigheid', en dat absolute vrijheid en onafhankelijkheid van het zelfbewustzijn zich niet verdroegen met het vereiste dienstbetoon aan een dan blijkbaar toch collectief bewustzijn, of zoiets, ook al was dat dan een bewustzijn op andere dan kapitalistische gronden.

En Puut onderbrak hem, terwijl hij zijn ene hand tot een vuist balde, en zei dat Buks vergat dat de weg naar de vrij-heid door individuele geesten niet gevonden kon worden wanneer zij, als Buks zelf, opgesloten bleven zitten in zelf-beelden die, zei hij, 'niet de macht erkenden van de rede en haar universele aard'. En Buks zei: 'Hegel had een kegel', en Puut hief zijn armen ten hemel en zei tegen Rega: 'Je moet niet naar hem luisteren, Rega, hij begrijpt het niet.' En Rega keek van de een naar de ander en begreep niets, keek naar Betty, die haar hoofd om de keukendeur stak.

'Puut?' zei ze. 'Puut, weet jij waar die duimstok is gebleven?'

'Die wát?'

'De duimstok, die gele, weet je wel, die lag toch altijd bij de gereedschapskist onder de gootsteen?'

'Eh... nee, in de bestekla', zei Puut en hij keerde zich weer naar Rega, die met zijn vinger cirkeltjes draaide over de bovenkant van zijn lege glas.

'Tuurlijk, tuurlijk,' zei hij, 'het lijkt aan elkaar tegengesteld, de vrijheid van het zelfbewustzijn en het collectieve bewust-zijn van een andere maatschappij dan die op kapitalistische grondslagen, maar kijk, wat die laatste maatschappij als het ware verhindert, is om in te zien dat de individuele geesten... eh... de afzonderlijke bewustzijnen... dat die onderling met

elkaar zijn verbonden omdat zij een... een... omdat zij de...
het universele de universele eh... rede, omdat zij die met
elkaar delen. Ik bedoel, het individuele zelfbewustzijn dat
zichzelf heeft bevrijd, ís universeel, snap je?'

Rega knikte, ook al snapte hij niks. Hij keek naar Betty,
die met de duimstok in haar hand achter het schuttingwandje verdween en er aan de andere kant weer achter vandaan kwam, op weg naar het gezelschap rond de stoel.

'De wereld moet veranderen', zei Rega een beetje schor.
'Meten is weten', hoorde hij Betty zeggen en ze hield de
duimstok boven haar hoofd terwijl ze met haar andere
hand tussen Veerling en Louisa een opening maakte, waardoor Rega, heel kort, Phillies achterhoofd zag. Phillie lag,
dacht hij, met haar hoofd in Kuno's schoot.

'Precies, Rega. Revolutie, jongen, daar gaat het om', zei
Puut, en hij hief een gebalde vuist ter hoogte van zijn gezicht.

'Jéhéssuss...,' siste Buks, 'man oh man nog-an-toe.'

'En de revolutie, Rega, de revolutie is geen kattepis – nee,
wacht...' Puut keek weer even naar het plafond, hief zijn lin-
kerwijsvinger en zei, terwijl hij bij elk benadrukt woord met
zijn andere hand op de bar sloeg: 'De revolutie is... géén etentje met gasten, níét het schrijven van een verhandeling, níét
het schilderen van een schilderij, géén borduurwerkje, is níét
elegant, níét gemakkelijk, níét bedaard, níét verfijnd van uiterlijk en inhoud, níét vriendelijk, plezierig, beleefd, bescheiden
en wellevend. Revolutie is oproer, een gewelddadige actie van
een klasse die een andere klasse omverwerpt.'

'Man man', zei Buks weer en hij schudde zijn hoofd.

'Van de grote roerganger himself, Rega, van voorzitter
Mao is dat, jongen.'

'Oh god', kreunde Kuno.

'Hoeveel is het, hoeveel is het?' vroeg Louisa Roetgering en wipte op haar tenen. Betty en ook Philly zaten nu geknield voor Kuno's stoel, zodat voor het eerst sinds lang zijn gezicht weer te zien was, zijn open mond, de opgetrokken neusvleugels, de gerezen wenkbrauwen boven wijd opengesperde ogen. 'Oh god,' zei hij weer, 'oh god.'

De wereld moet veranderen, dacht Rega, de wereld moet veranderen, moet anders, de wereld, een andere wereld moet...

'Nog niet, Kuno,' zei Phillie, 'nog niet, jongen, nog even volhouden, nog heel even...'

'Het is een lange weg natuurlijk, Rega,' zei Puut terwijl hij nu, schijnbaar voor het eerst, een bezorgde blik wierp op de kleine samenscholing rond Kuno en Phillie, 'een lange... eh...'

'Ha! Ik heb het!' riep Betty en ze hield de gedeeltelijk uitgevouwen, helgele duimstok boven haar hoofd, haar wijsvinger ergens bij een streepje.

'...een lange weg,' zei Puut, 'naar het doel... het... eh... eindpunt, zie je?'

'Hoeveel?' vroeg Louisa weer, en Puut draaide de volumeknop van de versterker weer wat hoger. 'After midnight we gonna let it all hang out', daverde J.J. Cale, en Betty bewoog haar lippen en toonde de duimstok aan Louisa en Marja ten Have. En Rega dacht dat het een lange weg was, de wereld, de wereld was een lange, lange weg.

Dat de wereld moest veranderen, dat het ging om het teweegbrengen van een revolutie die alle verhoudingen in de samenleving anders zou organiseren ('domweg omkeren', gromde Buks, en: 'De eersten zullen de laatsten zijn, de laatsten de eersten, dat is alles') – Rega was er nog niet zo zeker van, al durfde hij daarover natuurlijk niks te zeggen. Als het ergens om ging, als hij met Mireille samen was, als hij 's ochtends na een korte omweg met zijn fiets bij haar tuinhek stond te wachten tot zij naar buiten zou komen, om dan samen de lange weg langs het kaarsrechte kanaal af te fietsen op weg naar hun school; als op school de bel voor de pauze luidde en hij zich haastig op weg begaf naar de kleine nis bij de trappen, waar zij elkaar na drie lange lesuren eindelijk weer troffen om er een halfuur lang innig omstrengeld, zij soms zelfs brutaalweg met een hand op zijn bil, te staan kussen en strelen en wrijven, zonder ook maar een seconde aandacht te besteden aan de leerlingen én de leerkrachten die langs hen schoven (zodat de boze woorden van conciërge Bastiaans hen, of in elk geval ten minste Rega, volkomen verrasten: als ze nu niet ophielden, zei Bastiaans, terwijl hij Rega stevig bij zijn bovenarm vasthield, dan zou hij terugkomen met een emmer water); als zij beiden, Rega soms na twee uren te hebben gewacht omdat hun lesroosters niet gelijk liepen, weer huiswaarts fietsten en in haar kamer op de matras op de grond neerzegen en al spoedig in de weer waren met knellende jeans en lastige riempjes – telkens ging het veeleer om voortzetting dan om verandering. Het ging erom dat wat was, tot in het oneindige te laten voortduren, tegen alle veranderingen in juist.

Het ging om wachten, om het rekken van het moment, als dat zo gezegd kan worden (wat niet kan, lijkt me toch). Je moest geduld hebben met je eigen verlangen, als het ware – dat was iets wat Rega al heel snel had geleerd. Of eigenlijk wist hij het al. Misschien had hij het ergens gelezen of gehoord, of had Veerling hem er eens over onderhouden. 'Kijk,' had die bijvoorbeeld kunnen zeggen, 'kijk Rega, vlak voordat je er bent, als je voelt dat het eraan komt, weet je wel, moet je aan iets anders denken, aan augurken of zo, of nee nee, niet aan augurken – augurken zijn nog behoorlijk geil, vind ik – nee, eh, aan... aan iets van school bijvoorbeeld, het periodiek systeem of hoe heet dat, of aan wiskundige formules, of aan de verbuiging van werkwoorden in het Frans of aan Duitse rijtjes of aan alle honderd-of-zo beentjes van het skelet.' Ik hóór het hem zeggen. En Rega zegt dan: 'Tweehonderd en zes, tweehonderd en zes beentjes', zou hij zeggen, maar Veerling zou hem niet horen en zich hardop afvragen of zo'n skelet eigenlijk voor het verkrijgen van uitstel wel zo geschikt was. 'Zo'n heupbeentje, jongen, hmmm', zegt hij dan en hij likt zich over de lippen. En het is waar dat ook Rega meermalen met tedere gebaren Mireilles eigenlijk niet eens zo heel erg brede heupen had gestreeld, of meer heup, onderbuik en lies, zo net rond het toefje krulhaar op die kleine glooiing, dat heuveltje in een landschap van gladde, melkwitte huid, met net boven de haartjes een donker stipje, een mooi rond, diepbruin stipje. Hij vond het een schaal, een schelp, vond hij het, en hij legde daar graag zijn hoofd, alsof hij daar pas werkelijk thuis was, alsof alles in de wereld uitmondde in dat door heupbeen en venusheuvel gevormde dal, 'een kom', zei hij, en hij bracht zijn twee handen bij elkaar alsof hij juist water had geschept.

Zo was hij er ook toe gekomen om uiteindelijk dat heuveltje af te dalen. Of liever: was het voor Mireille eenvoudig geweest hem tussen haar benen te duwen. Meer dan zachte dwang was daar niet voor nodig geweest toen zij op een middag samen lagen. Haar ouders waren niet thuis en ze waren naakt, en Rega had zijn hoofd op haar onderbuik gelegd en beroerde voorzichtig met zijn lippen dat diepbruine stipje net boven haar schaamhaar. Hij voelde zich dichtbij. Het laat zich niet anders zeggen: dichtbij voelde hij zich. Niet bij íets. Niet eens – al was hij zich daarvan niet bewust en zou hij er zelfs van geschrokken zijn – niet eens per se bij Mireille, die ver boven hem met haar hoofd zijwaarts gedraaid in het kussen lag, met gesloten ogen en rode blosjes op haar wangen, wachtend op wat er komen ging. Gewoon. Dichtbij. Thuis, of dan toch bijna. Het was niet dat hij niet nog dichter wilde, maar als dat niet ging, was hij hier dicht genoeg. Voorlopig in elk geval. Hij was nog nooit iemand zo dicht genaderd. Nog nooit had hij het gevoel gehad dat zijn lichaam niet langer alleen was, al zou hij het zelf vroeger nimmer zo hebben uitgedrukt of ook maar hebben kunnen uitdrukken – en ook daarna niet.

'Hmmm', zei Mireille en in een ooghoek zag hij hoe haar hand, die naast haar heup lag, zich tot een vuist balde, en hij voelde hoe ze vervolgens haar bekken even kantelde zodat het toefje haar vlak bij zijn gezicht kort omhoogkwam. Een hint, dacht Rega, een uitnodiging misschien, een verwachting of wellicht zelfs een aanmaning om met zijn lippen nu de grens tussen huid en haar lichtjes te beroeren, wat een kriebeling op zijn bovenlip veroorzaakte, zodat hij zijn hoofd lichtjes kantelde en met zijn neus kleine kringetjes begon te draaien in het dichte woud van haartjes. 'Hmmm', zei Mireille weer, en ze kantelde haar bekken nog eens, en nog eens, en Rega voelde op zijn hoofd plotseling haar hand, die hem verder duwde, naar beneden, naar waar er van glooiingen, van bekkens, schalen en schelpen, van kommen en heuveltjes en landschappen van huid geen sprake meer was en elke andere vergelijking even belachelijk zou zijn. Ze duwde hem in haar kut.

En Rega gehoorzaamde, al was het het laatste wat hij zelf deed – ik bedoel, niet dat hij een ander werd, of plotseling oploste in het niets, maar hij werd als het ware van begerende geest een begerend lichaam, alsof hij zichzelf had verlaten om zichzelf te worden. Ik zeg dit niet goed. Hij rook en proefde, hij hapte en slikte, hij verplaatste zijn lichaam zo dat hij omgekeerd ten opzichte van Mireille kwam te liggen – 'soixante-neuf,' zou Veerling hebben gebruld als hij er getuige van was geweest, 'la grande bef!' – maar hij wist het niet, zoals hij van zijn ruiken en proeven geen idee had, geen naam had voor geuren en smaken, al waren ze er wel, was hij zelf geur en smaak geworden, als zoiets kan. Hij bewoog zijn hele gezicht in Mireilles gladde warmte heen en weer, met gesloten ogen, snuivend en blazend, alsof hij naar een mogelijkheid zocht om te verdwijnen, te versmelten met wie hij door zich kwijt te raken pas geworden was. Misschien, denk ik nu, misschien was dit de vrijheid waarover Puut het maanden later zou hebben, een manier om bij zichzelf te zijn, een toe-eigening van wat hij verlangde, zonder dat het verlangde zelf in die toe-eigening werd vernietigd. Misschien, heel misschien, wás dit al wel die veranderde wereld, zo denk ik soms, de synthese van tegenkrachten die elkaar wederzijds opheffen.

Maar lang duurde het niet, die eerste keer. Mireille greep hem vol in zijn haar en trok hem los, trok zijn hoofd omhoog, al had hij meer het gevoel dat hij naar beneden tuimelde. 'Niet zo', zei ze, en wees met de wijsvinger van haar andere hand op een plekje wat hogerop. 'Hier moet je zijn, hier', en ze manoeuvreerde Rega's hoofd zo dat zijn mond op precies de juiste plek zat. 'En nu,' zei ze, 'nu met je tong... likken... met je tong... daar ja,' zei ze, en ze greep naar zijn geslacht, 'een beetje sneller...'

En Rega likte en likte zoals hij het voortaan altijd zou doen, in de meisjeskamer, zijn hoofd tussen haar nauwelijks geopende benen gewrongen, zijn broek half omlaag, gespitst op een onderbreking, op het openen van de keukendeur, op haar hand die in zijn haar greep en hem wegtrok. Hij deed het op de zolder van Che terwijl beneden Keyzer, Buks en Andreas Wagtink bezig waren om de kas op te maken, iets wat ze na een akkefietje met Hennie Oldenzaal voortaan minstens getweeën en soms dus ook gedrieën deden – Hennie, die niet helemaal goed was, die in een sociale werkplaats werkte en die ooit door Puut met allerlei hoogdravende redeneringen over 'solidariteit' en 'zwakkeren in de samenleving' en over 'solidariteit mét de zwakkeren in de samenleving' was geïntroduceerd om als hulpje achter de bar dienst te doen, en die met de overweging dat 'verantwoordelijkheid tot een gevoel van eigenwaarde' leidde, ook afsloot als tegen twee, drie uur 's nachts de laatste stamgasten vertrokken waren; en op dat moment stak Hennie Oldenzaal dan altijd zijn hand in de kas en stal vijf, tien, een enkele keer zelfs vijfentwintig gulden, meer dan de helft van de dagopbrengst. En dus werd uiteindelijk, na het nodige geharrewar, besloten dat er voortaan op zijn minst twee personen aanwezig moesten zijn als de deur op slot ging, en zaten Keyzer, Buks en Wagtink aan de bar met voor zich de geldlade, terwijl boven hen Rega en Mireille, zachtjes, zonder te kreunen en haast zonder andere dan de strikt noodzakelijke bewegingen te maken, in elkaar verstrengeld lagen.

Rega likte zoals hij het dus deed op die warme lentedag in de schaduw van berken en eiken, toen hij gelukkig was, als altijd, ingelukkig in zijn verlangen. Hij voelde het komen en dacht: heiligbeen, stuitbeen, staartbeen; dacht: Den Uyl, Wiegel, Van Agt; dacht: 1602, oprichting van de voc; dacht: roomsoes, Tulsa; dacht: augurken. En als het gekund had, als hij er toen al weet van had gehad, zou hij misschien hebben gedacht: níét elegant, níét gemakkelijk, níét bedaard, níét verfijnd. Maar hij wist het niet, nog niet. Er kriebelde iets op zijn bovenbeen en hij greep Mireilles hand om haar even te laten ophouden. Nog niet.

Het was Keyzer die op alweer een snikhete avond met het idee kwam dat de verkiezingen volgend jaar wellicht iets waren waarmee Che zijn voordeel kon doen – Keyzer, niet Puut. Het was een paar weken na Puuts college en Kuno's overwinning op Veerling, al was het millimeterwerk geweest, giechelde Phillie. Veerling had al gemeld dat hij het niet meer dan billijk vond dat hij 'onder exáct dezelfde omstandigheden, dus door Betty' nog eens opgemeten zou worden, 'onder exáct dezelfde omstandigheden, zei ik'. Dat was er, voor zover bekend, nog niet van gekomen, al hadden hij en Betty wel twee avonden achter elkaar als laatsten het pand verlaten. De temperaturen liepen daags op tot ruim boven de dertig graden en zakten 's nachts nauwelijks onder de vijfentwintig, zodat het feit dat Betty gesignaleerd werd in wat niet meer leek te zijn dan een min of meer lang te noemen T-shirt – 'een jurkje kan het niet geweest zijn,' beweerde Bölle stellig, 'want daarvoor was dat... dat ding... dat niemendalletje veel te kort' – en dat ook Veerling maar voor de helft aangekleed was geweest – 'in zijn blote bast, liep-t-ie, in zijn blote bast zomaar op straat!' – zodat dat alles op zich niet zo opmerkelijk was, minder althans dan Bölle iedereen wilde doen geloven; Bölle, die zelf rondliep in wat je een korte pantalon kon noemen, alsof hij de pijpen van een bij een pak behorende broek had afgeknipt.

Keyzer had die avond zijn glas tot op ooghoogte geheven, kneep een oog dicht om te kijken of het bier nog mooi helder was – er waren wat problemen met de koppeling naar het vat geweest, en ook de slang naar het koolzuur bleek niet helemaal in orde te zijn – en zei vervolgens dat hij eens had zitten denken, en dat het met het oog op de aangegane verplichtingen misschien niet onaardig zou zijn om eens iets met de komende verkiezingen te doen. Puut wilde onmiddellijk iets zeggen, maar Keyzer hief bezwerend zijn hand, terwijl hij met zijn andere hand zijn glas weer op het bierviltje zette. 'Nee, Puut, nu even niet. Het gaat hier om iets anders, om dienstbaarheid aan de gemeenschap, niet om de mobilisering ervan.'

'Jóúw dienstbaarheid', kaatste Puut terug.

Keyzer schudde zijn hoofd. 'Puut Puut', zei hij, en hij keek als werd hij plotseling overmand door een peilloos en oud verdriet. Al kon het ook heel goed een haast voorwereldlijke woede zijn. Er viel een schaduw over zijn gezicht, zijn ogen leken weg te zinken in hun kassen, zijn wangen leken in te vallen. Maar woedend, écht woedend was Keyzer eigenlijk nooit. Het was alsof hij tegelijk groter en kleiner werd. Dat was het. 'Moet dat nu elke keer...?' vroeg hij. Puut zei niets, keek balsturig naar de balken van het plafond, trommelde met zijn vingers op de bar.

Het was een oud zeer waarvan Rega niets wist, en toen Buks hem aanstootte en fluisterde dat Che een stichting was, 'een stích-tíng', zei hij, toen wist hij nog niets. 'Puut is zelf bij de oprichting ervan aanwezig geweest,' mompelde Buks van tussen zijn haren, 'al ontkent hij dat bij hoo...'

'Wát, Buks? Wát?' viel Puut hem in de rede.

'Niks,' zei Buks, 'ik zei niks.'

Maar, zei Buks later, er was natuurlijk een... een oprichtingsdocument, een, hoe heet het, statuten, er waren statuten, en daarin stond te lezen, daarin stond dat:

Heden, 17 september 1973, verscheen voor mij, Meester Joris Hendrik Maria Grobbendonk, notaris ter standplaats de gemeente D.:
de heer Antonius Keyzer, van beroep gemeentearchitect, wonende te D., Dr. C.A.J. Quantstraat 43, volgens zijn verklaring geboren te Zeist op 14 april 1928 ten deze handelende:
a. voor zich;
b. als schriftelijk lasthebber van:
1. de heer Antonius Keyzer junior, van beroep student, wonende te D., Dr. C.A.J. Quantstraat 43, geboren op 18 november 1955 te D.;
2. mevrouw Jannie Bloem, geen beroep, wonende te D., Haaksbergerstraat 54, geboren op 12 maart 1955 te Markelo;

3. de heer Francis Aloïsius Petrus van Hengelaar, van beroep arbeider, wonende te D, Schuttensteeg 6, geboren op 13 augustus 1951 te D.;

4. de heer Andreas Wagtink, van beroep landarbeider, wonende te D., Lochemse Weg 15, geboren op 7 mei 1952 te D.;

5. de heer Kuno van Hoek, van beroep student, wonende te D., Wolbertusstraat 16, geboren op 17 oktober 1956 te Haaksbergen; van welke lastgevingen blijkt uit een onderhandse akte van volmacht, welke na overeenkomstig de wet voor echt erkend te zijn, aan deze akte zal worden gehecht. De comparant, zo voor zich als in gemelde hoedanigheid, verklaarde bij deze akte op te richten, een stichting waarvan de statuten luiden als volgt –

En dan volgden nog 'naam', 'zetel', 'vermogen', 'doel', 'bestuur' (waaronder dezelfde namen opdoken, behalve die van Keyzers vader natuurlijk, en ook die van Francis Aloïsius Petrus van Hengelaar ontbrak); er volgde een hele serie artikelen, bepalingen, voorwaarden, uitzonderingen, toelichtingen bij de uitzonderingen en uitzonderingen op de uitzonderingen op bepaalde voorwaarden.

Niet dat Rega dit document ooit onder ogen kreeg, en ook Buks had het nooit gezien, maar het bestond en Che was in werkelijkheid Stichting Che en had doelstellingen die de aanvraag rechtvaardigden van subsidies uit het sociaalculturele potje van de gemeente – waarop naast toneelvereniging Ons Genoegen, muziekvereniging Apollo, de plaatselijke openbare bibliotheek en de Nederlandse Bond van Plattelandsvrouwen, afdeling D., verder geen enkele vereniging aanspraak maakte. Dat was natuurlijk een serieuze ondermijning van Che's onafhankelijkheid ten opzichte van de instituties, omdat, zoals Buks al eens fijntjes, zij het nauwelijks hoorbaar had opgemerkt, de maatschappij meebetaalde aan de tegen haar gerichte kritiek. En er stond dus zwart op wit te lezen dat Puut bij de oprichting van de stichting betrokken was geweest, hoezeer hij dat natuurlijk ook ontkende. En ook gemakkelijk kón ontkennen. Niemand behalve de mede-oprichters (en die zwegen, al begrijp ik niet goed waarom precies) – niemand kende hem onder een andere naam dan Puut, immers, ook al wist iedereen, op aangeven van Puut zelf, dat het een 'alias, of eigenlijk meer een schuilnaam' was, zoals hij zei, 'voor als ik ondergronds moet, snap je? Voor als het zover is.'

In die zin was Keyzer ook nu weer barmhartig en maakte niet van de gelegenheid gebruik om Puut op zijn nummer te zetten, om 'Francis', te zeggen, 'Francis Aloïsius', had hij gemakkelijk kunnen zeggen, 'nou moet je eens goed naar mij luisteren, Francis Aloïsius Petrus van Hengelaar.' Hij zei het niet. Hij schudde zijn hoofd, keek nog even met die... die vermoeide blik naar Puut en richtte zich weer tot de anderen – naast Rega en Buks was Andreas er nog, Kuno, Hennie Oldenzaal ook, al hoorde die er dan niet helemaal bij en zat hij op een hoekje van de bar te bladeren in een oud en beduimeld nummer van *De Lach. Een weekblad voor heren*, op zoek naar het keurige bloot van 'De Ster van de Week' ongetwijfeld – 'jeetje, man, met moeite een tepel', had Veerling al eens bij een eerdere gelegenheid geschamperd en gevraagd of dit ooit bij een kapper ontvreemde exem-plaar (wie in hemelsnaam ging er nu naar een kapper?) niet eens vervangen kon worden 'door een lekkere *Playboy* of zo, of hoe heet dat andere blaadje, dat meer vunzige dingetje... kom, help me eens, Phillie... *Penthouse*! Juist, dat is het. Kan

Che daar niet 's een abonnementje op nemen? Hier bezorgd in een keurige neutrale bruine gesloten envelop, weet je wel.'
Veerling was er die avond overigens niet bij.

'Het lijkt een goed idee om in het kader van de komende verkiezingen de balans op te maken van het huidige progressieve kabinet', zei Keyzer. 'Ik bedoel, dit PvdA-D66-PPR-kabinet- en, nou ja, die van ARP en de KVP er ook nog bij – dit kabinet verdient aan de vooravond van de verkiezingen wel een scherpe doorlichting, lijkt me toch.'

'Dat zou ik godverdomme ook denken!' zei Puut tamelijk luid, en hij keek vluchtig naar Keyzer voordat hij verderging, wuifde even met zijn hand in het niets en vervolgde: 'Ik bedoel, het ging toch om de eerlijke verdeling van kennis, macht en inkomen? Toch? Dat lag Den Uyl toch in de mond bestorven een paar jaar geleden? En wat doet-ie? De eerste die hij de hand boven het hoofd houdt, is die klootzak van een prins Bernhard, die vuile militaristische zakkenvuller. Met dat geld van Lockheed kan die mooi z'n maîtresses in Parijs afbetalen, die smerige hoerenloper. Had Den Uyl de kans om eindelijk eens met die blaaskaken van de monarchie af te rekenen, met dat... hoe noemen ze dat? ...dat van God verkregen recht? En wat doet-ie, Jopie den Uyl, wat doet die lul? Hij beschermt de monarchie! Wát? Hij rédt de monarchie. En dat staat dan op PvdA-congressen de Internationale te kwelen!'

'Dus...' begon Keyzer.

'En wat te denken van onze Molukse broeders, hè? Had dit kabinet daar niet wat meer voor kunnen doen? Ik bedoel, wel Suriname onafhankelijkheid geven, maar nooit, nooit de belofte inlossen die aan de Molukkers werd gedaan!'

'Maar Puut,' zei Wagtink, 'die jongens hebben bij die gijze-ling mensen doodgeschoten. Ik vind dat de regering nog heel coulant is geweest door niet met grof geschut ten strijde te trekken, vind je ook niet? En ook bij die gijzeling in de Franse ambassade waren ze toch heel toegeeflijk? Niet dan? Hm?'

Dat was waar, natuurlijk. Toen Hurao Wako, Jun Nishi-kawa en Junzo Okudaira van het Japanse Rode Leger, dat goede banden onderhield met de PLFP van Hadad, bijna twee jaar eerder de Franse ambassade binnendrongen, er zelfs een vuurgevecht volgde met de politie, waarbij onder meer een agente in de rug werd geschoten, besloot de rege-ring dat er uiteindelijk geen geweld gebruikt zou worden. 'Ze hebben niet alleen een vliegtuig losgepraat, maar zelfs geld meegekregen, die jongens', zei Wagtink. 'Als ik in de oppositie had gezeten, had ik Den Uyl gemakkelijk van sympathie met extreem links kunnen beschuldigen, lijkt me zo. Je moet niet altijd zo doorschieten, Puut.'

Puut wilde iets zeggen, maar Keyzer hief opnieuw zijn hand en zei: 'Dusss... Puut, zo'n bijeenkomst zie jij ook wel zitten, begrijp ik? Hm?'

Puut haalde zijn schouders op en keek stuurs voor zich, waarna Keyzer zijn plannen ontvouwde. Eerst maar eens een stevige discussieavond, zei hij, 'hier in Che, met het liefst de burgemeester erbij – die is van de PvdA immers, die... wat zegt hij ook alweer altijd, Andreas...?'

'"Ik heb een rooie rug."'

'Juist ja, "ik heb een rooie rug" – nou, die rug mag wel eens tegen de muur, lijkt me', en hij keek nadrukkelijk en met een vriendelijke, welwillende blik naar Puut, 'niet dan, Puut?' Puut zei niets.

'Zou het niet beter zijn om het meer landelijk te bekijken?' vroeg Kuno. 'Ik bedoel, als ik de burgemeester was, zou ik me niet zo heel erg verantwoordelijk voelen voor wat ze daar in Den Haag uitspoken. Zou het niet aardig zijn om het een of andere Kamerlid uit te nodigen, of van elk van de deelnemende regeringspartijen één?'

'Hmpf', zei Puut.

'Niet?'

'Ach jongen, dat dekt elkaar de hele dag daar in Den Haag, dat neukt elkaar week na week, maand na maand in de kont – denk je nu heus dat die, als ze hier zitten, plotseling openhartig gaan zitten zijn, eerlijk en rechtdoorzee? Laat je nakijken. Coalitiepartners steken elkaar alleen het mes in de rug als het zo uitkomt; ze strijden niet met open vizier. En het komt nu niet uit om elkaar de duvel aan te doen, dus...'

'Iemand van de oppositie dan?' opperde Wagtink

'Die klootzakken van de VVD zeker? Of bedoel je die van de CHU? Nou, dát zal stuiven, Andreas. KVP, ARP en CHU gaan immers op in... hoe noemen ze dat?'

'Het CDA', zei Buks.

'Kom, hoe heet dat nou?' zei Puut.

'CDA', zei nu ook Wagtink.

'Juist ja, het CDA. Dus... dus... je kunt eigenlijk wel zeggen dat die van het CDU... van de CHU nu al ook in de regering zitten. Daar heb je niks aan. Als je nou eens een écht debat wil, als je dat salonsocialisme van die Den Uyl en zijn trawanten eens écht aan de kaak wil stellen, dan moet je... hoe heet die... die van die nieuwe... van de Socialistische Partij...'

Buks kuchte.

'Kom... eh... Monné?'

'Portemonnee!' riep Hennie Oldenzaal opeens, zonder op te kijken van zijn tijdschrift. Hij krabde wat aan een puistje net naast zijn neus.

Buks begon te grinniken. 'Nee... eh... Monjé, dat was het, Daan Monjé. Die moet je eens...'

'Maar Puut, dat zijn maoïsten, man, dat is Stalin in het kwadraat,' zei Kuno, 'daar valt niet echt mee te praten. Ik ken ze van bij ons op de opleiding ook wel, die jongens die daarvoor zijn, die nu nog steeds met Mao's *Rode boekje* lopen te zwaaien en doen alsof het de Bijbel is.'

Rega keek even naar Puut, die zijn kaken op elkaar klemde en de hand voor hem op de bar tot een vuist balde. Met de duim van zijn andere hand bracht hij het vuursteentje van zijn wegwerpaansteker telkens in beweging en maakte zo kleine vonkjes.

'Je bent toch niet meteen een salonsocialist als je daar niet voor bent?'

'Wél als je voor Den Uyl bent', zei Puut, haast tussen zijn tanden door, zo leek het wel. 'Dat is... dat is biefstuk-socialisme. Dat is iedereen een tv. Iedereen een auto. Meer is dat niet. Dat is kapitalisme voor allen, maar zonder dat de fundamentele verhoudingen worden gewijzigd, zonder dat de oorzaken voor de onrechtvaardige verdeling van goederen, materiële én spirituele goederen, worden weggenomen. Je kunt niet voor gelijkheid zijn zonder de principiële ongelijkheid die met het huidige systeem...'

'Oh jee, hét systeem', fluisterde Buks terwijl hij zich iets naar Rega overboog.

'...die met het huidige systeem gegeven is, uit de weg te ruimen.'

'Poeh poeh', zei Kuno.

'Jazeker, uit de wég ruimen, ja, er radicaal mee afrekenen, met wortel en tak uitroeien, om het zo maar te zeggen.'

'Als de Baader-Meinhof, Puut? Als het Japanse Rode Leger? Als de Brigate Rosse?'

'Desnoods, ja', zei Puut, en hij richtte zich iets op, keek in een verre verte en zei op gedragen toon:

Furchtbar ist es, zu töten.
Aber nicht andere nur, auch uns töten wir, wenn es nottut
Da doch nur mit Gewalt diese tötende
Welt zu ändern ist, wie
Jeder Lebende weiß.

'Teuten', zei Hennie Oldenzaal.

Buks kreeg een hoestaanval, en ook Keyzer begon hard te lachen.

'Wat zegt-ie? Wat zegt-ie?' vroeg Kuno.

'Verschrikkelijk is het te teuten,' bulderlachte Keyzer, 'teuten, Puut, haha! De teutende Welt!'

Puut zat als bevroren op zijn barkruk, keek naar de lachende Keyzer, de grijnzende Kuno, de steels glimlachende Wagtink, keek naar de trots om zich heen kijkende Hennie, die begreep dat hij een geweldig leuke grap had gemaakt, al leek hij niet helemaal door te hebben wat er nu precies zo grappig was geweest aan wat hij had gezegd. Daarna viel zijn blik op Rega, iets wat Rega meer voelde dan waarnam – Rega, die ook in de lach was geschoten, maar

die zich nu warm en koud tegelijk voelde worden en even
schichtig naar Puut keek, iets wilde zeggen zelfs. Hij wilde
zeggen dat hij Puut wel begreep, dat Puut gelijk had,
misschien, dat de wereld moest veranderen, fundamenteel veranderen zelfs, écht anders moest, wilde hij zeggen,
radicaal, dat hij dat wel geloofde, dat hij wel geloofde dat
dat noodzakelijk was, onvermijdelijk desnoods, al was
het dan misschien nog wat te vroeg, wilde hij zeggen, was
de tijd nog niet rijp waarschijnlijk, zouden we nog wat
moeten wachten, met zijn allen. 'Een lange weg', wilde
hij zeggen, en iets over een gedeelde universele rede, of
hoe heette dat ook al weer, en dat van die productieverhoudingen – alles wat hij zich nu uit alle macht probeerde
te binnen te brengen. Hij wilde met alles wat hij in zich
had aan Puuts verwachtingen voldoen, hem ter wille zijn.
Maar hij herinnerde het zich niet goed, het wilde hem niet
voor de geest komen, niet helder althans; hij kreeg het niet
gezegd tussen al die vrolijkheid van de anderen, tussen het
lachen van Keyzer en Wagtink en Kuno en het blaffende
hoesten van Buks door. Het kwam niet over zijn lippen,
zodat hij nu, zelf stilgevallen, inmiddels met een vreemde
grimas op zijn gezicht langs Puut heen keek, een grimas
tussen lachen en pijn in. Hij keek langs Puut en langs al de
anderen ook, naar iets achter de bar leek het wel, ook al was
daar niets te zien.

   Puut legde nu zijn beide handen voor zich op de bar en
stond op, waarbij hij even zijn hoofd stootte tegen een van
de mandlampjes, zodat een gelige lichtkring als een zoek-
licht over het stukje van de bar cirkelde waar hij had gezeten, over zijn half leeggedronken glas bier, het bierviltje,

een afgekloven BIC-pen, waarmee hij soms aantekeningen maakte in een boekje dat hij in de binnenzak had zitten van zijn eeuwige manchester werkmansjasje met de leren stukken op de ellebogen, en dat hij soms, op de meest onverwachte momenten, tevoorschijn trok om er een snelle krabbel in te maken – midden in een zin soms, van hemzelf, of van iemand met wie hij aan de praat was. Niemand wist wat hij daarin opschreef. Het licht cirkelde over de bar tot op zijn lichaam, precies tot aan zijn mond – een streep, dacht Rega – terwijl de rest van zijn gezicht in de schaduw bleef. Je kon zijn ogen niet zien, al zag je nog wel net het regelmatig opzwellen van zijn kaken ten teken dat hij opnieuw zijn kiezen met kracht op elkaar klemde.

Er viel nu een stilte. Alleen Buks kuchte nog wat.

'Klootzakken,' zei Puut, 'pathetische bourgeoisklootzakjes, dat zijn jullie.'

'Kom aan, Puut,' begon Keyzer goedmoedig, 'neem het toch n...'

'Nee,' zei Puut, terwijl hij geïrriteerd naar de kuchende Buks keek, 'nee, laat maar Anton. Het is wel goed zo. Gaan jullie maar fijn met z'n allen iets politieks organiseren, nodig voor mijn part de koningin uit, en die smeerlap van een echtgenoot van haar erbij. Misschien kunnen jullie met die twee erbij gezellig lachen over die woorden van Brecht, hè?'

Van wíe, dacht Rega.

'Kunnen jullie gezellig door*teuten*, nietwaar? Maar dan wel zónder mij, vrienden, dan wel zónder mij.' Hij draaide zich nu half om naar de deur – hij was woedend, maar ook, vind ik toch, een beetje pathetisch. Hij bewoog zich nu in de richting van de deur, en toen hij bij de nog steeds hoestende Buks was gekomen, draaide hij zich ineens om, hief zijn rechtervuist tot op schouderhoogte en zei, riep bijna, terwijl hij zijn vuist met kracht tussen Buks' schouderbladen liet neerkomen: 'En jíj, hufter, houd jij godverdomme eens op met dat stupide gehinnik van je.'

Die zomer kwam Mireille niet meer in Che. Voordat ze Rega leerde kennen was ze er geregeld, daarna met Rega nog heel soms, en nu nooit meer. Volgens Phillie was ze een dikke vriendin van Betty geweest, 'daar kwam je maar met moeite tussen, tussen die twee', en ze trok een scheve glimlach, 'dat plakte de hele avond aan elkaar, als je begrijpt wat ik bedoel'. Ze gaf een knipoog. Maar er was iets gebeurd, 'iets met een jongen', zei Phillie, en sindsdien was het tussen Betty en Mireille danig bekoeld. 'Oorlog', meende Marja ten Have zelfs toen Rega eens een eindje met haar opfietste naar school, het stuk voordat hij afsloeg om naar Mireilles huis te rijden en daar bij het tuinhek te wachten tot ze eraan kwam. Hij had er haar al eens naar gevraagd, wat of dat was tussen haar en Betty, en dat ook Marja had gezegd dat het iets met een jongen was, maar Mireille had hem even scherp aangekeken. 'Marja is een teutebel', zei ze, en dat er geen jongen was, 'alleen jij, Daniël, alleen jij bent er voor mij. Jij bent mijn man.' Dat zei ze vaker. Ze zei het die keer toen Mireille en Rega door haar vader in de Mercedes werden meegenomen naar een duur restaurant, waar Rega voor het eerst van zijn leven entrecote at – 'een tussenribstuk, Daniël', zo legde haar vader uit, 'en je moet dat *à point* laten bakken, *à point*, moet je zeggen als ze vragen hoe je het hebben wilt; je kunt ook *bleu* zeggen natuurlijk, maar dan leeft het nog als je het op je bord krijgt' – toen had ze het gezegd, Mireille, dat Rega haar man was. Rega had wat schichtig naar haar vader gekeken, maar die knikte alleen, bijna zakelijk, alsof het een eenvoudige mededeling was waarvan het waarheidsgehalte verder niet onderzocht hoefde te worden. En toen Mireille op de terugweg op de achterbank haar hand op zijn dij legde, zich vervolgens naar hem toe draaide en hem lang, heel lang, oneindig lang kuste, wat zeker duidelijk te zien was in de achteruitkijkspiegel, ook toen zei haar vader niets, maar draaide in plaats daarvan de volumeknop van zijn peperdure quadrofonische geluidsinstallatie in de zacht zoemende Mercedes wat hoger. 'And now I understand what you tried to say to me,' kweelde Don McLean. En Rega wist het op dat moment zeker. Hij lag met zijn hoofd achterover op de achterbank en kon zo door de achterruit de boomkruinen langs zien flitsen, terwijl Mireille met haar hoofd tegen zijn borst lag. Rega wist het zeker: eeuwig, wist hij, diepe, diepe eeuwigheid.

Dat was allemaal heel anders die keer dat Mireille bij Rega thuis was, iets wat zelden voorkwam, en zijn moeder op Mireilles verzekering dat zij altijd bij elkaar zouden blijven, en dat, opnieuw, Rega haar man was, met een snuivend, snorkend geluid en een haast spottend 'O ja?' had geantwoord. 'Ja', zei Mireille. 'Daniël is vijftien', zei zijn moeder, en draaide zich om naar het fornuis. Of ze daarmee bedoelde dat leeftijd hier elke eeuwigheid uitsloot, of enkel en alleen dat een jongen van vijftien met de beste wil van de wereld geen man genoemd kon worden, bleef in het midden.

Voor Mireille maakte het geen verschil: Rega was haar man en zou dat altijd blijven. Ze dichtte de kieren en naden waardoor of waarlangs de buitenwereld eventueel kon binnensijpelen – ongelovige, schamperende moeders, mogelijke rivals, toevallige passanten met een opdringerige blik, streng kijkende conciërges of geïrriteerde leerkrachten, maar ook lesroosters, tenniswedstrijden, vakanties, feestdagen, dringende boodschappen, huiswerk, moederdagen en, toen nog, paardrijlessen, toen nog wel. Elk voorval of incident dat Rega onttrok aan haar allesomvamende blik, elke glimp van het andere, in welke hoedanigheid, onder welke naam ook, kon een wig drijven tussen hem en haar, tussen Mireille en Rega, Rega en Mireille; elke seconde zonder elkaar was verspilde tijd, of eerder nog tijd die verstreek en verloren raakte in plaats van een in roes en ruisend bloed almaar voortdurend, nooit eindigend heden, zijn hoofd tussen haar dijen, geklemd tussen de melkwitte zachte binnenkant van haar bovenbenen, zodat hij niets hoorde dan het bonken van zijn eigen hart, dat het hare was, voor immer en altijd het hare, en niets of niemand kon daartussen komen, zei Mireille, 'niets kan ons scheiden, Daniël, niets'.

'Ook Che niet,' had ze gezegd, hem nadrukkelijk in de ogen kijkend, blauw in blauw priemend, 'óók Che niet, Daniël.'

En dus kwam het steeds vaker voor dat Rega op vrijdag- en zaterdagavonden niet onder de mandlampjes aan de bar luisterde naar Puut of naar Keyzer, niet met een natte vinger cirkels draaide op de rand van zijn lege glas, niet zachtjes meezong met, had Kuno wel eens gezegd, 'het wel heel erg sentimentele gewauwel' van The Eagles, maar in plaats daarvan bij een piepklein olielampje op de matras in Mireilles kamer zat en luisterde naar Neil Youngs *After the Gold Rush,* of nog maar eens naar het bonken van zijn hart, het ruisen van zijn bloed, beducht voor het moment waarop, haast onhoorbaar voor hem, de keukendeur zou opengaan en Mireilles moeder eens kwam vragen of de kinderen niet wat cola wilden misschien, of wellicht eens in de woonkamer wilden komen zitten – steeds klaar om om te rollen naar de zitzak in de hoek. En op die avonden probeerde hij wel eens het gesprek te brengen op alles wat Puut had gezegd, bijvoorbeeld. Of wilde hij vertellen wat Phillie nu weer had uitgehaald, of dat Betty... Maar meestal onderbrak Mireille hem, ofwel door zich zuchtend tegen zijn borst aan te vlijen en te zeggen dat ze zo gelukkig was – 'zhóó gelukkig', zuchtte ze – ofwel door hem op de mond te zoenen en met haar beweeglijke tong de zijne tot zwijgen te brengen. En als Rega het niet meteen begreep en na zo'n zoen, of gewoon met haar hoofd op zijn borst, toch begon te vertellen over de plannen om in het kader van de verkiezingen volgend jaar iets aan politiek te doen, en dat Keyzers vader al eens had gebeld met Van Mierlo van D66 – hij had de telefoon omhooggehouden en iedereen die er was had het donkere stemgeluid van de oprichter van D66 gehoord, al verstond niemand wat hij zei en begrepen ze pas later dat Van Mierlo niet wilde komen, dat hij zich ver hield van partijpolitiek, dat het nu aan Terlouw was – als Rega toch begon te vertellen over de plannen van Kuno om ter gelegenheid van de verkiezingen alternatieve verkiezingsposters te laten maken (al viel er natuurlijk niet te tippen aan die van de PSP van een jaar of vijf eerder, 'met een naakt wijf d'r op', had Veerling onmiddellijk geroepen, 'ja, en een koe', vulde Phillie aan), posters die dan natuurlijk ook naar de kranten moesten worden gestuurd – 'en niet de *Tubantia* hè, niet die alleen, Mireil, maar ook naar de *landelijke* kranten', zei Rega terwijl hij gedachteloos over haar fijne blonde haartjes streelde en niet zag dat Mireilles mond zich verstrakte, 'stel je voor, Che in lan-de-lij-ke kranten, Mireil, hé Mireille, stel je voor!' – als Rega in al zijn enthousiasme dan toch begon te vertellen over anderen, over anderen dan zij, anderen dan Rega en Mireille zelf, dan kon ze plotseling overeind komen, zo plotseling dat Rega schrok en onmiddellijk stilviel, en keek ze hem verwijtend, beschuldigend, maar tegelijkertijd altijd ook verdrietig aan, alsof hij haar pijn had gedaan.

'Ben je, Daniël,' kon ze dan zeggen, terwijl ze haar ogen neersloeg, 'ben je nu dan liever dáár, Daniël?' Waarna ze haar ogen weer opsloeg en er geen spoor van verwijt of beschuldiging meer te zien was, alleen iets wat op angst leek: vochtige, wijd opengesperde, briljantblauwe ogen die hem, zo leek het, tegelijk bevreesd voor het antwoord en toch vol verwachting aankeken.

En Rega zei: 'Neu', zei hij. 'Nee, nee, natuurlijk niet.'

En, 'jawel,' zei Mireille, 'ik zíé het toch, je bent liever dáár, bij hén', en ze boog weer haar hoofd en keek naar haar samengevouwen, smalle handen in haar schoot.

En Rega ontkende. En nog eens en nog eens. En hij nam haar hoofd in zijn beide handen, en tilde het op, en zag in het licht van het olielampje een glinstering in haar ogen, die heel goed het begin kon zijn van een traan, die daadwerkelijk het begin van tranen wás, dacht hij, en hij stroomde vol, hij stroomde over, van tederheid, van verlangen, van liefde, van een gevoel dat groter was dan alles wat hij ooit had gekend (van schuld, denk ik toch, van schuld, hij voelde zich schuldig, ook al begreep hij dat toen nog niet, zou hij het misschien nooit helemaal begrijpen). Hij bezwoer haar dat er niets belangrijker was dan zij, dat zij boven alles ging.

En zij vroeg, ze begon aan haar vragen.

Of zij boven de school ging.

En Rega zei: 'Ja, boven de school.'

En zelfs boven het mooiste meisje van de school?

'Ja, daarboven, ver daarboven. Er is niemand mooier,' zei hij, 'niemand dan jij.'

En ging zij, Daniël, vroeg zij, ging zij ook boven zijn familie, en ze liet haar hand over zijn borst naar beneden glijden.

'Ja, ja', zei hij.

Boven zijn moeder ook?

'Boven moeder', zei Rega, heser nu.

'Boven iedereen?'

'Iedereen', zei Rega, en hij hoestte. Haar hand kneedde zijn spijkerbroek.

'Che?'

'Che,' fluisterde hij, 'Che. Che.'

En opnieuw liet hij zich omhelzen en omklemmen, en pas als hij uren later in de frisse nachtlucht buiten bij het hek stond en nog één keer naar haar zwaaide en zag hoe haar ragfijne blonde haar onder de buitenlamp haast wit oplichtte, net voordat zij naar binnen ging – pas dan was het alsof de tijd weer begon te lopen. Hij voelde zijn lippen tintelen. Hij voelde het schrijnen van zijn kin. Zijn linkerbovenarm leek beurs te zijn van het gewicht van Mireilles heup. Zijn benen voelden zwaar, alsof hij had liggen slapen en nog maar juist wakker was geworden. Hij ademde diep in, legde zijn hoofd in de nek, en zei dat hij gelukkig was. 'Ik ben gelukkig,' zei hij, 'zo gelukkig. Gelukkig. Ge. Luk. Kig.' Hij was gelukkig, ingelukkig, als toen, als maanden terug, op die warme lentedag, en al die maanden daarna, steeds, altijd, gelukkig, in-, ingelukkig.

Toch kwam het steeds vaker voor dat hij niet rechtstreeks van Mireille terug naar zijn huis reed, maar eerst nog langs Che ging, al van ver, nog voor hij in het dorp was, in de bocht van de hoofdweg de verlichte ramen zag en wist dat hij, als hij zich haastte, nog voor het absolute sluitingsuur binnen kon zijn. 'De hoogste tijd, jongelui', zoals De Poel altijd zei als hij om exact één minuut over twaalf zijn hoofd om de deur stak. 'Er moet nu gesloten worden.' Een pesterijtje waarschijnlijk. Puut was er zelfs zeker van en sprak honend over De Poels voorliefde voor 'de uiterste seconde'. Bij Hoeks stond De Poel niet één minuut na het officiële sluitingsuur in de deuropening. Niet zelden, als Groot-Oonk zijn zware rode gordijnen niet helemaal goed had dichtgetrokken, één punt van een gordijn wat was blijven hangen op de manshoge cactus in de hoek net naast de ingang bijvoorbeeld – dat gebeurde geregeld – dan kon je door de zo ontstane kier meermalen het donkerblauw van De Poels uniform aan de bar zien zitten, en als je wat beter keek zag je dat hij tussen duim en wijsvinger een klein kelkje helder vocht hield, een jonge jenever met op de bodem een klein laagje suiker. Maar als het om Che ging, stond hij stipt om één over twaalf op de drempel.

Het was Keyzer die daar uiteindelijk iets op vond. Of het hem was ingefluisterd door zijn vader of dat hij zelf de mazen in de algemene politieverordening had gevonden was onduidelijk, maar op een zeker moment zei hij dat we ervoor moesten zorgen dat stipt om middernacht de deur op slot ging. 'En de gordijnen dicht', riep Phillie vanuit de keuken. 'Eh... ja,' zei Keyzer, 'de deur op slot en de gordijnen dicht, zodat De Poel op zijn minst moet aanbellen. En dan,' zei Keyzer, terwijl hij zijn vinger opstak, 'dan zeggen we dus tegen hem dat we vanaf dat moment *een besloten club* zijn, zo staat het in de APV, *een besloten club*, zodat je dus eigenlijk niet meer open bent, zoals een café, terwijl je toch alle recht hebt om hier te verblijven, snap je? Dan kan hij ons niks meer maken, De Poel.'

En dus trapte Rega flink door op het lange rechte stuk met in de verte het gele schijnsel achter de ramen, want daar waren Keyzer, Veerling, Wagtink, daar was Phillie, daar was Betty misschien ook, en wie weet Puut, al liet die zich na de laatste aanvaring niet zo vaak meer zien, en waarschijnlijk nog anderen ook, Kuno, Marja, Buks of zelfs Hennie Oldenzaal. Daar was een andere besloten- en vertrouwdheid dan die van de satijnzachte roomblanke binnenkant van Mireilles bovenbenen, van haar stem en haar tranen, een ingesponnenheid die bescherming bood, een kleine cocon die hem verloste van... van iets, hij wist niet wat, iets wat hem nu nog harder deed trappen om toch maar voor het sluiten van de deur, voor het dichttrekken van de gordijnen binnen te zijn. 'Bij hén', zou Mireille hebben gezegd.

De plannen begonnen iets concreter te worden toen Kuno een kennis van de kunstacademie had meegenomen om wat ideeën over de verkiezingsposters door te nemen. 'Herz heeft misschien wel wat ideeën over hoe je dat zou kunnen doen', had hij een paar weken daarvoor gezegd, en op de vragende blik van Wagtink: 'Een jongen van de AKI die ik in een café heb leren kennen. Herz. Zijn voornaam weet ik eigenlijk niet. Maar hij heeft wel interessante ideeën, vind ik.'

'Over kunst?' vroeg Wagtink. 'Want dan weet ik het zo net nog niet, hoor. Je hebt er meestal niks aan, kunstenaars. Die lui zijn niet praktisch, vind ik.'

'Nee, nee,' zei Kuno, 'eh... nou ja, wél over kunst natuurlijk, ideeën over kunst, maar... eh... voor hem heeft dat dacht ik wel vooral toch met de samenleving te maken, geloof ik, met... eh... politiek en zo.'

Puut, die al de hele avond zwijgend zijn bardienst vervulde en muziek draaide van Little Feat, Lynyrd Skynyrd en het wat ruigere werk van Neil Young, maar voor het overige tussendoor wat zat te lezen in een nummer van *Rode Tribune* zonder acht te slaan op wat Wagtink, Kuno, Keyzer en zelfs Buks, die zich af en toe met het gesprek bemoeide, te vertellen hadden – Puut keek nu plotseling op.

'Engagement?' vroeg hij.

'Eh... ja, ik denk het wel, ik denk wel dat je het zo kunt noemen, dat Herz een geëngageerde kunstenaar is, ja.'

'Hm,' zei Puut , 'dat kan interessant worden.'

'Ik moet het nog zien', zei Wagtink. 'Het enige verband dat ik tot nu toe tussen kunstenaars en de maatschappij heb ontdekt, is het geld dat ze van de BKR krijgen – zelfs hier. Heb je al eens in de kelders van het gemeentehuis hier gekeken wat voor onooglijke rotzooi daar allemaal ligt? En dan hebben we hier in D. maar een kunstenaar of drie. De maatschappelijke relevantie van die kelderkunst ontgaat me, ook al krijgen die jongens geld omdat men blijkbaar van mening is dat kunst sowieso maatschappelijk relevant is.'

'Rechtse bal,' mompelde Puut, 'boerenlul.'

Wagtink draaide zich als gestoken om, want op dit punt was hij gevoelig, en hij had wel vaker het idee dat hij in Che niet helemaal serieus werd genomen. 'Het is omdat ik op de boerderij werk, hè? Het is omdat ik boerenknecht ben, zeker,' vroeg hij dan op verontwaardigde toon, 'omdat ik met mijn handen in de aarde zit, en met mijn laarzen in de stront sta, hè? Is het daarom? Omdat boeren *dom* zijn zeker?' Het was overigens in die gevallen vaak Puut die hem bijstond, hem suste, hem prees, zei dat we 'allemaal arbeiders' waren, ook Kuno, die aan de sociale academie studeerde, of Keyzer, die bouwkunde deed – zij waren, zei Puut dan, 'zij zijn hoofdarbeiders, als je er even goed over nadenkt, hoofd-arbeiders, maar dus wél arbeiders.' Maar nu was het juist Puut die hem leek te willen pakken op wat ondanks eerdere verzekeringen, schouderklopjes, complimenten en weerleg-gingen zijn zwakste plek bleef.

Wagtink ademde diep in, klaar om van wal te steken, terwijl Puut hem schamper aan bleef kijken, en vervolgens zelfs alweer aanstalten maakte om verder te lezen in zijn *Rode Tribune*. Maar Kuno greep in.

'Eh... ik snap wat je zegt, hoor,' zei hij tegen Wagtink terwijl hij zijn hand op diens mouw legde, 'maar Herz is meer... meer... conceptueel bezig, snap je? Enfin, je zult het wel zien.'

Veel vertrouwen straalde Herz' verschijning voor Wagtink niet onmiddellijk uit, en ook de anderen, zelfs Puut, keken vreemd op toen Kuno op een zaterdagmiddag met Herz binnenkwam. Rega was er ook omdat Mireille, zeer tegen haar zin, beweerde ze, en omdat ze moest van haar ouders, zei ze, naar een concours hippique ergens in de polders was en er in het busje van de manege voor Rega geen plaats was geweest. Toen hij een eerste blik op Herz wierp, kon hij maar nauwelijks verheimelijken dat diens verschijning hem angst inboezemde. Zijn uiterlijk had ook al tot beroering geleid bij Hoeks tegenover, grijnsde Kuno, waar een aantal gezichten achter de ramen verscheen toen hij en Herz daar langs waren gekomen om bij Che naar binnen te gaan. Wat of dát nu weer was, zo zouden ze wel gezegd hebben, daar bij Hoeks, en of die jongen ziek was misschien? 'Zíék, zíék? Compleet mesjogge, zul je bedoelen', zo zou Bölle ongetwijfeld hebben geroepen als hij er was geweest, en dat dit soort types hem een gevaar voor de samenleving leek in te houden, naast een belediging van het fatsoen natuurlijk, of woorden van gelijke strekking. 'Een drugsgebruiker', zoveel was duidelijk, vond men daar.

Herz was bezig met wat hij noemde 'een behavioristisch-corporeel experiment' en had één kant van zijn lichaam geheel kaalgeschoren, terwijl hij aan de andere kant zijn haar welig liet groeien. Hij had een half kapsel, een halve snor, een halve, inmiddels lange baard. En, wist Phillie te vertellen – 'ik heb het hem gelijk gevraagd natuurlijk', zei ze – maar voor de helft lichaamshaar, 'overal, weet je wel', zei Phillie, en ze maakte met haar hand een poetsende beweging van borst naar onderbuik.

'Heb je dat gezien, ik bedoel... gezíén?' vroeg Marja.

'Dat ook', zei Phillie en glimlachte besmuikt.

'En?' vroeg Betty.

'Zo'n... eh... die kale kant... dat kleine kale balletje, dat is zo wel schattig hoor', antwoordde ze.

Puut meende aanvankelijk heel even in Herz inderdaad de geëngageerde kunstenaar te vinden die hij zocht, omdat Herz zijn verschijning toelichtte met een uitgebreide verhandeling over 'de burgerlijke reflex', zo zei hij, 'waarachter een gespletenheid schuilgaat die ik nu juist in en door mijn verschijning aan het licht breng, waardoor', meende hij, 'het paradoxale karakter van die reflex zich als een onontkoombare waarheid opdringt aan degenen die die reflex vertonen.'

'En hun de valsheid ervan toont', vulde Puut gretig aan.

'Valsheid? Dat weet ik niet, hoor. Het gaat me om de waarheid van het paradoxale, snap je? En de onontkoombaarheid daarvan. Ik matig me over die paradox zelf geen oordeel aan. Hoogstens over degenen die het paradoxale met kracht willen ontkennen.'

Buks verslikte zich in zijn rook en begon te hoesten. Puut wierp hem een vernietigende blik toe. Hij keerde zich weer naar Herz.

'Maar die reflex is toch juist zelf één grote ontkenning van die paradox? Je moet hier tegenover eens een biertje bestellen...'

'Ik drink geen alcohol', zei Herz.

'Iets anders dan, je zou...'

'Alcohol benevelt, verdoezelt de grens, de scheidslijn tussen het een en het ander, verheimelijkt de tegenstelling.'

'Tegenstelling ja,' zei Puut, 'daar gaat het...'

'De tegengestelde delen die tezamen de paradox uitmaken.'

'Ja maar...'

'Zonder die tegenstelling zou de botsing niet bestaan waar het mij om gaat, en waarin de essentie van het bestaan verscholen ligt. En van de kunst natuurlijk.'

Wagtink schraapte zijn keel.

'Ja ja ja', zei Puut ongeduldig, terwijl hij in de richting van Wagtink gebaarde dat hij nog niet uitgesproken was. 'Ja ja, dat begrijpen we allemaal wel, denk ik, maar het gaat erom dat jij met je... je... je idiote voorkomen zogezegd, dat jij die tegenstelling bént, toch eigenlijk.'

'Je vindt het idioot?' vroeg Herz met een glimlach rond zijn dunne lippen. Op de plek waar zijn linkerwenkbrauw had moeten zitten, ging de huid wat omhoog.

'Jij dan niet?'

Herz vouwde devoot zijn handen en keek met nog steeds dezelfde glimlach naar Puut. 'Zoals ik al zei, het gaat me om de burgerlijke reflex.'

'Ja, dat snap ik, dat zei ik al, maar die reflex lok jij toch uit door je, enfin, laten we zeggen, door je antiburgerlijke uiterlijk, of niet soms?'

'De tegenstelling waarop je doelt, is deel van de reflex die ik op het oog heb.'

Puut trok een grimas. Hij begon zich langzaamaan kwaad te maken, zo kon je duidelijk zien. 'Kom op,' zei hij, alsof hij Herz aanpordde om zich eens wat sportiever op te stellen, 'je gaat me toch niet vertellen dat jij de helft van je wezen kaalscheert en daarmee niet expliciet de bedoeling zou hebben om die reactie uit te lokken? Dat je niet het besef hebt van de... nou ja, van wat anderen normaal en abnormaal vinden? Komaan, zeg!'

'Ik begrijp je irritatie, maar...'

'Jij begrijpt helemaal niks', bitste Puut nu, alsof hij plotseling had besloten dat Herz de moeite niet waard was.

'...maar je hele reactie is niks anders dan een demonstratie van wat ik zojuist heb gezegd. Je goochelt met termen als "normaal" en "idioot", uitgelokt door mijn verschijning, die je precies terugvoert naar het blijkbaar voor vele mensen onverdraaglijke midden, naar het punt waarop de geldigheid van die terminologie is opgeheven. "Normaal" en "idioot" zijn de twee elkaar uitsluitende polen, twee kanten van een en dezelfde waarheid.'

'En die vertegenwoordig jij, of zo? Is dat wat je wilt beweren?'

'Ja, maar als paradox, als een in zichzelf verdeelde waarheid, als het ware.'

'Dat is toch gelul,' zei Puut, 'dat is toch volslagen gelul?'

'Je kunt niet de notie van normaliteit attaqueren zonder tegelijkertijd dat wat abnormaal wordt gevonden ter discussie te stellen. Als je eenmaal begonnen bent de waarheid te ontmaskeren, en de waarheid achter die ontmaskering, en de waarheid daar weer achter...'

Puut sloeg zijn ogen ten hemel.

'...dan rest er alleen het vacuüm, dan rest er alleen de *neiging* tot waarheid, de behoefte daaraan. En dat is een vlucht uit het onbepaalde. Het is het verlangen om iets idioot te noemen, of normaal te vinden.'

'Euhm... ja,' zei Wagtink, 'ik... eh...'

'Ik vertegenwoordig dat onbepaalde, of liever, mijn verschijning doet dat. Mijn verschijning brengt een reflex teweeg, is een ervaring, is de waarheid van de *ervaring*, zo zou je misschien kunnen zeggen, van een puur fysieke conditie, snap je, en mensen kunnen daar niet mee overweg.'

'Eh... posters? Zouden we het n...'

'Ach man,' smaalde Puut, 'erváring. Het enige wat mensen erváren als ze links van je staan, is iemand met het uiterlijk van een terminale kankerpatiënt, en als ze rechts van je staan, erváren ze een ongewassen hippie. En je maakt mij niet wijs dat je met die twee uitersten van ábnormaliteit – ja grijns maar, jongen, maar het gaat hier wel degelijk om wat "men", de grote boze wereld daarbuiten, ábnormaal noemt, ziek, lichamelijk of juist geestelijk – je maakt mij dus niet wijs dat je je daar niet bewust van bent, dat je het niet zou doen om te shockeren, dat het je niet precies daarom te doen is. Het lijkt me trouwens ook je enige excuus. Het is het enige wat je verschijning nog een beetje begrijpelijk maakt.'

Herz schudde zijn hoofd. Meewarig, zo zag iedereen. Hij keek als iemand die alles al had meegemaakt en die bij zo veel volharding in den boze al lang niet meer in woede ontstak, maar overmand werd door een peilloos verdriet. Het merkwaardige, of misschien zelfs knappe was dat het niet uitmaakte aan welke kant van hem je stond. De ongewassen hippie kreeg het aanzien van een vermoeide, wijze kluizenaar die wist dat de wereld en de mensheid nooit zouden veranderen; de terminale kankerpatiënt leek op dit moment op een oude schoolmeester die te veel en te vaak de belofte van de jeugd in haar tegendeel had zien verkeren.

Puut zag het ook en het maakte hem op slag razend. 'Wát?' vroeg hij, terwijl hij zijn hoofd met een kort rukje naar achteren bewoog, zijn kin vooruit. 'Wát, jongen?'

Herz haalde even kort zijn schouders op. 'Je volhardt in

het antithetische, daar kan ik niks mee, daar gaat het niet om. Het gaat om wat daarachter of daaronder...'

'Ja, of daarboven,' viel Puut in, 'dat vooral, is het niet? Dat het gaat om wat daarboven ligt? Ergens daar in de ho-ho-hoogte?' Hij zwaaide met zijn armen boven zijn hoofd. 'Weet je, dit is allemaal vaag mystiek gezwets. Dit is allemaal van een obligate geheimzinnigheid die nu juist zo typisch is voor de meeste burgerlijke kunst, dat kijk-mij-eens-ik-zeg-niet-wat-ik-zeg-want-ik-bedoel-iets-diepers, weet je wel. Gelul is het. Het is het buiten beeld schuiven van de werkelijkheid om toch maar vooral niet aan het licht te laten komen waar het om gaat. Het is het verdoven van het bewustzijn. Het is kunst als slaapmiddel, als...'

'Eh... Puut?' probeerde Wagtink nog eens. Maar Puut negeerde hem, stak een priemende wijsvinger uit naar Herz en zei: 'Jij vindt toch dat alcohol de tegenstellingen verdooft? Wel jongen, jouw opvattingen zijn zo bezien niets anders dan het borreltje na de feiten, een glaasje spiritualiën verkocht als het summum van spiritualiteit. Wat een flauwekul, man! En wat een overdreven gebaar wordt het dan bij nader inzien: je voor de helft kaalscheren. Waarom doe je niet gewoon je broek uit? Loop je in je blote reet met je blote tokes over straat, en als ze je oppakken voor zedenschennis steek je een verhaal af over de rigide scheiding van lichaam en geest waar oom agent blijkbaar zozeer aan lijdt dat hij niet ziet hoe je in je half ontklede staat juist de eenheid van beide aan de orde stelt, de voor hem en voor de rest van de mensheid blijkbaar onverdraaglijke, want o zo paradoxale eenheid, nietwaar? Of nog een andere mogelijkheid: in plaats van je kaal te scheren, waarom niet meteen amputatie? Hm? Daar al eens aan gedacht? Dat zou nog 's wat teweegbrengen! Stel je voor! Te beginnen met je oor natuurlijk, een favoriet uitsteeksel van kunstenaars, weet je wel. En dan je arm, je been. En o ja, één kloot. Kun je en passant nog verwijzen naar Hitler ook en tegen iedereen die dat opmerkt zeggen dat het je natuurlijk om wat anders gaat. Mán, wát een gelúl allemaal!'

Hij beende driftig naar de deur. Op de hoek van de bar dook Buks in elkaar, maar Puut zag hem niet eens, liep langs hem heen en smeet de deur met een klap achter zich dicht. In de stilte na zijn woorden hoorde je hem in de gang nog doorfoeteren. 'Gelul', klonk het nog eens, en 'kunstartiesten', 'broodzwetsers' en iets over 'burgerlijke fascisten' – waarna nog de knal van de met kracht in het slot gegooide buitendeur, zo krachtig dat in het hele pand de ruiten rinkelden in hun sponningen.

'Nou...' zei Wagtink en glimlachte zenuwachtig. Hij keek naar de punten van zijn schoenen. En Buks zei: 'Tja, typisch Puut.' En Kuno krabde achter zijn oor, pakte een bierviltje en legde het weer terug.

Rega, die al die tijd haast ademloos had toegehoord en van de een naar de ander had gekeken, van de rood aangelopen Puut naar de onverminderd glimlachende, inbleke Herz, die steeds op een zachte toon was blijven spreken, als iemand die niet anders verwachtte dan agressief tegemoet getreden te worden, maar die daar niet in ook maar de geringste mate van onder de indruk was, veeleer de agressie volkomen leek te begrijpen en haar de spreker, haar Puut te vergeven – Rega voelde zijn hart bonzen in zijn keel. Hij hield zich met beide handen vast aan de rand van de bar en had het gevoel dat alles om hem heen bewoog. Niet alleen omdat Herz' verschijning geen houvast bood, hem van links naar rechts en weer naar links deed kijken, maar vooral ook omdat hij vond dat hij iets had moeten zeggen, dat hij niet zo afzijdig had moeten blijven, deze keer. Hij had Puut moeten bijstaan – dat vooral. Puut had gelijk, vond hij, ook al begreep hij niet helemaal waarom Herz' behavioristisch-corporeel experiment typisch was voor wat Puut burgerlijke kunst had genoemd, begreep hij maar heel weinig van de gevoerde discussie. Maar hij begreep wel dat Puut een anker uitgooide waar Herz' verschijning hem zeeziek maakte, dat Puut Herz herleidde tot iets waar het waarschijnlijk ook werkelijk om ging, ook al was hem dan niet geheel duidelijk wat dat precies was. Zodat hij het een paar dagen later, toen hij na een lange avond bij Mireille naar Che fietste, aan Puut vroeg – Puut die zich in een hoekje had teruggetrokken, op een van de aftandse stoelen die er al stonden sinds... sinds hij en Kuno en Wagtink, en Phillie en Keyzer en Veerling – wat Buks daarover ook zei, dacht Rega – sinds zij zich wederrechtelijk toegang hadden verschaft tot de boerderij van Jenna, het pand hadden gekráákt, wel degelijk hadden gekráákt, zo wist Rega ineens zeker, jaren geleden nu al – 'eh... Puut?' vroeg hij en Puut keek op, een beetje nors, een blik die niet meteen veranderde toen hij Rega zag. 'Eh... wat bedoelde je eigenlijk met die... eh... burgerlijke kunst, toen je met... euhm... met die Herz toen?'

Puut keek hem... ja, Puut keek hem *vorsend* aan, dat is het woord, *vorsend* keek Puut naar Rega. 'Rega', zei hij. Hij zei het op een constaterende toon, alsof hij Rega eerder benoemde dan aansprak. Er viel een stilte, een ongemakkelijke stilte, dacht Rega misschien, zo'n stilte waarin twee mensen elkaar lange tijd aankijken, te lang eigenlijk, en waarin er iets wordt uitgevochten, lijkt het wel, zonder woorden en gebaren, oog in oog. Een veelzeggende stilte dus eigenlijk meer. Of een betekenisvolle stilte, dat kan ook.

Hoe dan ook, Puut keek Rega lange tijd aan en bleef hem aankijken toen Rega al schichtig langs, boven en naast Puut begon te zoeken naar een houvast, naar iets wat hem kon redden, terwijl hij telkens weer even vluchtig in Puuts ogen keek om te zien of er al iets was veranderd in zijn blik, in de uitdrukking van zijn gezicht, dat peinzend stond. Vreemd genoeg leek het alsof Puut hem helemaal niet zag, alsof hij meer door hem heen keek dan dat hij hem waarnam. Alsof het voor Rega voldoende was om even met zijn hand voor Puuts ogen heen en weer te gaan om hem uit zijn gepeins te laten ontwaken – maar helemaal zeker was hij daarvan niet. Het kon toch ook heel goed zijn dat Puut wel degelijk naar hém keek, hém bestudeerde, niet in gedachten was afgedwaald. Zodat Rega meer en meer het gevoel kreeg dat hij dringend iets moest zeggen nu, dat zijn leven ervan afhing zelfs. Hij schraapte zijn keel, slikte en zei: 'Ik... eh... ik vond dat je... nou ja, ik dacht, je hebt gelijk, dacht ik. Misschien, ik begreep het niet helemaal, maar misschien was die... die.. Herz, was die...'

Puut stak zijn hand op en zei opnieuw: 'Rega...' En Rega verstomde, zijn hoofd een beetje scheef, als een hond die luistert naar zijn baas, die wacht op wat er komen gaat.

Er verschoof iets in Puuts ogen, ik kan het niet anders zeggen: er verschoof iets in zijn ogen. Zijn ogen keken niet naar iets anders; ze bleven onveranderd gericht op Rega. Maar ze kéken anders. De welwillendheid die zijn blik altijd kenmerkte zodra hij tegenover Rega zat, was eruit verdwenen, het geduld en de bereidheid om de jeugd zijn onwetendheid te vergeven. In de plaats daarvan was er nu iets hards gekomen. Haat was het niet, ook geen woede, maar eerder iets wat met onverschilligheid te maken had. Het was een blik die Rega al vermorzelde nog voordat Puut zijn zin had afgemaakt.

'Rega...' zei hij, '...moet je niet dáár zijn? Bij hén?' Hij maakte een korte beweging met zijn hoofd in de richting van de bar, waar Buks een tuitvormige sigaret opstak, Keyzer in een hoekje met Phillie op gedempte toon een gesprek voerde, Veerling een platenhoes van Led Zeppelin bestudeerde, Hennie Oldenzaal met zijn wijsvinger in zijn neus zat en Betty achter de bar glazen spoelde. Puut keek nog twee, drie seconden naar Rega en staarde vervolgens weer naar de kier tussen de gordijnen voor het raam. In zijn hand vonkte een aansteker.

Rega keek hem met open mond aan. Langzaam draaide hij zijn hoofd in de richting van de anderen. Hij keek naar het zachte, gelige licht dat het tafereel omspeelde, de gebogen hoofden van Keyzer en Phillie, de gestalte van Betty, die een glas omhoog tegen het licht hield om te kijken of het goed schoon was en daarbij haar lippen tuitte, naar Veerling, die nu voorzichtig aan de platenhoes leek te likken alsof hij verwachtte daar ook daadwerkelijk te zullen proeven wat erop was afgebeeld. Dit was geen jeugdsociëteit. Dit was geen stichting, geen kroeg. Niets van wat Rega voor zich zag, stemde overeen met wat mensen gewoonlijk een bar noemen, met Hoeks bijvoorbeeld. Dit was, dacht hij, een huiskamer. Hier was niemand te gast, niemand vreemd. Hier was iedereen nabij, gekend. Een gemeenschap van vrienden was het. Nee. Liefde. Het was liefde. Het moest liefde zijn. Iets anders leek Rega onmogelijk. Met iets anders had hij geen moment rekening gehouden, zo besefte hij ineens, ook al sloeg de schrik hem soms om het hart bij enkele van de gevoerde discussies. Maar als hij dan weer zag hoe Puut en Buks elkaar bleven dulden, hoe Puut, tot voor kort althans, zelfs in staat was gebleken om samen met Buks de kas op te maken na weer een rustige avond onder elkaar, zonder inbreuk van vreemde, met Che, met de gang van zaken in D. onbekende bezoekers – als hij zag hoe zelfs Buks en Puut soms nog gezamenlijk konden lachen om iets, een opmerking van Veerling, of om een op de muziek op en neer springende Phillie, die riep: 'Moet je m'n tieten zien! Moet je nou m'n tieten toch eens zien!', dan kon het niet anders of ook tussen hen bestond er die zo merkwaardige band, een verbintenis die door niets of niemand verbroken kon worden, dacht Rega. Mócht worden. Door niets of niemand verbroken mócht worden. Het was de verbintenis, de... de eenheid, zo zou hij denk ik zelfs hebben willen zeggen, waarvan hij van meet af aan deel had willen uitmaken, en ook inmiddels deel uitmaakte, zo had hij gedacht, een veilige haven in een harteloze wereld, een luwte in het razen van de werkelijkheid, een plek waar niemand een ander hoefde te zijn voor zichzelf of voor de anderen. Een schaal, een schelp, een kom, zo zou hij het zelf misschien hebben kunnen zeggen.

En nu, tussen de wegkijkende Puut en de in zichzelf verzonken rest, nu, voor het eerst, stond wat hij juist in Che meende te kunnen ontlopen, wat juist daar opgelost leek in de aanwezigheid van allen voor allen, weer in zijn volle lengte voor hem: zijn... ik aarzel het zo te noemen, maar toch: zijn eenzaamheid. Dat was eigenlijk ook het eerste en enige wat hij op dat moment wilde zeggen. 'Puut,' wilde hij wel zeggen, 'Puut, Betty, Hans,' zo wilde hij stotteren, 'jongens, ik... help mij toch... ik voel me... ik voel me... alleen, voel ik me, jongens', zo wilde hij wel zeggen, en zijn arm uitstrekken naar Puut, naar de anderen en dan... dan *kwijnend* reiken. Of juist zijn hoofd buigen en met afgezakte schouders, de armen slap en krachteloos langs zijn lichaam naar beneden hangend, in het midden van de ruimte staan en wachten, verwachten, verlangen, nee, éísen dat Puut en Betty en Veerling en Buks en misschien ook Hennie Oldenzaal, dat zij zich rond hem zouden scharen, een hand op zijn bovenarm, een arm om zijn nek, een hoofd tegen het zijne, Betty's hoofd tegen het zijne bijvoorbeeld, en hem zo als het ware zouden wegtillen uit hemzelf. Maar hij stond zwaar, ingestort onder zijn eigen gewicht als het ware, in zijn eigen lijf en hield zichzelf met moeite recht.

Hoe lang hij daar zo stond, tot geen beweging in staat, met stomheid geslagen, wist hij niet, maar op een zeker moment hoorde hij de voordeur opengaan. Dat kon alleen Kuno zijn, de enige naast de reeds aanwezige bestuursleden die een sleutel had en zich op dit uur zonder aanbellen toegang kon verschaffen. We hoorden zijn voetstappen in de gang, en Keyzer en Phillie schoven iets uit elkaar, Hennie Oldenzaal keek op, en zowel Betty als Veerling draaiden zich alvast verwachtingsvol naar de deur. Ook Rega keek naar de deurklink.

Alleen Puut niet, die stug voor zich uit bleef kijken naar de kier in het gordijn en met zijn duim steeds het wieltje van zijn wegwerpaansteker in beweging bracht. Tsjk. Tsjk. En telkens een klein vonkje dat van zijn duim wegsprong.

'Vrienden, we zijn eruit', zei Kuno terwijl hij binnentrad. Hij zwaaide met een stapeltje papier. 'Ik heb vanavond nog 's met Herz overlegd en we hebben zowel de teksten als de begeleidende illustraties nog eens wat scherper gesteld. Hier, kijk, deze van de PvdA is geinig: "Kies tegen verandering. Stem PvdA." Goed is-t-ie, vind je niet? En dan daarbij een foto van Den Uyl in driedelig grijs. En deze: "VVD: wie heeft zal gegeven worden." En daarbij... even kijken...' – hij zocht in zijn papieren – '...déze foto van Wiegel. Een beetje zo van onderaf, zo, met zo'n onderkinpartij, weet je wel.'

En terwijl Keyzer, Veerling en Phillie zich over de papieren bogen, Rega nog steeds roerloos in het midden van de ruimte stond, kwam Puut overeind uit zijn stoel, liep zonder een woord te zeggen langs Kuno, die zich juist omdraaide om de ontwerpen voor de alternatieve verkiezingsposters ook aan hem te laten zien, en verdween door de deur, die hij bijna geruisloos achter zich sloot. In de opnieuw ingevallen stilte hoorde je het tsjk-tsjk van Puuts aansteker in de gang.

Helemaal ongelijk had Rega niet. Ik bedoel, het was minder overdreven dan het klonk toen hij vaststelde dat het in Che om liefde ging, dat er tussen de aanwezigen meer was dat hen verbond dan alleen de toevalligheid van de plek. Che was niet zoals De E8, de discotheek die in een omgebouwde boerderij met dichtgespijkerde ramen en met een immense stal erachter halverwege Markelo en D. lag en elke zaterdag- en zondagavond en -nacht voor beroering zorgde, was het niet vanwege het denderende, kilometers ver dragende lawaai van KC & The Sunshine Band, George McCrae, Donna Summer, Chic of andere 'commerciële kutmuziek', zoals Kuno wel zei ('halsloze burgermansshit', vulde Puut aan), dan wel vanwege dodelijke verkeersongevallen, woeste vechtpartijen of aangerichte vernielingen. Dat laatste reikte in deze landelijke omgeving dan van doorgeknipte afrasteringen en daardoor loslopend vee op de openbare weg, dat een enkele keer werd aangereden door een dronken boerenzoon in een Opel Kadett of een oude Ford Taunus, tot brandende hooistapels of een enkele keer zelfs een hele boerderij die in vlammen opging, al had dat, meende Veerling te weten, iets te maken met koeienscheten en aanstekers. De E8 definieerde eenieder die daar binnenging en die, juist voordat hij de onder de ronde boog van de voormalige staldeuren opgestelde portiers passeerde, nog iemand anders was geweest, iemand die geen vlieg kwaad zou doen bijvoorbeeld, iemand die zich misschien niet eens kon voorstellen dat hij wat later, als een boertige, lompe voorafschaduwing van de zijige vertolking waarmee Travolta een jaar later het discotype zijn definitieve standaard bezorgde, schonkig bewegend over verlichte vloertegels in een van de acht bars die het etablissement telde, indruk zou proberen te maken op een publiek van melkmeisjes, winkeldochters en boerentrienen, en die zich naarmate de avond vorderde steeds meer vergreep aan bier en sterkedrank. Het was alsof men aan de poorten van dit complex van elke individuele eigenaardigheid werd ontdaan en veranderde in wat er overblijft als het dunne laagje vernis van de beschaving was weggekrabd, of weggebeten door de gifgroene of fluorescerende blauwe drankjes die er in grote hoeveelheden over de toog gingen. 'Koeïgheid en kuddedier', zo had Puut wel eens gezegd als De E8 ter sprake was gekomen, en dat gebeurde meestal alleen omdat collega's van Wagtink – die dat woord met de nodige nadruk uitsprak, 'col-lé-gáás', om maar niet de indruk te wekken dat er meer tussen hen bestond dan gedeelde arbeid – in hun vrije tijd uiteraard die plek verkozen boven zoiets bedaagds en, zo bleken ook zij te zeggen, 'burgerlijks' als Hoeks of andere, in ieder gehucht in de omgeving met Hoeks perfect te vergelijken cafés. En Wagtink moest soms, voor de lieve vrede op het werk, wel eens met hen mee. In Che waagden zijn collega's zich uiteraard niet, behalve in barre tijden van kermis, wanneer de verglaasde blik alleen nog het blinken van tapkranen waarnam, ongeacht waar die stonden.

En als het dan toch gebeurde dat enkelen al van verre werden aangetrokken door het verlichte uithangbord dat de brouwerij aan de gevel had bevestigd, en nietsvermoedend Che binnenstapten, waren ze meestal na één, in een bedrukkende stilte genuttigd glas weer vertrokken. De weinige aanwezigen observeerden de nieuwkomers gewoonlijk met een mix van provinciaal wantrouwen en dat zo typische stilzwijgen van hen die hun gesprek onderbroken wisten door precies degene die was binnengekomen. Het gevolg was dat zelfs de grootste brallers onder de indruk waren van de ronduit vijandige sfeer die er hing, en haastig hun bier naar binnen klokten om zich weer uit de voeten te maken en even later luid claxonnerend en half uit de portierramen hangend in een of ander aftands, bemodderd vehikel schreeuwend langs te scheuren, niet zelden met geheven middelvinger of woedend gebalde vuist.

Ook dat bewees dat het liefde was die de vaste bezoekers van Che samenbond, of dan toch een intimiteit die groter was nog dan de kameraadschap die een stamgast van willekeurig welk café zou kunnen ervaren. In zo'n café werd een onbekende weliswaar ook bekeken, maar toch vluchtiger, en vervolgens als klant bediend, met de nodige egards. Maar in Che voelde je hoezeer je een indringer was, hoezeer je iets schond door alleen maar binnen te komen. En zelfs wie volhardde, zoals Rega had gedaan, wie lang genoeg bleef zitten en uiteindelijk zag hoe de gesprekken weer op gang kwamen, zonder in ook maar een van die gesprekken betrokken te worden, ging een lange proeftijd tegemoet, waarin wantrouwen uiteindelijk plaatsmaakte voor een zekere bewondering voor de lijdzaamheid waarmee de nieuweling zijn sociale uitsluiting, die een vorm van vernedering was, doorstond. Rega had geknikt en geglimlacht, had zich in geen discussie gemengd, maar uiteindelijk, bij wijze van toenadering, alleen maar voorzichtig aangeboden om op een zaterdagmiddag te helpen bij de wekelijkse schoonmaak van het ook daarna nog steeds smoezelig ogende pand, toen Betty en Phillie ruzieden met 'de jongens', die nooit eens een poot uitstaken, en handig inspeelden op de toch wel vrij algemeen verbreide idee in Che dat mannen en vrouwen op een bepaalde manier gelijk waren, toch wel, min of meer. Hij had vervolgens weken toiletten geschrobd en pas daarna merkte hij hoe Puut, hoe

Wagtink, hoe ook de anderen hem betrokken bij hun conversatie, hoe Puut zijn opvoeding ter hand, liefdevol ter hand had genomen. En onmiddellijk voelde hij, wist hij, meende hij dat er een band was gesmeed die nooit verbroken zou kunnen worden, dat het bestaan zich vanaf die dag tot in de verre toekomst zou afspelen in aanwezigheid van allen die daar waren en daar zouden blijven, tot in de eeuwigheid, dezelfde eeuwigheid als die waarin hij en Mireille, Mireille en hij bij elkaar zouden zijn, in innige omklemming, op weg naar wat al was en in het uitstel reeds was vervuld.

En hij was gelukkig. Ingelukkig.

Den Uyl, Wiegel, Van Agt.

Maar nu... nu leek Puut zo ongeveer het tegenovergestelde te vertegenwoordigen – Puut nog wel, Rega's rots in de branding, zijn leermeester, zijn voor-, zijn roerganger. Met name dat laatste zal wel gemaakt hebben dat Rega in zijn reactie op een en ander wat overdreef. Want hij overdreef toch wel wat, vind ik. Het was niet helemaal zoals hij het zich voorstelde. De muren vielen niet. De ruiten verbrijzelden niet. Het dakgebinte hield stand. Niet kwam krakend en onder luid geraas het plafond naar beneden of werd Che verzwolgen door de aarde. Nog steeds was er die warme schoot die hem beschutting bood, viel deze... deze *familie* niet uit elkaar. Het ontging niemand hoe Puut eraan toe was, dat hij de laatste tijd zelfs niet eens meer protesteerde, maar zweeg; dat hij niet meer dagelijks langskwam; dat hij zijn bardienst verwaarloosde, zodat tot ieders schrik en verbazing op een avond Hennie Oldenzaal helemaal alleen achter de bar bleek te staan. En hoezeer sommigen zich ook door hem geschoffeerd voelden op de avonden dat hij er wel was en zijn stilzwijgen hooguit verbrak met een giftige opmerking – 'Wat verdient dat nu Phillie, met zo'n kort rokje langs de straat?' of: 'Moet je pappie je niet even helpen, Keyzer?' – men liet hem niet los. Puut mocht in een ik-tegen-de-rest vervallen zijn, die rest bleef hem met een tedere hardnekkigheid tot de eigen groep rekenen, tot het *ons* dat eenieder afzonderlijk definieerde. Zelfs Buks, die toch het meest van Puut te lijden had gehad, zelfs hij bleek de laatste tijd verrassend mild als weer eens ter sprake kwam dat Puut niet goed in zijn vel zat. Iedereen maakte zich kortom zorgen over Puut en er was geen sprake van dat zijn gedrag een einde maakte aan de saamhorigheid, aan de solidariteit van allen met hem, hoezeer hij het ook zelf was die van de anderen tegenstanders had gemaakt in een ideologische strijd die allengs steeds duisterder werd, die niemand nog precies kon volgen, laat staan formuleren, en die als het ware ondergronds was gegaan.

In die zin was Rega's reactie op Puuts houding wat aan de overdreven kant, maar zijn vrees werd ook voor een groot deel gevoed door Mireilles gedrag van de laatste tijd, haar vijandigheid jegens bijna elke 'ander' die tussen haar en Rega een wig kwam drijven, zoals zij meende, waardoor ze voortdurend eiste dat Rega koos, koos tussen haar en 'hen', koos tussen Che en haar, tussen wat voor Rega samenhing, deel was van een en dezelfde eenheid, maar voor haar tot ver-schillende werelden behoorde. Het had gemaakt, zo merkte Rega elke dag opnieuw, dat er iets tussen hen veranderd was, al kon hij niet precies zeggen wat. Er was sprake van... van een... ja, van een zekere *verwijdering* toch (een woord dat hij zichzelf voorlopig overigens nog niet toestond).

De dingen die vanzelfsprekend waren geweest, die niet eens afzonderlijk hadden bestaan, maar alleen als deel van het geheel dat hun liefde was, hun eeuwige verbond, hun... nou ja, hun... eh... *heilige* band – die dingen traden steeds vaker als dingen tevoorschijn en leidden tot misverstanden, tot verkeerde gebaren, tot irritatie en zelfs boosheid. Ook als hij en Mireille omstrengeld op haar meisjesbed lagen, hij als altijd met zijn hoofd tussen haar benen, zijn handen rond haar billen, die hij nog wat naar zich toe trok, dichter-, dichter-, dichterbij – en hij de verleiding niet kon weerstaan om zijn gezicht, zijn hele gezicht heen en weer te bewegen in de zachte, gladde, in de natte warmte, de ogen gesloten, doof voor iets anders dan het ruisen van zijn bloed, het bonken van zijn hart, al haast weg, al bijna verdwenen, opgegaan in wat hij verlangde binnen te dringen met alles wat hij was. En dan plotseling was er haar hand in zijn haar, was er dat onverwachte, luide suizen van de geluiden uit de buitenwereld als zijn oren weer vrijkwamen op het moment dat zij zijn hoofd tussen de hem omklemmende benen omhoogtrok. Plotseling was er dan in de verte haar stem: 'Líkken, je moet mijn kut líkken, daar, ik heb het al zo vaak gezegd, hier!' En een andere keer, als hij zijn hand naar haar pols bracht om haar even te laten ophouden, om te kunnen uitstellen wat als summum van hun samenzijn alleen gelijktijdig bereikt diende te worden – enfin, eerder altijd, zonder afspraken, zonder er ooit een woord over gezegd te hebben, wás bereikt – negeerde ze hem, kneep nog steviger, rukte nog harder, zodat het pijn begon te doen en Rega wel had willen bijten in al dat zachte, ruw behaarde, natgelikte vlees tussen haar benen, en één keer, als het ware buiten zichzelf om, ook daadwerkelijk beet, zachtjes uiteindelijk nog, gezien zijn neiging er met geweld zijn tanden in te zetten, hij beet zachtjes, als een hondje beet hij, als een puppy in nekvel. Waarop zij hem als een furie tussen haar benen wegtrapte. 'Au, godverdomme, wat doe je nu? Dat dóé je toch niet? Au!' En hij putte zich uit in excuses, viel haar ten voet, wilde haar voorzichtig strelen, wilde haar dáár strelen en werd opnieuw weggeduwd. En dan was het soms dagen gedaan met welke aanraking dan ook. Een enkele keer duurde het zelfs langer dan twee weken en hoewel Mireille beweerde dat het was omdat ze ongesteld was, geloofde hij haar maar half. Niet dat hij haar kalender bijhield, maar dat haar ongesteldheid zo snel op de vorige volgde leek hem onwaarschijnlijk. En bovendien in het verleden had dat er haar nog nooit van afgehouden om zich met hém bezig te houden. Nu wel. Nu wel.

En Rega begon erover te praten. Hij begon erover te praten met anderen. Hij begon erover te praten als hij 's ochtends met Marja ten Have een eindje opfietste alvorens af te slaan en de omweg te nemen naar Mireilles huis. Hij praatte erover met Phillie en zelfs een keer met Betty, die haar schouders ophaalde en zei dat het haar niet verbaasde, dat Mireille, zei ze, altijd al, zei ze, 'een verwend krengetje' was geweest, zei ze, 'die moet altijd haar zin hebben, Rega, en jij moet haar die geven, snap je? Jij moet springen als ze zegt dat je moet springen, ook al is het van een brug. En je springt, toch?'

Rega keek haar niet-begrijpend aan.

'Ik zie je toch springen? De hele dag ben je aan het springen, jongen, op school, buiten school, zelfs hier.'

'Hoe bedoel je?' vroeg hij.

'Wanneer was je hier voor het laatst de hele avond, Rega? Je komt pas binnenwaaien net voordat de deur op slot gaat. Wist je dat wij al op je zitten te wachten, zo rond twaalven? We zien je in de verte al aankomen op je fietsje, als je van háár komt, weet je wel. En dan zeggen we: "Laten we nog maar even wachten tot-ie hier is, anders is het ook zo wat." Je had Puut daar eens over moeten horen...'

'Wat zei Puut dan?'

'Dat jij iemand was die... wacht, hoe zei hij dat? Jozef? Jozef!'

Buks draaide zich traag om in de richting van zijn zus. Hij had juist een ferme trek van zijn joint genomen en hield zijn adem in om de betreffende stoffen in zijn longen hun beroezende werk te laten doen. Hij zag eruit als iemand die zich verslikt had en op het punt stond in een olympische hoestbui uit te barsten.

'Wat zei Puut ook alweer over Rega en Mireille?'

Buks vertrok zijn gezicht en blies over de bar een grote blauwe wolk rook uit, die vervolgens opwaarts in de rieten mandlampjes kolkte. Even was hij in zijn eigen mist verdwenen, en toen hij weer tevoorschijn kwam keek hij verwijtend naar Betty. Vervolgens richtte hij zich naar Rega en zei: 'Ik weet het niet. Niets. Het doet er niet toe.'

'Jawel, jawel,' zei Betty, 'het was iets over proletarische vrouwen, geloof ik , en iets met hoeren ook.'

'Het was niets', zei Buks, en hij trok weer aan zijn joint. 'Trek het je niet aan', zei hij.

Dat Rega op van die proletarische vrouwen leek die geen nee konden zeggen, had Puut gezegd, dat hij gevangenzat in een afhankelijkheidsrelatie omdat hij het valse beeld van de romantische, van de burgerlijke liefde koesterde, de liefde die opoffering predikte om bestaande verhoudingen te laten voortbestaan, en een schuldeconomie op gang bracht die van gerechtvaardigde eisen tot onafhankelijkheid een zonde maakte, 'de drang tot vrijheid belaadde met hel en verdoemenis', zei Puut. Dat het daarbij in het geval van Rega om een omgekeerde verhouding leek te gaan, waarin hij als man de traditionele vrouwenrol op zich had genomen en zich prostitueerde, 'als het ware', had Puut gezegd terwijl iedereen door het raam keek naar Rega, die op zijn fiets door de nacht Che steeds dichter naderde. 'Hij begrijpt nog steeds niet dat liefde macht is. Hij denkt dat hij de liefde praktiseert door alle macht uit handen te geven. Een soort linkerwang-rechterwang, snap je? Hij belijdt de valsheid van het christendom om zijn eigen verantwoordelijkheid maar niet te hoeven nemen. Om zijn eenzaamheid niet te hoeven zien.'

Dat had Puut gezegd. Ongeveer. Al een tijd geleden. Toen hij nog dingen zei. En Buks had er wel wat tegenin willen brengen, maar Rega was al tot op een tiental meter van Che genaderd, en er was geen tijd geweest om Puut van repliek te dienen, als Puut er al naar had willen luisteren. En dus zei Buks nu maar dat het niets was, al was het daardoor nu juist iets, voelde Rega, voelde hij een steek in zijn zij omdat hij nog maar eens een keer gewezen werd op de... de *scheiding*, zo begon hij nu zo langzamerhand toch aarzelend te denken, te vermoeden meer, de *afgrond* die er binnen Che tussen de een en de anderen gaapte, tussen Puut en de rest, tussen Puut en hem ook. En tussen hemzélf en de rest, zo begreep hij uit Buks' reactie en uit wat Betty had gezegd. Al wilde hij zo niet denken, gebruikte hij die woorden niet, onder geen beding, nog niet. Geen afstand of afgrond of scheiding of verwijdering. Niet. Geen kier niet. Nog geen scheurtje was er. Alsof hij door zulke woorden niet te zeggen nog kon afdichten wat niettemin telkens weer openklapte onder alles wat hij hoorde en zei. Want zijn bestaan tochtte. Overal waren tekens, in de oneindige omarming die Mireille heette, in de veilige schoot van Che, kleine barstjes, onverklaarbare oneffenheden. En Rega voelde zich soms een hond die als een dolle tussen de verschillende groepen heen en weer rende, in een vergeefse poging bij elkaar te houden wat alle kanten op stoof. In een vergeefse poging deel te zijn van een geheel dat in de mist verdwenen leek.

Zo wist Mireille het voor elkaar te krijgen dat zij naar het volgende concours hippique niet met het busje van de manege zou meerijden, maar dat haar vader haar met zijn Mercedes zou brengen, zodat Rega mee kon. Maar de rit in de zacht zoemende Mercedes bracht Rega niet wat hij verlangde en ook min of meer verwacht had: nog eens de zalige vergetelheid van een kus op de achterbank en de langsschietende boomkruinen als Mireille en hij, hij en Mireille tegen elkaar aan in innige omhelzing luisterden naar Don McLean op de quadrofonische geluidsinstallatie. Mireille liet weliswaar enige tijd toe dat Rega zijn hand op de hare legde, maar was er met haar hart niet bij, dacht Rega, vertoefde elders, zat al te paard en sprak honderduit over 'de piaf', 'de Spaanse gang', 'de passage', 'de draf', woorden waarbij Rega zich nauwelijks een voorstelling kon maken. Het ging erom dat alles straks zo perfect mogelijk ten uitvoer werd gebracht, zei ze, en dan zweeg ze nog, zei ze, over al die andere zaken waar het op aankwam, over 'arbeidspassen', zei ze, 'middenpassen', 'gestrekte passen' en 'verzamelde passen', en over 'de halve ophouding' bijvoorbeeld, zei ze.

'De halve ophouding?'

'Ja, dan moet je, je moet dan, diep en recht in het zadel moet je zitten, snap je? En dan de kuiten aandrukken en tegen een vriendelijke hand drijven. En het kruis aantrekken. Begrijp je dat?'

'Het kruis aantrekken?' Rega moest onwillekeurig aan Veerling denken, die hiermee wel weg had geweten – 'Het kruis aantrekken? Aan het kruis trekken, zul je bedoelen!' – en vast en zeker met zijn vuist een pompende beweging zou hebben gemaakt.

'Eh... ja, dan... eh... je moet... het is... het is een beetje als het laten kantelen van een krukje naar de voorste twee poten, snap je?'

'Krukje...'

'Het gaat erom dat je voor bent op de beweging van de paardenrug en dan maak je dus met je... je kruis maak je dan déze beweging, zie je?'

Ze kantelde een kort moment haar bekken. En nog eens.

Rega dacht aan haar kleine toefje haar en knikte. Maar weer voelde hij het tochten en waaien, voelde hij dat de meeste woorden hem ontglipten, dat hun betekenissen al verschoven op het moment dat hij ze voor het eerst hoorde, en dat zelfs zo'n heupbeweging uiteindelijk thuishoorde in een andere wereld dan de zijne, die toch ook de hare was, die de hunne was geweest, die altijd hún wereld was geweest, maar die nu uiteen leek te vallen in een wereld van paarden en paren, van mennen en minnen, in een wereld van haar en een wereld van hem. Hij voelde zijn hart kloppen in zijn keel, en onmiddellijk wilde hij alles weten van de ruitersport, wilde hij elk woord en elke beweging begrijpen, wilde hij weten wat zij precies deed als zij te paard zat, hoog te paard, en door het rulle zand reed en ogenschijnlijk alleen maar zat terwijl het paard kunstig zijwaarts stapte of in... in... Spaanse gang of hoe heet het... in piaf, draf...

'Alleen maar zitten?' zei Mireille lachend. 'Alleen maar zitten? Maar Daniël, je denkt toch niet écht dat ik alleen maar zit, dommerikje?'

'Nee, nee, maar ik...'

'De hele dressuur bestaat er nu juist uit dat je aan het paard je wil oplegt. Ik ben het die mijn paard aanstuurt, ik ben het die een heel programma afwerk, en daarvoor gebruik ik mijn benen, mijn rug, mijn hele lichaam, snap je dat?'

Je kut, dacht Rega.

'Ik kom eerst binnen in arbeidsdraf op de linkerhand, dan afwenden en wéér op de linkerhand, en dan een gebroken lijn en doorzitten, en dan van hand veranderen en enkele passen middendraf en... maar je moet maar kijken straks, dan zul je het wel zien.'

Maar Rega zag het niet. Hij tuurde die middag ingespannen naar alles wat Mireille en andere amazones in het zand van de manege ten uitvoer brachten. Hij wilde begrijpen wat er gebeurde; hij wilde nog die middag een kenner worden van de dressuur en dus keek hij ingespannen naar het traject dat Mireille aflegde langs de aan de zijkant opgestelde bordjes met de letters, van A naar F naar B, van B naar E, van

F naar X naar M, van H en weer via X terug naar F, en dan naar
K, opnieuw naar X en dan wederom terug naar H. Hij trok
denkbeeldige lijnen in het zand om in de zo ontstane figu-
ren een betekenis te ontdekken, een zin of een boodschap
zelfs, een boodschap voor hem, een bewijs van de liefde
die Mireille voor hem voelde, een symbool voor hun verbintenis. Hij combineerde de letters met elkaar zonder dat
hem dit dichterbij bracht: EX, BEF, KAF, HAK. Maar hoe hij
ook keek en wat hij ook verzon, veel meer dan een kriskras
willekeurig bewegen van mens en dier, van paard en amazone zag hij niet. Dat, en het wippen van Mireilles borstjes
als haar paard knieheffend pas op de plaats maakte, van
Mireille en van de andere amazones in wat 'de bak' bleek te
heten. Hij zag hun in een strakke, zwarte rijbroek gehulde
dijen, die de brede rug van het paard omklemden en het
enorme dier naar links, naar rechts of zelfs tot stilstand
dwongen, tot een 'hele ophouding', zo had hij al geleerd.
Hij zag het kantelen van bekkens. Hij zag hoe zij het dier
bereden. De eenheid van amazone en paard, de intimiteit
van een mens en een dier die beide opgaan in een en hetzelfde. Hij zag nobele dierlijkheid, als het ware, als je het
zo zou kunnen noemen.

Hij zag een vorm van seks, eigenlijk, nu ik er even over
nadenk, al zou hij nooit op het idee gekomen zijn het zo
te omschrijven.

Rega kon alleen maar denken dat dit was wat hij ook
wilde: deel zijn van zo'n eenheid, deel zijn ook van de hip-
pische wereld die zich rondom en in de kantine boven, die
uitkeek op de bak, had verzameld en over paarden sprak,
dacht hij, over linker- en rechterhanden, over 'voltigeren',

hoorde hij Mireille zeggen tegen een lang meisje met een vlecht tot op haar billen, en over 'het rechtgerichte, ontspannen en in aanleuning gaande paard', zoals hij weer iemand anders hoorde zeggen. Hij wilde meepraten, zich de termen en begrippen eigen maken, en de wereld die daarin en daarachter opdoemde: de wereld van het paard, de merkwaardige mengeling van dierlijk en menselijk, van paarden- en meisjeszweet, van uitwerpselen en schoonheid – een wereld die ergens in die hem vreemde woorden en uitdrukkingen schuilging, haar tevoorschijn riep. Het rechtgerichte, ontspannen en in aanleuning gaande paard schiep een beeld, een droombeeld van huid en haar en naaktheid, van melkwitte, zachte, gespierde dijen die een groot, warm en dichtbehaard lijf omklemden. Het leek hem ineens alles te vertegenwoordigen wat hij en Mireille, Mireille en hij moesten zijn, een beeld dat in wat het uitdrukte hun liefde als het ware omsloot, afsloot van de wereld.

Het bracht redding, dacht hij.

Maar voorlopig zat hij ter zijde aan een tafeltje nadat weer een ander meisje met donkere krullen hem gevraagd had of hij ook reed en hij zijn hoofd had geschud. Ze had zich zonder verder nog een woord te zeggen van hem afgekeerd, zoals iedereen eigenlijk. Mireille stond in een kring van amazones, haar handen in de zij, met in haar rechterhand nog het kleine zweepje. Ze praatte en lachte en keek niet één keer om naar Rega. Hij had haar nog nooit zo gezien, bedacht hij, nog nooit als iemand die buiten hem om bestond. Of liever als iemand die op dit ogenblik geheel opging in haar eigen verlangen, een verlangen dat altijd en uitsluitend op hem gericht was geweest, een verwachting waaraan hij bij de allereerste blik die zij op hem wierp, vanaf het allereerste moment waarop hij besefte dat zij het was die hem waarnam, wel had móéten toegeven, en ook wílde toegeven. En hád toegegeven. Hij wás haar verwachting en haar verlangen, sindsdien, één met haar bedoelingen, haar wensen, haar noden. Daarbuiten bestond hij niet, voelde hij, nu hij niet deelhad aan wat haar op dit moment volledig leek uit te maken, geen deel was van een voor hem gesloten wereld.

Hij was een eenzame fietser op een lange rechte weg tussen de warme schoot van Mireille en de veilige omarming van Che; hij was een wankelend lichaam op de kermis, dat voorbij de opening in de voorgevel van een cakewalk schoof; hij was zonder het wij van de anderen eenzaam in een dodende wereld, verdwaald, tastend, wild om zich heen grijpend. Rega, Daniël Winfried Rega, was volledig in paniek.

Het einde van de zomer had zich al eerder aangekondigd. Een hogedrukkern bij Schotland zorgde aanvankelijk nog dagen voor mooi weer, al was het vanwege de noordnoordoosten- en oostnoordoostenwinden minder heet dan in de maand daarvoor. Alleen toen het hoog zich tegen het eind van augustus even verplaatste naar Oost-Europa, liep het kwik nog een keer op tot boven de dertig graden, maar lang duurde dat niet. Vanuit het noordoosten zakte ten slotte een koufront naar ons af en de zomer kwam niet meer terug.

In China overleed na enkele jaren van ziekte Mao Zedong, de man van de derde Chinese revolutie, degene die de macht van de burgerij en de grootgrondbezitters definitief gebroken had, en ook degene die een einde had gemaakt aan de omsingeling van de Sovjet-Unie door imperialistische mogendheden, en die de krachtsverhoudingen op wereldschaal fundamenteel had veranderd. Mao, zo schreven sommige commentatoren, mag niet zomaar met Lenin of Stalin verward worden, al valt er natuurlijk niet aan te ontkomen dat er, nou ja stalinistische trékjes in het bewind van Mao te ontdekken waren, dat weet ik ook wel – eh... de verstikking van de proletarische democratie bijvoorbeeld, of de afwezigheid van het beheer van de bedrijven door de arbeiders, of de... de pragmatische vervorming van het marxisme en de persoonsverheerlijking van Mao ook wel, en de materiële voorrechten van de bureaucratie enigszins.

Maar... maar tóch...

De Culturele Revolutie bijvoorbeeld, die vertoonde, zou je denk ik wel kunnen zeggen, de nodige overeenkomsten met de... de jeugdradicalisatie of hoe heet 't, in de rest van de wereld, met mei '68, weet je wel, met Che, als je er even over nadacht. *In laatste analyse komen de lessen uit de geschiedenis hierop neer: de opstand is gerechtvaardigd*, zo heette het. En dat was toch zo, daar was niemand het in Che echt mee oneens, toch?

Nu ja, dat zou Puut in ieder geval hebben gezegd. Hij zou aan de bar hebben gezeten en Mao min of meer plechtig in herinnering hebben geroepen als de Grote Roerganger, als de man die zijn volk uit eigen krachten herboren liet worden, het aanspoorde het eigen lot in eigen handen te nemen door de enig juiste, de wetenschappelijk gefundeerde marxistisch-leninistische koers te varen. De man die stelde dat 'onze kameraden in moeilijke tijden de blik moeten richten op hetgeen tot stand gebracht is, op de stralende toekomst', zou Puut hebben gezegd, en iemand, Buks waarschijnlijk, Buks zou droogweg gezegd hebben: 'Zeventig miljoen' – iets wat Rega niet onmiddellijk zou begrijpen. Maar Puut zou als door een wesp gestoken op dat getal reageren.

'Om te beginnen, ká-mé-ráád Bús-kèr-mó-lèn,' zo zou hij met overdreven nadruk hebben gezegd, 'om te beginnen mag je er daarvan zo'n dertig miljoen op het conto van de Japanners bij schrijven, die, en dat weet jij duivels goed, jarenlang een verwoestende oorlog tegen China hebben gevoerd, een oorlog waar Mao nu juist een einde aan maakte. En ten tweede...'

'Goed, veertig miljoen doden dan, wat maakt het uit?' zei Buks.

'En ten twééde', herhaalde Puut, 'kun je de rekensom ook anders maken en bijvoorbeeld vaststellen dat voor 1930, toen de Chinese vrouwen gras aten om de honger te stillen, de gemiddelde levensverwachting in China nog geen veertig jaar was. Nu is dat zeventig jaar. Je kunt je afvragen hoeveel levens hij heeft geréd.'

'Bij zulke cijfers interesseert me dat niet meer', zou Buks hebben gezegd. 'Een mens houdt op een zeker moment op met tellen. Het interesseert me ook niks of Hitler nu uiteindelijk zes miljoen, vijf miljoen driehonderdduizend en elf, of drie miljoen achthonderdduizend en twee joden over de kling heeft gejaagd. Monsters zijn monsters, op grond van welke idee ook.'

En Puut zou eens minachtend gegromd hebben, zijn aansteker hebben rondgedraaid tussen zijn vingers, en hebben geantwoord dat het er maar om gaat van welke ideeën je precies de slachtoffers wenst te tellen, en wie je bereid bent tot de slachtoffers van bepaalde ideeën te rekenen.

'Die oedeembuikjes in Bangladesh bijvoorbeeld? Waarvan zijn die het slachtoffer? Het wapengekletter in Afrika? En hoeveel mensen sterven er door luchtvervuiling, ónze luchtvervuiling, Buks, de smeerlapperij die wij onder het mom van vooruitgang of zelfs als levensnoodzakelijk voor het voortbestaan van naties en bevolkingsgroepen exporteren naar elders, min of meer? Las je dat rapport van de Club van Rome al eens? Nou? Daar staat duidelijk te lezen wat ons te wachten staat. We zullen omkomen in onze eigen drek, Buks, we zullen stikken in onze uitlaatgassen en we zullen vermorzeld worden door ons eigen beton en asfalt, we zullen amechtig naar adem staan te happen bij de laatste graspriet op aarde. En wie telt er straks de slachtoffers van díe wereldramp? Nou? Aan welk idee mogen we die... die genocide toeschrijven? En vooral: wat doe jíj daar precies tegen, jongen?'

Het zou een heerlijk gesprek zijn geweest, zo'n gesprek waarnaar Rega hevig uitkeek, zelfs zonder dat hij het wist. Het zou Che immers weer in al zijn glorie hebben hersteld, het tot die oase hebben gemaakt in de woestijn van de wereld, waar meningsverschillen over dingen die ertoe deden nog in volle ernst werden uitgevochten, en ook uitgevochten móchten worden. Het zou zo'n gesprek zijn geweest waarvoor zelfs de muziek zachter werd gezet, of gewoon uit. Dat was voorgekomen. Het was al eens gebeurd dat Puut of Wagtink of Kuno de volumeknop van de versterker hadden teruggedraaid om in alle rust een bepaalde kwestie te kunnen bespreken. Zo'n gesprek was het, een waarvan Rega nog niet helemaal besefte dat hij het miste toen hij op een miezerige zaterdag het nog kille Che betrad en er alleen Keyzer en Wagtink aantrof, die wat mistroostig voor de gaskachel zaten te kleumen. De ramen waren beslagen en als je goed keek, zag je dat hun adem wolkjes maakte.

Of Rega dat gezien had, wilde Keyzer meteen weten, 'dat op de voordeur'. En Rega knikte. Op de voordeur had iemand met rode verf geklad: 'Mao is dood! Leve het maoisme!', en daaronder, haast net zo groot als alle tekst tezamen, een grote rode ster met rechts in een halve cirkel vier kleine sterretjes ernaast.

'Mao is dood', zei Rega, alsof hij de bekladde voordeur als een muurkrant had gelezen en daardoor pas nu van het overlijden van de grote Chinees op de hoogte was, alsof de woeste penseelstreken, de als bloed druipende letters slechts daar stonden om te informeren en niet om te provoceren.

'Puut', zei Keyzer.

'Puut?'

'Volgens mij zit Puut hier achter', zei Keyzer. 'Dat kan bijna niet anders. Wie anders in dit godvergeten gat zou het over Mao hebben?'

Niemand, wist ook Rega, niemand anders dan Puut.

'Phillie meent dat ze hem gezien heeft, gisterennacht, dat hij hier rond het gebouw sloop met een plastic tasje in zijn hand. Daar zat natuurlijk die verf in.'

Hij strekte beide handen voor zich uit naar de gaskachel en keek een ogenblik lang naar de blauw-oranje vlammetjes achter de deels gebarsten en beroete glaasjes. Wagtink zat zwijgend naast hem, enigszins voorovergebogen, zijn beide ellebogen op zijn knieën, zijn beide handen gevouwen ter hoogte van zijn mond, alsof hij ieder moment in gebed kon verzinken.

'Godverdomme,' zei Keyzer, 'godverdomme nog-an-toe.' Hij schudde zijn hoofd. 'Je snapt toch niet dat iemand zoiets doet. Dat Puut...' Hij zweeg even, schudde opnieuw zijn hoofd en zei nog eens: 'Ik snap het niet.'

Hij zag er verslagen uit. Rega had hem nog nooit zo gezien. Normaliter was Keyzer de rust zelve. Hij wond zich nooit op. Hij had altijd alles onder controle, zo leek het. Zijn lange gestalte boezemde vertrouwen in. Zelfs als alles verkeerd gaat, kun je op mij bouwen, zo straalde hij uit, en hij had het al diverse keren bewezen, bijvoorbeeld toen er een helse discussie losgebarsten was over de beslissing die het bestuur had genomen naar aanleiding van de diefstallen van Hennie Oldenzaal. Het bestuur had aanvankelijk en na lang vergaderen besloten dat Hennie voor langere tijd de toegang tot Che ontzegd moest worden, en dat, zei Keyzer later, was al een compromis geweest omdat Wagtink aanvankelijk had geëist dat er aangifte gedaan zou worden, terwijl Phillie vond dat er over die paar tientjes nu ook weer niet al te dramatisch gedaan moest worden en dat het om allerlei redenen nu niet meteen verstandig was om De Poel, 'of die blonde hulpsheriff van 'm', bij de zaak te betrekken. 'Onze naam is zo al slecht genoeg', zei ze, waarop Wagtink in lachen was uitgebarsten. 'Hoor wie dát zegt', zei hij. Toch moest er een straf zijn, vond men, en dit was de uitkomst geweest: Hennie Oldenzaal tot nader order de toegang ontzeggen.

Toen Puut daarvan hoorde, ontstak hij in een fenomenale woede, zei, nee, schrééuwde dat mensen die een weerloos slachtoffer van een niet anders dan misdadig te noemen kapitalistisch systeem nog eens een tweede keer veroordeelden, zijn vrienden niet konden zijn. Of nee, 'tegen de muur' moesten ze, zo had hij geroepen. Het hele bestuur moest stante pede geroyeerd worden, meende hij, want zulke lieden vertegenwoordigden hem niet, verkwanselden de idealen waarvoor en waardoor Che bestond. 'Ik stel me meteen kandidaat als voorzitter,' had hij naar Keyzer geroepen, 'en denk maar niet dat je dat tegen kunt houden, want ik weet wat er in de statuten staat. Ik weet dat er al lang verkiezingen voor een nieuw bestuur hadden moeten zijn!'

Keyzer had zich op dat moment een meesterstrateeg betoond, want hij wist wat het zou betekenen als Puut binnen Che de voorzittershamer in handen zou krijgen. 'Dan verandert dat hier binnen de kortste keren in een politbureau,' zei hij, 'en op enige goodwill van de kant van de gemeente hoeven we dan al helemaal niet meer te rekenen natuurlijk.' Iemand opperde dat het dan misschien juist goed was om het op verkiezingen aan te laten komen, want wie zou Puut voor zijn extreme standpunten kunnen winnen? Wie zou er op hem stemmen? Maar daar had Keyzer dan weer op geantwoord: 'Vrienden besparen elkaar hun vernederingen' – wat, vond iedereen, groots van hem was, al was het dan ook een tikje arrogant.

Puut wist van dat alles niets toen Keyzer na kort overleg met Phillie, Wagtink en Kuno voorstelde om dan toch in ieder geval Hennie uit te sluiten van het draaien van bardiensten, en toen ook dat bij Puut niet in goede aarde viel, bleef Keyzer nog steeds heel kalm. 'Je kunt toch niet ver- wachten', zei hij, 'dat we dit allemaal zwijgend laten pas- seren, Puut?' Maar Puut zei, al flink gekalmeerd nu, dat bestraffing Hennie alleen nog maar meer zou stigmatiseren en uitsluiten, terwijl het juist die uitsluiting was die Hennie tot zijn daad had gebracht. De greep in de kassa moesten wij begrijpen als een verlangen naar acceptatie, meende hij, 'zowel binnen onze kleine gemeenschap als binnen de maatschappij als geheel, waar geld nu eenmaal datgene is wat je een individualiteit verschaft, een status in de rang- orde,' zei hij, 'en Hennie beschikt over te weinig geld om ook in die zin mee te tellen. Je weet wat ze op zo'n sociale werkplaats betalen...'

Nu wist niemand dat, maar het was een ieder duidelijk dat het weinig was, te weinig. En dat bestraffing Hennie Oldenzaal nog eens zou stigmatiseren, daar kon Keyzer wel inkomen en dus kwam hij op het briljante idee dat er, om dergelijke incidenten in de toekomst te voorkomen – 'van wie dan ook maar', zei hij, nadrukkelijk en welwillend naar Puut kijkend – voortaan altijd met minimaal twee mensen afgesloten zou worden. Op die manier, zo begreep ieder- een, was het vergrijp van Hennie teruggebracht tot een gebrek in het systeem, bleef het stelen weliswaar een keuze van Hennie, maar werd tegelijkertijd duidelijk dat de wijze waarop de bardiensten waren ingericht Hennie de moge- lijkheid had geboden, of zelfs op een ontoelaatbare manier, niet alleen voor Hennie, de verleiding had geschapen om geld weg te nemen.

'Een bruggenbouwer', had Puut wel eens over Keyzer tegen Rega gezegd, en ook al zei Puut het toen al met iets van verachting in zijn stem – met 'bruggenbouwer' bedoelde hij toen al bijna zoiets als 'verrader', 'iemand die het juiste verkwanselt omwille van een waterig compromis', zo had Puut gezegd – ook al klonk het verre van complimenteus, Rega vatte het toch op als een positieve kwalificatie – Rega die ten tijde van het akkefietje met Oldenzaal nog niet tot de reguliere bezoekers van Che had behoord en het verhaal daarover uit de mond van Buks had vernomen (die het hem toen overigens vooral vertelde om het extreme gedachtegoed van Puut nog eens extra in de verf te zetten).

En die bruggenbouwer, Antonius Keyzer junior, zat nu met zijn handen in het haar voor een wat zurig ruikende gaskachel en leek volkomen van de kaart omdat iemand, waarschijnlijk Puut, hoogstwaarschijnlijk Puut, welhaast zeker Puut, met rode verf een tekst op de voordeur had geschilderd. Het was louter door Keyzers verslagenheid dat Rega begreep dat het hier om een ernstig voorval ging, al zag hij niet goed in waarom het bekladden van een voordeur blijkbaar zo rampzalig was dat Keyzer nu ten einde raad leek te zijn, en dat ook Wagtink mismoedig in de vlammetjes van de gaskachel zat te staren. Hij aarzelde even, maar vroeg het toen toch. 'Waarom...' zo begon hij.

'Ja, waarom', viel Keyzer hem meteen in de rede. 'Omdat, Rega, omdat Puut ons kapot wil hebben, dáárom!'

'Nee, ik bedoel, waarom is het zo... wat is er zo érg aan dat er iets op de voordeur staat?'

Rega had meteen spijt van zijn vraag. Keyzer en Wagtink keken tegelijk naar hem op, eerst verbaasd, vervolgens geïrriteerd, Keyzer dan toch. Wagtink boog zijn hoofd.

'Rega, je hebt toch wel gezien wát er staat?'

Ja, nee, natuurlijk ja, dat had hij wel gezien ja, en hij herhaalde: 'Mao is dood.'

'Leve het maoïsme', zei Wagtink.

En ja, 'Mao is dood, leve het maoïsme', ja, dat stond er.
Rega haalde zijn schouders op. Wat was er zo erg aan het
maoïsme? Hij wist niet precies wat het inhield, maar dat er
velen waren die met Mao's *Rode boekje* rond hadden gelopen of nog steeds liepen – hij had op tv beelden gezien
van demonstraties in... in Parijs, dacht hij, waar hele rijen
baardige jongens met een klein, haast vierkant boekje
zwaaiden – en dat er ook elders wel gediscussieerd werd
over Mao Zedong, niet in de laatste plaats omdat die Nixon
daarnaartoe was geweest, naar China, en het heel goed met
Mao had kunnen vinden, zo leek het toch. En hoewel Rega
niks moest hebben van die Nixon, hij haast even enthousiast was als Kuno wanneer die 'Son of Orange County'
draaide van zowat de nieuwste live-lp van Zappa – 'And in
your dreams / You can see yourself / As a prophet / Saving
the world / The words from your lips', zong George Duke,
en dan, dan, 'let op let op,' zei Kuno, 'nu komt het', dan
hoorde je Zappa met een lage stem zeggen: 'I AM NOT A
CROOK', gevolgd door nog eens een gezongen en telkens
herhaald 'I just can't believe you are such a fool' met af en
toe varkensgeluiden – hoewel Rega dus niets moest hebben
van de aan het Watergateschandaal ten onder gegane voormalige president van de Verenigde Staten, juist omdat hij
een voorbeeld was van alles wat er mis was met rechts, of
het nu Nixon, Pinochet of Wiegel was – 'nou, nou', zou
Buks hebben gezegd, maar jawel, jawel, Nixon, Pinochet,
Wiegel, lood om oud ijzer, één pot nat, van hetzelfde laken

een pak – het feit dat zelfs iemand als Nixon bij Mao was geweest, was toch reden om te veronderstellen dat het met die Mao zo erg allemaal nog niet was. Hij wist het niet precies hoor, maar hem leek toch dat louter het vermelden van zijn naam, ook al was het dan op de voordeur, niet tot de ondergang van Che kon leiden.

'Dat komt, Rega, omdat jij geen rekening houdt met de realiteit van de mensen', zei Keyzer. 'Het gaat niet om de waardeschaal die jij hanteert, of om die van Puut, want je lult al net als hij. Het gaat erom wat iemand als Bölle denkt.'

'Bölle?'

'Bölle, ja, of de collega's van Wagtink hier, die jongens van De E8, daar gaat het om.'

Rega wilde iets zeggen, maar Keyzer onderbrak hem.

'Nee luister, ik weet wat je wilt zeggen, maar je vergeet dat alles wat jij formuleert, alles wat Puut tegen je heeft gezegd, al dat gedoe over vrijheid, over rechtvaardigheid, over het systeem en weet ik het allemaal – al die dingen, Rega, vormen misschien het hart van de kritiek die je kunt hebben op onze samenleving, maar als je vervolgens even nadenkt zul je toch ook moeten toegeven dat het hart van die samenleving zelf blijkbaar uit iets anders bestaat.'

'Iets anders...' zei Rega. Hij had opnieuw het gevoel op de bewegende vloerdelen van de cakewalk te staan en dat Keyzer hem bij de steile helling, die brede lopende band naar boven, niet onder zijn oksels pakte om hem voor vallen te behoeden, maar hem integendeel halverwege de klim losliet.

'Noem het het fatsoen, voor mijn part, of een andere opvatting over rechtvaardigheid, moraliteit, over waar het om gaat in het leven. Jij kunt Bölle een eng burgermannetje vinden, een middenstander, iemand met wie je wel een oorlog kunt winnen omdat hij makkelijk te manipuleren is, voor elk karretje te spannen is, nationalistisch, zelfs fascistisch, met de juiste propaganda zou hij warempel misschien ook nog wel voor een communistisch karretje te spannen zijn, al lijkt hij me als middenstander erg gehecht aan zijn aardse goederen, nietwaar? Maar waar het om gaat, Rega, is dat hij, juist hij, de absolute middelmaat van ónze samenleving uitmaakt, en als zodanig is er voor iemand als Bölle niet zoveel verschil of er op onze deur "Leve Mao" of "Leve Hitler" staat, begrijp je? Of vind je dat er over Hitler toch ook wel wat positieve dingen te zeggen zijn? Hm?'

Nee, nou ja, natuurlijk vond Rega dat niet.

'Wat me eraan doet denken, Andreas, we moeten zo snel mogelijk die tekst van de deur halen.'

En dus haalde Keyzer bij Bölle tegenover, juist bij Bölle haalde hij een staalborstel, een fles terpentijn en een driehoekig verfkrabbertje. En je zag hem achter de winkelruit langdurig met Bölle praten en af en toe achter zich wijzen, naar Rega en Wagtink, naar de bekladde voordeur, waar zij hulpeloos bij stonden als toeschouwers bij een auto-ongeluk. En zij zagen hoe Bölle aan zijn raam verscheen, Keyzer schuin achter hem, en hoe hij misprijzend keek naar hen, naar de deur, en af en toe knikte en zich uiteindelijk naar Keyzer omdraaide en hem een hand gaf, alsof er iets beklonken was, toestemming was gegeven of misschien gewoon begrip was gegroeid. De rest van die grauwe middag waren ze gedrieën in de kou bezig om de deur van zijn verf te ontdoen, terwijl vooral Keyzer geregeld werd aangesproken door voorbijgangers.

Ook Rega deed zijn deel, werkte lang op een van de rode sterren in een poging de verf zelfs uit de diepste nerven te krijgen, waarbij hij lelijke krassen in het hout maakte. Op een bepaald moment dacht hij in een ooghoek iemand te zien wegschieten, iemand die heel goed Puut had kunnen zijn, en hij voelde het bloed naar zijn gezicht stijgen. Hij kon het gevoel niet van zich afzetten dat hij met zijn verfkrabber verraad pleegde, niet eens zozeer aan Puut persoonlijk, als wel aan de wereld die hij vertegenwoordigde, die andere, de veranderde wereld. Alsof hij met het wegkrabben van die ster een stuk van zijn hart wegkrabde, een deel van de mogelijkheid ook om ooit in eeuwigdurende zaligheid de verbondenheid van allen met allen deelachtig te worden, de universele liefde die zich over de mensheid zou verspreiden zodra de gestelde doelen bereikt waren, zodra de stralende toekomst een feit was. Hij voelde dat hij met iedere haal door het hout, met elke wegspringende splinter, zichzelf verwondde. Hij voelde zich onherstelbaar beschadigd.

In de dagen die daarop volgden werd Rega steeds opnieuw geconfronteerd met wat nu steeds duidelijker de *scheiding* moest heten, de onverzoenbaarheid van tegendelen, zou je ook kunnen zeggen – met het uiteenvallen van zijn wereld in ieder geval, al gebruikte hij die woorden zelf nog steeds niet, was het voor hem vooral een onduidelijk gevoel ter hoogte van zijn borstbeen, iets wat het midden hield tussen honger en misselijkheid. De tekst op de voordeur van Che bleek bij nader inzien nog maar de voorbode te zijn van een trommelvuur van her en der neergekalkte en op de onmogelijkste plekken opduikende woorden, slogans en hartenkreten. Eerst, een paar dagen nadat de voordeur kaal was geschuurd, met vloeibaar hout weer enigszins hersteld en door Buks opnieuw was gebeitst – eerst op de voorgevel van Che, levensgroot: 'DOOD AAN DE KAPITALISTEN', met diezelfde rode verf. Wat later, op het elektriciteitskastje aan het begin van de hoofdstraat, met zwarte verf nog eens een huldebetoon aan Mao. Op de brug over het Twentekanaal richting Markelo zag Rega in gifgroen de letters 'RAF' op het wegdek, en wat verderop: 'BRD MÖRDER', met daaronder een haastig met een spuitbus aangebracht en wat primitief ogend doodshoofd. Nog weer wat verder, nog steeds in hetzelfde gifgroen, op een verkeersbord de naam van Ulrike Meinhof. Zelfs op de lange rij wilgen in een weiland langs de weg naar Lochem, zelfs daar helemaal, had iemand met fluorescerend roze verf op elke boom een letter gezet en spelden acht knotwilgen het woord 'BEGEERTE' – iets wat iedereen in Che weliswaar had opgemerkt omdat de meesten er op weg naar school dagelijks langs kwamen – Betty in elk geval, en Marja ten Have, Buks ook, Louisa Roetgering, Rega zeker, samen met Mireille – maar alleen Rega en Buks begrepen waarschijnlijk dat ook dit woord maar door één iemand geschreven kon zijn. En de gemeentebode, Zandjans, ontdekte op een ochtend toen hij op zijn fiets aankwam bij het gemeentehuis tot zijn grote schrik dat in een van de vlaggenmasten een rode vlag wapperde, en hij had onmiddellijk zijn hoofd in de richting van Che gedraaid en woedend zijn vuist gebald naar een schim achter de ruiten, zei hij later tegen wethouder Pasman, die het de burgemeester overbriefde, die het weer doorvertelde aan de vader van Keyzer, die zijn zoon waarschuwde dat er nu rap paal en perk gesteld moest worden aan dat vandalisme en die opruiende teksten. Maar Keyzer stond machteloos, zocht nu al dagen naar Puut, maar kreeg hem niet te pakken. (Omdat hij ondergronds is gegaan, dacht Rega, hij is eindelijk ondergronds gegaan – en op een vreemde manier gaf hem dit even een licht euforisch gevoel, alsof alle hoop nog niet definitief verloren was.) Zonder Puut kon Keyzer, kon niemand ook maar iets ondernemen, want het ging te ver om Puut ten overstaan van de autoriteiten zomaar zonder meer te beschuldigen, of zelfs maar het vermoeden uit te spreken dat hij het was die achter de her en der, achter de overal opduikende teksten en die rode vlag zat.

En alsof dat nog niet genoeg was, zagen Wagtink en Kuno en Phillie op een vrijdagnacht, juist toen ze het geld van die avond aan het tellen waren en alvast wilden bespreken hoeveel drank er met het oog op de naderende kermis ingeslagen moest worden, zagen zij hoe onder de deur naar de gang plotseling blauwige rook tevoorschijn kwam. Alsof iemand in de gang op de grond was gaan liggen, Buks misschien wel, en zijn linker- of rechterwang tegen de grond had gedrukt om met getuite lippen voorzichtig en secuur ingeademde rook onder de deur door te blazen. Bij wijze van grap. Ter verhoging van de feestvreugde. Omwille van het een of andere effect. Maar toen Wagtink, die onmiddellijk was opgesprongen, de deur opengooide, stond de hele gang al vol rook en flakkerden in wat opeens de onmetelijke verte van de voordeur leek kleine oranje vlammetjes. 'Godver!' riep Wagtink, die onmiddellijk zijn spijkerjasje uittrok en met grote passen op de vuurhaard afstoof om bij de voordeur als een bezetene met zijn jasje op de vlammen in te slaan. Het vuur doofde vrijwel onmiddellijk, en er viel iets zwarts en rokerigs uit de brievenbus op de grond. Hij bukte zich, hoestte, schoof met zijn voet het rokende ding ter zijde en opende de voordeur, om zich daarna bij het binnenvallende licht van de straatlantaren nog eens over de walmende verkoolde resten te buigen.

'Jezus,' zei hij, 'krijg nou wat. Het is een fakkel. Het is een tuinfakkel, jongens. Iemand heeft hier een brandende tuinfakkel in de brievenbus gestoken.'

Was Puut niet wie hij nu was, een verdwenen aanwezigheid die zijn absentie op allerlei manieren voelbaar leek te willen maken, of in ieder geval maakte; was hij nog geweest wie hij was toen Rega hem leerde kennen en hij Rega onder zijn vleugels nam; was Puut nog de leraar geweest die geduldig uitlegde hoe de wereld zoals zij was, kon en moest veranderen in de wereld die zij onvermijdelijk moest en zou worden – de fakkel in de brievenbus zou door hem gretig zijn aangegrepen als het zoveelste bewijs voor het nietsontziende karakter van het verdorven kapitalisme. Zijn vinger zou beschuldigend naar Hoeks gewezen hebben, naar Bölle in het bijzonder misschien wel, naar een in zijn verhalen altijd wat abstract blijvende 'bevolking van middenstanders', die zich met hand en tand verzette tegen een verandering van de status-quo en die – het bewijs was nu toch wel ondubbelzinnig geleverd – geen enkel middel schuwde. Want deze fakkel, deze brandende toorts – en de ironie van het corpus delicti kon een socialist in hart en nieren niet ontgaan, zou hij hebben gezegd – was weinig minder dan een moordwapen; deze brandende voordeur was een regelrechte aanslag op de gerechtvaardigde vrijheid waarvoor Che als geheel stond, een daad van terreur waarop een eventueel ingeroepen De Poel, dienstdoende diender met een slavenmoraal immers, vast met wegwuif-gebaren zou reageren.

En inderdaad deed De Poel tamelijk luchtig toen hij een halfuurtje later met zijn vw-busje bij Che aankwam en de schade in ogenschouw nam. Aan de binnenzijde van de deur was een grote zwarte roetvlek te zien, en het houtwerk rond de brievenbus in de nog maar juist herstelde deur was hier en daar al wat verkoold en afgebrokkeld, zodat de brievenbus niet langer een rechthoekige vorm had, maar meer leek op een grote zwarte druppel met een gat in het midden. Zeker, vond ook hij, toen een in allerijl opgebelde Keyzer hem er druk gebarend op wees, dit had heel anders kunnen aflopen, inderdaad, natuurlijk. En nee, netjes was het niet, dat hoorde je hem niet zeggen. Maar het was, dacht hij, een kwajongensstreek toch, een... nee, natuurlijk, abso-luut, zonder twijfel, een geheel mispláátste grap, daarover konden ze het eens zijn, maar een gráp, niet ernstiger, of nou ja, zei hij, ook niet minder ernstig natuurlijk, dan de occassionele hooiberg die ergens in vlammen opging, een dronkenmansdaad waarschijnlijk. Of, vroeg hij, terwijl hij zijn pet wat naar achteren schoof en snel en scherp van de een naar de ander keek, of hadden de dame en heren mis-schien aanwijzingen in een andere richting?

Keyzer beet hard zijn kiezen op elkaar, Kuno stond met zijn arm rond Phillies schouders en leek naar iets in de verte van de nacht te staren, Phillie zelf keek naar de punten van haar schoenen en Wagtink wilde wel wat zeggen maar deed het niet. Het viel tenslotte inderdaad niet uit te sluiten dat bezoekers van De E8 achter deze daad zaten, collega's van hem misschien zelfs. Ze hadden hem vaak genoeg laten blijken zijn bezoeken aan 'dat drugshol' maar merkwaardig te vinden. Het was zelfs waarschijnlijk dat het niet meer dan baldadigheid was, eenvoudige vernielzucht, of misschien hoogstens een vorm van wraak van iemand die zich door de hechte groep aanwezigen in Che ooit afgewezen en beledigd had gevoeld. En dus zei hij uiteindelijk dat ook hij geen idee had wie nu zoiets gedaan kon hebben.

Voor Buks stond het wel min of meer vast, zei hij de volgende avond tegen Rega. Puut, het was Puut, meende hij, en hij zei het met een voor zijn doen nogal grote stelligheid.

'Dat weet je niet, Buks,' antwoordde Phillie, die achter de bar stond, 'niemand weet dat.'

'Het doet er niet toe of hij het daadwerkelijk gedaan heeft', zei Buks. Hij veegde wat haar uit zijn gezicht. 'Het gaat om verantwoordelijkheid. Laten we zeggen dat hij niet degene is geweest die die fakkel door de deur heeft geduwd. Dan nóg. We weten allemaal dat hij in ieder geval verantwoordelijk is voor die teksten her en der, en voor die vlag ook. Toch? Wie anders in deze contreien zou dergelijke onzin op deuren en wegen schilderen? Die fakkel zou heel goed een reactie kunnen zijn op zijn extremistische teksten, een reactie van... van iemand.'

'Van wie dan?' wilde Wagtink weten.

'Weet ik veel', zei Buks. 'Van iemand die zich door die linkse schuttingtaal van Puut bedreigd voelt. Hij sleurt ons allemaal mee in zijn ultralinkse standpunten en wij worden aangekeken op iets waar we zelf helemaal niet voor zijn. Wat vind jij eigenlijk, Rega?'

Rega schokschouderde. Keyzer had het brandgat in de deur inmiddels afgedekt door aan de buitenkant een plaat triplex vast te schroeven, maar aan de binnenkant was de schroeiplek nog goed zichtbaar. De hele gang rook naar kampvuur. Rega had voorzichtig met zijn vingers aan de verkoolde resten gevoeld en vervolgens verbijsterd naar het zwart op zijn vingertoppen gekeken, als iemand in een film die juist was neergeschoten, zijn wond betastte en nu met ongeloof naar het bloed op zijn handen keek, naar zíjn bloed op zíjn handen. Het nieuws van de deurbrand was als een nekslag geweest, alsof nu pas volledig tot hem doordrong wat er gaande was. En dat was dan ook het eerste wat hij dacht: dat het nu dus echt begonnen was, dat dit echt was en dat het was begonnen – 'het is begonnen,' prevelde hij voor zich uit terwijl hij met zijn duim over zijn vingertoppen streek, 'het is nu dus nabij, het komt, het gaat komen.' De tranen stonden hem in de ogen.

Wat er precies, ik bedoel *precies* op komst was, leek hem zelf op dat moment nog niet helemaal duidelijk te zijn, maar het had met eindigheid te maken, dat de deurbrand het begin van het einde was, of zoiets. Of juist een aanvang, dat kon ook. Dat de revolutie nu misschien begonnen was, de onvermijdelijkheid van oproer, van de gewelddadige actie van een klasse die een andere klasse omverwerpt, omdat immers alleen met geweld... omdat alleen zo deze dodende wereld te veranderen viel. Misschien was het dat. Misschien was het een aanvang van het doden, van de dood zelf, van de wereld van de dood. Of misschien misschien misschien was het juist de triomf van het bestaande systeem, van de... 'de arrogante ideologie', zou Puut gezegd hebben, die met de vanzelfsprekendheid van de macht al het andere, elk anders-zijn en anders denken, de nek omdraaide. En misschien was het juist dat wat nu maar weer eens een aanvang had genomen: dat er kwam wat er nu eenmaal altijd was en ook altijd zou zijn en blijven, dat wat een einde stelde aan het dromen, aan de droom die Che heette, aan de vrijheid, aan de mogelijkheid om bij jezelf, alleen bij jezelf, en op die manier, tegelijkertijd, bij de ander, de anderen, bij allen te zijn. Of, zoals Puut ooit eens had gezegd, het fascisme vertegenwoordigde behalve een welbepaalde ideologie ook een veel vager, zij het logisch sentiment dat zich in elke burger ophield, zei hij, 'het verlangen naar de zuivere eenduidigheid, dat', zei Puut, 'een verlangen naar absolute rust en onbeweeglijkheid is'. Het was hem op veel gesnuif van Buks komen te staan, die iets had willen zeggen over de rigiditeit van elke utopische voorstelling of zo, en de offerbereidheid van hen die zo'n utopie nastreefden. Maar hij had niks gezegd, toen, Buks, en nu was het voor dat soort replieken zeker te laat. Want dat was het juist. Wat er nu was gebeurd, maakte ondubbelzinniger dan ooit tevoren, duidelijker dan de teksten op bruggen, wegen, elektriciteitskastjes en op knotwilgen midden in het land, een einde aan de eenheid van allen met allen, aan het totaal deelbare universum en de daarin vervatte belofte van de eeuwige duur van alles, van onophoudelijkheid – een einde aan de uitwisseling. Het was, voelde hij, nee, wíst hij, hij wíst het, hij wist het al lang, ook al weigerde hij zelfs nu nog, met het korrelig zwart op zijn vingertoppen, met het branden van zijn ogen, in de scherpe lucht van de gang, zelfs oog in oog met die inktzwarte roetdruppel weigerde hij nog het concreet te laten worden, het toe te laten in zijn hoofd – maar het was eenduidig en onvermijdelijk was het; het was: het einde van het uitstel, van het verwijlen in de verwachting.

Niet dat deze precieze en nog andere woorden die in die richting gingen zich niet aan hem opdrongen, maar Rega probeerde ze op hetzelfde moment met alle macht terug te dringen, omdat die woorden, eenmaal uitgesproken, een realiteit zouden krijgen, zich zouden verdichten tot een werkelijkheid zonder weerga, tot een eendimensionaal zijn, als je dat zo kunt zeggen, een zijn zonder ontsnappingsmogelijkheid. Ze zouden hard en scherp in de ruimte staan als de definitieve betekenis van zichzelf. En het was de verkeerde betekenis. Het was als bij een hevige misselijkheid, als Rega boven de wc-pot hing en trachtte dat wat zich uit zijn maag omhoogwerkte met alles wat hij in zich had tegen te houden – met diep doorademen, zelfs met denken, met een uiterste concentratie op wat zich in hem roerde, wat in hem kolkte en draaide, in een poging het op zijn plaats te houden. Dat wat kwam, moest worden gestopt. Hij moest het een halt toeroepen. Tegenspreken. Uitstellen, nog één keer, en nog eens, als dat kon. Hij mocht niet versagen. Nooit. Hij mocht het niet laten gaan, niet laten komen. Zijn mond was droog. Zijn lippen kleefden aan elkaar.

'Rega?' vroeg Buks nog eens.

'Den Uyl, Wiegel, Van Agt', zei hij.

'Wát?' vroeg Buks.

'Roomsoes, Tulsa, augurken.'

'Waar heeft-ie het over?' vroeg Phillie aan niemand in het bijzonder.

'Heiligbeen, stuitbeen, staartbeen', zei Rega weer. Hij keek strak voor zich naar iets op de bar, ook al was daar niets te zien. Deze woorden kwamen vlotter nu, een stroom van woorden, willekeurige woorden, afleidingen, tactische manoeuvres, trucs, zomaar woorden die het opnamen tegen dat wat verzwegen moest, wat zo lang mogelijk ongezegd diende te blijven om het maar niet tot aanschijn te laten komen, niet in hem en niet buiten hem. Mireille, dacht hij, Mireillemireillemireillemireillemi...

'1602, oprichting van de VOC.'

Reillemi. Mireille.

Hij zweette een beetje, ook al was het in Che, ondanks de ronkende gaskachel, verre van warm.

'Bankhamer, schrobzaag', zei hij nu. 'Níét elegant, níét gemakkelijk, níét bedaard, níét, níét, níét.' En meteen daarna, met een kleine uithaal: 'Záppaaa.'

'Rega...' zei Buks aarzelend en hij legde een hand op zijn schouder. Maar Rega schudde hem af. Stond plotseling op van zijn barkruk en keek van Buks naar Phillie, van Phillie naar Wagtink. Hij keek naar Hennie Oldenzaal, die voor het raam naar buiten zat te kijken, naar de stromende regen. Hij keek hen allemaal aan alsof hij hen voor het eerst zag – niet alleen die avond voor het eerst, maar überhaupt. Alsof zij plotseling vreemden waren geworden op een onbekende plek in een ver verleden of een onduidelijke toekomst. Eigenlijk, als ik er even over nadenk, was het eerder zo dat hij keek alsof het voor het láátst was, zodat hij tegelijkertijd ook meer zag dan er te zien was: in wie er waren zag hij ook wie er op dat moment niet waren, hij zag ook Betty, en Marja en Louisa, en Keyzer ook, en Veerling zag hij. En Betty, zei ik al. En Puut natuurlijk, ook hem zag hij. Hij zag, voor het laatst zag hij een geheel, samengetroept rond een roodgloeiende kachel in een tochtig, vervallen pand – mensen die voorheen zonder hem bestonden en voortaan zouden bestaan, misschien. Toen glimlachte hij even en zei: 'Ik moet weg.' Hij draaide zich om naar de deur, en liep, zonder verder nog naar iemand te kijken, de gang in die nog vol brandlucht hing. En terwijl de deur zich langzaam achter hem sloot, riep Phillie hem nog na. 'Rega!' riep ze. 'Je jas man! Je vergeet je jas!'

Mireille, hij moest naar Mireille. Hij moest er met Mireille over praten. Nu. Onmiddellijk. Hij moest en zou het zwijgen dat hij in acht had genomen sinds hij had gemerkt dat Mireille de neiging had hem voor de keuze te stellen zodra hij over Che begon – hij moest dat zwijgen nu, dat verzwijgen eigenlijk, dacht hij, hij moest dat verbreken. Niet om te biecht te gaan of zoiets (een woord dat hij niet werkelijk kende), om schuld te belijden (een woord dat hij wel kende) – al was het dat tegelijkertijd misschien ook – maar om de afgrond in zijn bestaan te dichten door er met zijn rug naartoe te gaan staan. Door zich, meer nog dan ooit tevoren, aan Mireille te wijden, haar verwachting te zijn en haar vervulling, louter en volledig de hare, wat Puut daar dan ook van vond. Of Betty. Of wie dan ook, dacht hij.

Mireille was die avond thuis, maar omdat ze de volgende dag een belangrijke kür moest rijden in het verre Groningen, had ze tegen Rega gezegd dat ze liever vroeg ging slapen. Het busje van de manege zou al om halfzeven 's ochtends vertrekken, had ze gezegd, en er zou, zei ze, wederom geen plaats voor hem zijn, zei ze, hoe jammer dat ook was, zei ze. Dat had ze gezegd. En dus fietste Rega zich in de stromende regen de longen uit zijn lijf om toch althans voor halftien 's avonds bij haar te kunnen zijn – langs het bekladde elektriciteitskastje, over de lange rechte weg die leidde naar de brug met de gifgroene teksten over het Twentekanaal, langs het verkeersbord met de in het donker oplichtende Duitse naam, af en toe rakelings gepasseerd door licht slingerende auto's vol joelend volk, vermoedelijk op weg naar De E8 verderop. Halftien, dat kon nog, dacht hij. Misschien kon hij de volgende dag toch nog mee, zou er onverwachts plaats zijn in het busje. Of misschien kon hij haar met de trein achternareizen en zou hij morgen niet alleen in Groningen maar later ook elders en overal voortaan de stille aanwezige zijn, de steun en toeverlaat van zijn meisje dat triomfen vierde in de bak, de man achter de vrouw, zeg maar. Háár man. Haar mán. Een en al bewondering en toewijding. En hij zou zich alle termen en begrippen uit de paardenwereld eigen maken, zo nam hij zich nogmaals voor terwijl hij als een bezetene doortrapte op zijn fiets, en hij zou, als het moest, kunnen meepraten over de uitvoering van de kür, over de onrechtvaardigheid van de jury, die een loepzuivere... een loepzuivere... oefening... een... een... piáf, dat was het - die een loepzuivere piaf verkeerd... Of zei je dat niet van een piaf, dat die 'loepzuiver' was? Een piaf van het zuiverste water dan misschien? Nee. Een voortreffelijke piaf? Briljant? Schitterend? Er moest een paardenmanier zijn om iets over de uitvoering van een piaf te zeggen, en Rega, dacht hij, terwijl hij in de verte de contouren van Mireilles huis zag opdoemen en haar verlichte raam, Rega zou zich die paardenmanieren eigen maken en zo herstellen wat nu uit elkaar dreigde te vallen, wat onherstelbaar leek. Hij zou kiezen, tussen hen en haar zou hij eindelijk kiezen. Mireilles schoot koos hij. Haar schaal, schelp, kom. De innige omarming. Het wederzijds opgaan en verdwijnen in elkaar, zoals voorheen al was voorzegd, bedacht hij zich nu voor het eerst, toen, dat voorjaar, dit voorjaar, in het lange gras in de schaduw van wat berken en eiken, ver weg van de wandelpaden, van de bewoonde wereld, ver weg van keukendeuren die ieder moment konden opengaan, bevrijd van conciërges die hem pijnlijk bij de bovenarm grepen en dreigden een emmer water over hem en Mireille heen te gooien als waren ze een stel neukende honden, ver weg van verachting, afkeuring en gesnoef, van elke onderbreking van het opgaan en verdwijnen in de zalige overgave aan wat niet langer apart van hem of haar te onderscheiden was. Ver weg van de tijd. Vrij.

Hij hijgde. Water stroomde over zijn gezicht. Het liep in zijn ogen. Zijn haar hing in druipende slierten rond zijn hoofd. Hij was nat tot op zijn huid. Maar hij naderde. Hij voelde de kou niet. Hij was de redding nabij. 'Open them pearly gates to me', galmde het in zijn hoofd (van wie, van wie?) Hij ging komen, nu. Bij haar ging hij komen. Voorgoed bij haar.

En omdat hij dit... dit *grootse* moment niet wilde bederven door aan te bellen en eventueel door haar moeder of vader weggestuurd te worden, omdat hij het niet verdragen zou hebben om nog een dag en een nacht zonder haar, zonder zijn... zijn vrouw... – dat hij nog een dag en een nacht moest doorbrengen zonder haar te zien, bedoelde hij – omdat dit hem onverdraaglijk was, besloot hij al voor hij bij het hek was – hij moest nog een kleine honderd meter in de striemende regen afleggen – besloot hij om via de oprit van de boerderij van de buren door het weiland tussen beide boerderijen naar het verlichte raam van Mireilles kamer te lopen. Haar venster was als het licht aan het einde van de tunnel, het enige wat hij zag, een verlicht vierkant in de roetzwarte omtrek van de verbouwde boerderij, terwijl hij over het prikkeldraad klom en zijn hand openhaalde, weg-glibberde in het doornatte weiland, zijn enkel verzwikte in een modderig gat en tot twee keer toe uitgleed en op zijn rechterknie viel. Hij zag alleen dat licht en het vervulde hem met blijdschap en gespannen verwachting.

Nog één keer prikkeldraad, een klein greppeltje en dan de border met de tuinplanten en de grindtegels van het pad onder haar raam langs. Maar juist toen hij, voorzichtig dit keer, het prikkeldraad met twee handen naar beneden had geduwd en inmiddels zijn rechterbeen er helemaal over-heen had gezwaaid, ging in Mireilles kamer het licht uit. Rega schrok, ineens in het aardedonker, zonder een lich-tend baken dat hem de weg wees, ineens alleen in het zwart van een bewolkte nacht op het platteland, met nergens een lantarenpaal in de buurt. Hij dreigde zijn evenwicht te verliezen en liet het prikkeldraad los om het te herstel-len, waardoor de draad terugsprong, omhoog. En Rega mocht nog van geluk spreken dat hij enigszins uit balans was, dat zijn ene been reeds aan de tuinkant stevig op de grond stond, terwijl zijn andere nog in de vrije ruimte hing, als een fietser... een... een *ruiter* halverwege het... het afstap-pen, het afstijgen, het... hoe heet het – enfin, hij mocht van geluk spreken dat hij niet met beide benen aan weerszijden van het neergeduwde en inmiddels weer terugspringende prikkeldraad stond, zodat de scherpe punten nu, weliswaar nog steeds akelig hoog, in de binnenkant van zijn dij drongen en niet vol in zijn kruis. Rega voelde een scherpe pijn, slaakte een onderdrukte kreet, verloor nu pas werkelijk zijn evenwicht en begon te vallen, waarbij het prikkeldraad een spoor trok door zijn broek en zijn huid, een rafelige wond maakte, een scheur als het ware, die voor altijd een grillig litteken zou blijven, waarnaar later de een na de ander zou vragen, maar waarover hij altijd zou blijven zwijgen.

Rega tuimelde over het prikkeldraad de greppel in, die gewoonlijk droog stond, maar door de hevige regenval nu al een bodempje water bevatte. Nat, doornat was hij al, maar nu lag hij languit op zijn buik in de modder, met een snijdende pijn in zijn rechterdij, een bloedende hand, pijnlijke knieën en enkels – alsof hij door iemand onderhanden genomen was die hem bont en blauw had geslagen, alsof hij uren had doorgebracht in de folterkamers van Videla of Pinochet. En nog was het met zijn beproevingen niet gedaan, want in zijn poging om uit de greppel en op het pad met de grindtegels te raken, greep hij naar de overhangende takken van de een of andere struik, die hij onmiddellijk met wortel en al uit de grond trok, zodat hij nog eens achterover terug in de greppel viel, waarbij alle lucht uit zijn longen geperst leek te worden.

'Oempf!'

Terug op de bodem van de greppel, languit op zijn rug ditmaal, en bijna van zins om het hier nu maar bij te laten, om hier, onder Mireilles raam in de stromende regen te blijven liggen, voor altijd, in de stilste stilte van de aanbidding, zo dacht hij misschien, als teken, nee als het... het *ontroerende* bewijs van zijn oneindige liefde, van zijn toewijding – op de bodem van de greppel zag hij hoe juist op dat moment het licht in Mireilles kamer plotseling weer aanging. En toen hij zich omhoogwerkte, op handen en voeten uit de greppel kroop, door de zwarte tuinaarde naar het grindpad, stond ze, haar beide handen als een soort oogkleppen rond haar gezicht, door het venster naar buiten te turen. Ze had hem gehoord natuurlijk, dwars door het ruisen van de regen, had ze iets gehoord – een briesend paard, een loslopende hond, iets. Rega zat op zijn handen en knieën, een ogenblik niet bij machte zich op te richten, en strekte zijn arm naar haar uit. Alleen zijn hand reikte tot in het licht, en dat moet dan ook het eerste zijn geweest dat Mireille uit het donker zag verschijnen: een bemodderde en bebloede hand die naar haar reikte. Ze deinsde achteruit, verloor op haar beurt haar evenwicht, viel achterwaarts en belandde in de grote oranje zitzak in de hoek, waarbij ze en passant tegen het sinaasappelkistje met de grijze pickup stootte.

En dat was dan weer het eerste wat Rega zag toen hij moeizaam zijn hoofd boven de vensterbank uit had gewerkt en naar binnen keek: hoe Mireille, wijdbeens, met gespreide armen en met een nachthemd dat door de val tot ver boven haar navel was opgeschort, achterover in de zitzak lag. Ze droeg geen ondergoed. Ik zou willen zeggen dat ze erbij lag als op dat schilderij van... van... kom... *Salut au monde* heet het geloof ik, nee, *L'Abîme du...* nee: *L'Origine...* enfin, zoals op dat schilderij lag ze; maar Rega wist van schilderijen niets en zag alleen... als eerste zag hij van haar die ragfijne haartjes, dat kleine heuveltje, het lieflijk toegevouwen-zijn van haar wezen, en even leek het alsof ze zo al uren op hem lag te wachten, straalde haar houding bereidwilligheid uit, precies het soort verwachting waar het Rega om te doen was, dat aan zijn bestaan zin gaf en betekenis: de vervulling of dan toch op zijn minst het object te zijn van andermans verlangen. Maar dat was nog voordat hij gezien had hoe zij keek: met wijd opengesperde ogen van schrik en een van afschuw vertrokken mond. En hij begreep dat als er iets van hem verwacht werd nu, het was dat hij zich kenbaar maakte als wie hij was.

Maar zelfs toen hij uiteindelijk in zijn volle lengte voor het raam stond, duurde het nog luttele seconden voordat hij Mireilles gezichtsuitdrukking zag veranderen – niet van verschrikt naar bezorgd of begripvol of zelfs vol liefde, of wie weet, als dat had gekund, ontroerd, met een glinstering van tranen, zoals vrouwen die hun mannen na maanden of misschien zelfs jaren levend zien terugkomen uit een oorlog, uit het bloed en de modder van de loopgraven, de kou van de in bevroren grond uitgehakte mangaten in een duister bos vol naaldbomen of iets dergelijks. In plaats daarvan leek ze ontstemd, maakte zelfs het begin van een wegwuifgebaar, als wilde ze Rega duidelijk maken dat hij moest verdwijnen, en kwam pas toen, na nog een korte aarzeling, op het raam af om het te openen.

Rega zag het niet. Rega zag haar komen. Dat was wat hij zag. Ze kwam. Daar kwam ze.

Meer dan twee passen waren het niet, maar Rega had het gevoel dat hij haar eindeloos nader zag komen. Hij zag elk van haar dunne blonde haartjes bewegen rond haar hoofd, hij zag de lichte blos op haar wangen. En haar ogen, haar briljantblauwe ogen met koolzaadgele stipjes en hier en daar een zweem van duifblauw, *Taubenblau, Azul colombino*. En de bleekrode, niet-gestifte, haast wit, haar nu bijna witte lippen zag hij, op elkaar geperst, zo hard op elkaar geperst dat al het bloed eruit verdwenen leek te zijn. Haar smalle, nee frêle, haar frêle schouders onder het gebloemde flanel van haar nachthemd zag hij, een nachthemdje met rond de kraag een fijn boordje van kant dat ter hoogte van het kuiltje tussen haar beide sleutelbenen met een klein, parelmoeren, leek het, een witblauw-geel-groen glanzend allerliefst knoopje door het fijnste lusje denkbaar samengehouden werd, en dat daaronder in druppelvorm een kleine opening liet die uitzicht bood op het begin van haar borstbeen, met nog lager de uit de stof oprijzende kleine heuveltjes van haar borsten, die zacht waren, het zachtste wat hij kende, het merkwaardigste wat hij ooit had gevoeld, en wat op hem, zoals alles aan haar, die merkwaardige uitwerking had van een soort... een soort agressieve tederheid, zou ik willen zeggen, van vernielzucht uit verlangen haar te beschermen. Hij zag het bewegen van de stof om haar heupen, als zij haar ene voor haar andere been zette, een goudbruin been met alweer van die ragfijne blonde donshaartjes, wist hij, want die zag je alleen als de zon over haar huid scheerde, alleen in tegenlicht. En hier was geen tegenlicht; hier kwam het licht van onderen, van het kleine lampje naast haar matras, wat haar, naarmate ze dichter bij het raam kwam, een wat spookachtige aanschijn gaf, zo ineens.

Maar dat was niet belangrijk. Belangrijk was dat ze kwam. Ze kwam. Ze kwam naar hem. Twee passen maar. Meer dan één, twee seconden konden het niet geweest zijn vanaf het moment waarop ze Rega herkende, Rega die met zijn voorhoofd tegen het glas van de ruit leunde, nu, opeens, in het zicht van de veilige haven, dodelijk vermoeid van alles, zich eindelijk overgevend aan het andere wat hij tot hier had weerstaan, zich overgevend aan die ene ander die van hem niet te onderscheiden was, noch hij van haar, en die, zag hij, hem herkende, opstond en in één, twee passen bij het raam was waar hij met zijn voorhoofd tegenaan leunde, tegen het het koele, natte glas – en die nu met ferme gebaren de hendel van het raam naar beneden bewoog en het vervolgens met alle kracht, zo leek het, met alle kracht die zij in zich had openduwde, Rega achteruitduwde, die alweer moeite moest doen om zijn evenwicht te bewaren, niet nogmaals van het tegelpad achterwaarts in de struiken te vallen en, wie weet, in de greppel daarachter.

'Daniël!' zei ze. Nee, nee, ze *zei* dat niet; ze... ze *blafte*, ze *beet hem toe.*

En Rega spreidde zijn beide armen, toonde zich in volle glorie als de gewonde krijger die terugkeerde van het slagveld, van ontberingen die onbeschrijflijk waren, van honger en dorst.

'Mi...Mireil', stamelde hij. Mireillemireillereillereillereille...

'Wat doe jij verdomme nu hier.' (Dit was geen vraag.)

'Ik had... ik was', zei Rega. Hij voelde zijn ogen branden. Van ontroering. Van geluk.

'Ik had toch gezegd...', begon Mireille, maar maakte haar zin niet af.

'Ja maar, de deur, er was brand aan de deur... in de deur... in... en Puut en Buks en Betty...'

'Betty?' snauwde Mireille. Het ontging nu ook Rega niet meer.

'Nee, nee,' zei hij terwijl hij zijn modderige en bebloede hand bezwerend ophief, 'nee, niet Betty, nee ik bedoel, Che, er was... er is... Ik ben nu hier', zei hij.

'Je bent nu hier', smaalde Mireille. Ze had haar beide handen in haar zij gezet. 'Ja, je bent nu hier. Dat zie ik ook wel, oen. En ik had nog zo gezegd dat je hier niet moest komen. Dat ik morgen moet rijden. Dat weet je toch? Ik heb je dat toch gezegd?

Rega knikte. 'Maar...' begon hij.

'Wil je dat ik verlies, Daniël? Wil je dat ik afga voor de complete manege? Wil je dat ik van mijn paard val, morgen, omdat ik door jou... door jouw gedoe me niet meer kan concentreren?'

'Nee, nee', zei hij, enigszins ongeduldig nu. Hij wilde vertellen wat hij wilde vertellen; hij wilde met wat hij vertelde bezegelen wat daarna nooit meer verbroken kon worden.

'En wat zie je eruit! Wat heb je in godsnaam uitgespookt, man!'

'Ik... dat probeer ik nu net te zeggen, er is... er was brand...'

'Brand?'

'Ja, in Che was er br...'

'In Che? Was jij in Che?'

'Eh... ja, maar daar gaat het nu niet om. Het gaat er...

'Daar gaat het wél om, Daniël, daar gaat het dus wél om, hè, dat probeer ik je nu al weken duidelijk te maken, dat het daar dus wél om gaat, dat jij blijkbaar met dat volk daar om blijft gaan, hè, terwijl je wéét wat die mij hebben aangedaan, wat ze achter mijn rug om allemaal over me zeggen, hè, Betty en zo, wat die allemaal over mij durven te beweren. En jij, jij blijft daar gewoon mee omgaan? Jij blijft daar gewoon naartoe gaan. Misschien doe je er wel aan mee, hè? Een beetje lachen met mij zeker? Een beetje aanpappen met die trut van een Buskermolen in dat... dat rookhol... in die hoerentent daar!'

Rega zweeg verbluft. Dit ging niet zoals hij had verwacht en zoals het had gemoeten. Dit leek in niets op de thuiskomst die hij zich, trappend door de stromende regen, met niets anders dan haar verlichte raam voor ogen, had voorgesteld. Dit was geen omarming. Dit was een steekpartij. Dit was erger dan De E8.

'Weet je, ik heb je dit al vaker willen zeggen,' zei ze, terwijl ze met haar rechterhand het kanten kraagje van haar nachtjapon rond haar hals bij elkaar trok, 'maar ik heb het gevoel dat wij elkaar de laatste tijd helemaal niet meer begrijpen. Jij hebt het steeds maar over... over rechtvaardigheid en arbeiders en weet ik het allemaal, en dat ingewikkelde gelul van je over... hoe heet 't? Over begeerte... Nou, dat van die begeerte is wel duidelijk, ja. Je wilt altijd alleen maar seks. Je interesseert je alleen maar voor... voor mijn lichaam.'

Rega liet zijn armen slap langs zijn lijf hangen. Hij voelde zich als verlamd.

'Maar het ís toch zo', zei ze nu, alsof hij haar had tegengesproken en even aan het twijfelen had gebracht. 'Je wilt toch altijd meteen alleen maar... daar...' zei ze en wees met haar vinger naar beneden. 'Of ik nou zin heb of niet', zei ze, en haar ogen gingen even schichtig heen en weer.

Ze loog.

'Je hebt... je hebt... gebeten heb je me', zei ze nu, met iets huilerigs in haar stem ineens. 'Daniël, je hebt me gebeten... daar', zei ze, en ze legde haar hand op haar onderbuik.

Ze loog, ja, nee, niet over dat bijten, oké, niet daarover, al was dat... anders was dat geweest dan ze het nu voorstelde, maar dat hij alleen maar...

Ze loog, al leek dat nog steeds niet volledig tot Rega door te dringen, was het weer een van die dingen die hij, op het ogenblik dat ze ook in hem opkwamen, met kracht tegensprak, die niet pasten.

'En je doet niets uit op wat ik je vraag, Danny, niets.' Ze sloeg nu beide handen voor haar gezicht.

Ze loog. Ze stond daar godverdomme te liegen. Ik had het hem wel in zijn oren willen schreeuwen: ze liegt, het verwende kreng, ze staat te liegen!

'Je wist dat ik morgen een belangrijke wedstrijd had. Je wíst het. En het kan je blijkbaar niks schelen. Je komt hier midden in de nacht kom je hier aan mijn raam staan kloppen en dan wil je met me... je wilt...'

'Niet', zei Rega schor. Hij wilde helemaal niet met haar... dacht hij, toch niet zoals zij het nu voorstelde. Zo was het toch niet.

'Je liegt,' zei ze, opkijkend uit haar handen, 'ik zag je net wel loeren, hoor.'

Rega schudde heftig zijn hoofd. Zijn natte haren slierden rond zijn gezicht en water spatte alle kanten op. Hij was een hond die zich uitschudde.

'Hé,' zei Mireille, terwijl ze iets achteruitweek, 'je maakt me nat.'

Rega zette een stap vooruit. Hij wilde de fysieke afstand verkleinen, nu hij zich steeds verder van haar af voelde drijven, nu hij zo duidelijk werd weggestoten, door haar werd weggeschopt, weggetrapt naar de verste hoek van de wereld,

ver voorbij de oranje zitzak met de van het sinaasappelkistje gevallen grijze pickup daarginds, hier in haar meisjeskamer, waar hij zo vaak was beland, zijn geruite overhemd over zijn broek.

'Blíjf... blíjf daar!' zei Mireille terwijl ze haar handen afwerend voor zich uitstrekte. Rega stond nu vlak voor het open
raam, zijn handen op het kozijn, en ja, nou ja, wat hij nu wilde,
wat hij het liefst van al wilde, was naar binnen, dat was wel zo,
maar niet op de manier die Mireille bedoelde, niet vanwege...
vanwege de seks, zeg maar... Al was het welbeschouwd seks
dat hij wilde – er was geen ander woord voor – wilde hij nu het
liefst van al met haar in zalige vergetelheid in de... de omklemming van de wederzijdse opheffing... de... hoe heet het... de
allesomvattende omhelzing van de totale verdwijning... de absolute uitvaging van de complete en uiterste doordringing...
Wilde hij, als op die zonnige voorjaarsmiddag maanden geleden, wilde hij haar kussen, zijn mond op de hare, zijn lippen
op de hare, en dat hij met zijn tong voorzichtig likkend over
haar lippen een opening maakte, haar lippen opende, om
eerst behoedzaam het puntige, ruw aanvoelende traliewerk
van haar vaste beugel te beroeren, maar dan al snel haar tong
te voelen, een warm en glad en zacht antwoord, haar tong,
die plotseling zijn gehele mond vulde, terwijl zijn handen
van haar schouders naar haar borsten gleden, over het wit
van haar bloesje. En dan zij, die haar borsten iets omhoog
bracht. En dan hij met twee vingers tussen de bovenste en
op een na bovenste knoop, met twee vingers voorzichtig
tasten naar haar huid, de huid tussen haar borsten. En dan...
dan langzaam... langzaam het ene na het andere knoopje
openen, en dan met zijn andere hand over haar buik naar

beneden, zoals toen, zoals die middag in het voorjaar, die uitzonderlijk warme voorjaarsmiddag in het lange gras, naar beneden naar de taille van haar vaalblauwe jeans. En ook al maakte zij met kleine, altijd lieve, dacht hij, altijd lief bedoelde Mireille-gebaartjes duidelijk dat de bh niet uit mocht, uit niets dan gewoonte en gewenning, uiteraard; ook al verhinderde zij dat hij, over haar buik likkend, over haar onderbuik nu, terwijl hij met zijn beide handen haar jeans en slipje tegelijk afstroopte, verhinderde zij dat hij haar broek tot op haar enkels naar beneden trok en moest hij nog flink zijn best doen om zijn hoofd tussen haar nauwelijks geopende benen te krijgen, likte hij één, twee keer in het niets om pas daarna door te stoten tot de zalige ruwheid van haar kleinste haartjes, de warme... de warme rauwheid van haar... haar intiemste geur, zeg maar; ook al was er dan, lijkt mij nog steeds, was er meer mogelijk geweest dan die toch wat benarde positie, dan die toegeknepen dijen en zijn wat ongemakkelijk naar achteren gebogen hoofd, vind ik dat ze zich van alles hadden kunnen, hadden móeten bevrijden, die middag; ondanks dat alles voelde hij, wist hij, dat zij die dag – hij en Mireille, Mireille en hij – dat zij die dag het dichtst van al bij zichzelf waren geweest, hij bij zichzelf en bij haar, zij bij zichzelf en hem, zij bij elkaar.

Vrij.

Ze waren vrij geweest.

Vrij in een wereld die nog heel was, één geheel.

Vrij en gelukkig. Ingelukkig.

En het was dat geluk dat hij nu opnieuw wilde, dat hij moest en zou bereiken, zijn beide handen op het raamkozijn. En dus, ja, wilde hij naar binnen, wilde hij eindelijk uit de regen in de warmte van haar kamer komen, uit de verdeelde wereld in het ongedeelde heden van Mireilles meisjeskamer, waar de tijd niet bestond. Hij kon niet blijven staan, en Mireille moest, Mireille zou hem binnenlaten, nu nog meer dan ooit, nu zij woorden had gesproken die niet waar konden zijn, die niet de waarheid vertelden, niet de zijne, en de hare ook niet, meende hij, de hunne – hoezeer die woorden ook de afstand tussen hem en haar tot iets ondoordringbaars leken te maken, dreigden hard te worden als hun eigen betekenis.

'Weg,' zei ze, 'je moet nu echt weg', zei ze, maar dat meende ze niet, dat kon niet zijn wat er werd bedoeld. 'Daniël,' zei ze, 'ga, alsjeblieft, Daniël, ga nu, ga nu weg, alsjeblieft.' En Daniël, Daniël Winfried Rega dacht: nee, dacht hij en hij hoorde niet hoe Mireille steeds harder riep dat hij moest gaan, verdomme, opdonderen, wég moest hij, klootzak, flikker nou toch 's op – hij hoorde het niet. Hij lag in het lange gras in de schaduw van enkele bomen met zijn hoofd tussen haar benen en hij voelde het raspen van haar ruwe haartjes over zijn kin, hij voelde hoe ze haar bovenbenen steeds krachtiger rond zijn hoofd klemde, hoe ze haar spieren aanspande. Hij was een rechtgericht, in aanleuning gaand paard, haar paard. Hoe ze ging komen voelde hij. Hij hoorde niets. Hij hoorde alleen het geweldige ruisen van zijn bloed. Maar ze kwam, ze ging komen. Zoals hij kwam nu, bezig was te komen, geen woorden meer nodig had om uit te stellen, om tegen te spreken en zo tegen te houden wat nu ontegenzeggelijk in hem opwelde.

Hij had al één voet op de vensterbank, en hij maakte aanstalten om ook zijn tweede voet bij te trekken en naar binnen te klimmen. Hij zei het zelfs, hij zei: 'Ik kom,' zei hij, 'liefste, ik kom.' Niet eens tegen de Mireille die daar stond, maar tegen de Mireille die van hem niet langer apart te onderscheiden was en waarvan de Mireille voor hem niets anders dan de projectie leek te zijn en kon zijn. En hij was dan ook verbijsterd dat juist deze Mireille, net toen haar kamerdeur openvloog en er een brede gestalte in de deur-opening verscheen, die iets riep wat Rega niet verstond – hij was verbijsterd dat Mireille zich met een woedende gil op hem stortte, zodat hij, balancerend op één been in de raam-opening voor de zoveelste keer die avond zijn evenwicht verloor, ruwweg naar buiten werd gestoten en ruggelings in de struiken naast het tegelpad terechtkwam.

Hij is gaan rennen. Hij stond, ondanks de pijn in zijn rug, de stekende pijn in zijn dijbeen, het schrijnende gevoel in zijn hand, ondanks de pijnlijke blauwe plekken, de kneuzingen en verzwikkingen stond hij onmiddellijk op en maakte zich uit de voeten, achternageroepen door Mireilles vader, achter-volgd door Mireilles woedende gehuil. En hij is gaan rennen. Dwars door de tuin, door het rozenperk, over het grasveld, naar het hek waar hij zo vaak 's ochtends op Mireille had staan wachten. Hij wilde eroverheen springen, maar zag bij-tijds dat het te hoog was, remde af, opende het schuifje waar-mee het was afgesloten, en rende verder, de weg op, vrijwel onmiddellijk in de richting waar hij eerder die avond op zijn fiets vandaan was gekomen, gedreven door instinct, zou je kunnen zeggen.

Want hij moest terug. Het was de enige mogelijkheid. Niet alleen omdat de andere kant op de met rode, blauwe en gele tl-lampen verlichte discotheek De E8 op zijn weg zou liggen en er niet viel te voorzien wat de gebruikelijke bezoekers met iemand als hij zouden doen, met een doornatte, een bemodderde en bebloede langharige jongen die langs de weg sprintte, een hippie, een vreemde vogel, een drugsgebruiker. Ongedierte. Misschien zouden ze hem opjagen met hun tweede- en derdehands boerenwagens, hun Opels en Fords, hun Volkswagen Kevers, en hem met groot licht achtervolgen, opdrijven als een stuk vee, om hem ergens op een doodlopende weg af te maken als een beest. Maar niet alleen daarom rende hij terug naar D., niet alleen uit angst voor wat hem rennend in de richting van Markelo zou kunnen overkomen, maar veel meer rende hij waarheen hij rende in een even hopeloze als pathetische poging om misschien zo nog ergens te kunnen arriveren op een tijdstip waarvan hij wel wist dat het alleen nog maar in zijn hoofd bestond – om terug te keren naar een van die avonden in het gelige licht van de mandlampjes boven de bar, naar de blauwgrijze, nooit ofte nimmer op te lossen, eeuwig in de ruimte hangende rooksilerten van een in zijn haar verscholen Buks, naar Betty en Marja en Louisa, en Veerling ook nog, en nog iemand, rond de stoel met Phillie, met Kuno, die 'Oh god' zei, 'God oh god'. Alsof het mogelijk was om de deur open te stoten en er Che aan te treffen zoals hij Che in zich ronddroeg, nu al, nog maar zo kort nadat hij het pand via de voorgoed gehavende voordeur en in de stromende regen had verlaten. Hij rende om Puut te zien. Om Puut te horen. Om werelden te zien opdoemen uit de mist van de werkelijkheid, die elke horizon tot op dat moment voor Rega verscholen had gehouden, voor Rega en voor de rest van de mensheid natuurlijk. Hij rende voor een laatste mogelijkheid om te geloven in iets anders dan wat zich opdrong als het onoverkomelijke van een alledaags, al te alledaags bestaan. Hij rende tegen de tijd, tegen de dood, zou ik zeggen, al dacht hij dat niet, kwamen dergelijke dingen niet bij hem op. Hij rende alleen maar. Hij dacht niets. Hij voelde overal pijn, maar beet op zijn tanden. Hij zat vol lood, maar zijn wil overwon de zwaarte.

Hij overwon ook de lichte helling van de weg naar de brug toe, een stijging waaraan Rega bijna bezweek, maar die hij toch nam, nog steeds min of meer rennend, half struikelend nu, voortgedreven door niets anders dan het vooruitzicht dat hij vanaf de brug het in de verte gelegen D. kon zien liggen, de lange rechte hoofdweg, die precies voor Che een bocht naar links maakte, voortgedreven door de zekerheid dat hij al vanaf daar de verlichte ramen van Che kon zien en minstens half gered zou zijn, dacht hij.

En hij werd niet teleurgesteld, want eenmaal boven, onder een licht wiegende lantaren aan een staaldraad die in het midden van de brug was bevestigd, eenmaal halverwege, met links en rechts het inktzwarte water van het kanaal, zag hij in de verte niet alleen de lichtjes van D., zag hij niet alleen waar de lantarenpalen en de bebouwing van het dorp begonnen, maar boven D., als een grote, opkomende zon, schitterde een oranje hemel. Er was daar een licht dat Rega nog nooit eerder had gezien, en dat hem een moment lang de adem benam. Want wat anders, dacht hij, wat anders kon dit zijn dan een welhaast boventijdelijk bewijs dat hij alleen maar hoefde door te rennen om straks, daar in de verte, aan de voet van dat allesoverstijgende licht Che terug te vinden zoals hij het voortaan altijd zou blijven dromen en zien.

Hij hijgde, stond even stil onder de zacht wiegende lamp, die zijn schaduw voor- en achterwaarts bewoog op het wegdek. Hij zette zijn beide handen op zijn knieën, met zijn hoofd naar beneden, en hij zag voor het eerst het bloed, de modder, hij zag de scheur aan de binnenkant van zijn broekspijp. Hij zag zijn gehavende zelf en hij voelde tranen opwellen. Zijn knieën knikten en bijna was hij in snikken uitgebarsten, in een onbedaarlijk huilen, bijna had hij zich daar, midden op de brug, op de grond laten zaken om met betraande ogen naar het wonderlijke lichtspel in de hemel boven D. te kijken, naar de woest kolkende wolkenpartij boven... boven dit zo beproefde dorp, van onderen verlicht door een flakkerend goudoranje.

Maar hij hoorde achter zich een auto aankomen, een aftands gevaarte zonder knalpijp. Met brullende motor en luid claxonnerend naderde het de brug en Rega drukte zich uit voorzorg tegen de brugleuning, in de hoop dat niemand hem zou zien. Eenmaal op de brug vertraagde het voertuig enigszins. Uit de neergedraaide ramen van een Ford Taunus hingen joelende en schreeuwende gestalten met bierflessen in de hand.

'Jíííí-háááí!' schreeuwde er iemand in zijn richting.

Waarna het gaspedaal weer werd ingetrapt en de auto van links naar rechts over de weg slingerend met hoge snelheid richting D. verdween. En Rega had zich nog niet van de brugleuning losgemaakt of hij hoorde al een volgende auto aankomen, en nog een, en daarachter nog een stoet van koplampen uit de richting van De E8, zo zag hij, allemaal op weg naar D., leek het, volgeladen met uitgelaten, opgewonden volk. De auto's passeerden hem een voor een, schijnbaar zonder hem op te merken, totdat er een, een oude

Simca 1300, onder luid toeterend protest van de voertuigen daarachter even vertraagde en er uit het raampje aan de passagierskant iemand naar buiten leunde en hem toeschreeuwde: 'Hé man! Moet je een lift?'

Rega schudde zijn hoofd.

'Zeker weten? Er is daar een grote fik, man! Te gek!'

Rega draaide zijn hoofd met een ruk naar D. Er leek iets door hem heen te vallen. Hij zag het opgloeien van talloze remlichten, hij zag nu de rookwolken en het flakkerende licht. Hij zag een flikkerend blauw dat er zojuist nog niet was geweest. Hij zag een steekvlam hoog boven D. naar de hemel reiken, daar waar de hoofdweg een bocht naar links maakte. En hij greep zich nog vast aan de brugleuning, om zich overeind te houden op het nu plotseling hevig bewegende wegdek onder hem. Hij voelde iets uit zijn maag omhoogkomen terwijl boven hem de lantaren aan zijn staaldraad in ijltempo naar rechts begon te bewegen en de metalen bogen van de brug uiteen leken te wijken. Hij wilde nog snel een paar stappen zetten. Hij wilde het opnieuw op een lopen zetten, weg van de onder hem wegkantelende brug, maar hij kwam niet meer van zijn plaats, werd neergetrokken. En terwijl de stem uit de auto hem al haast uit de verte toeriep: 'Hé man, hé, gaat het wel, hé!', zakte hij naar de grond.

Halverwege D. en Mireille, halverwege niets en niets, kwam Rega, Daniël Winfried Rega, onzacht in aanraking met het beton van de met gifgroene teksten bekladde brug over het inktzwarte Twentekanaal.

Rabenhaupt

Freedom's just another word for nothin' left to lose.

Janis Joplin

Het was Steven van Parys die op een zeker moment te midden van de meer dan honderd, dicht tegen elkaar aan in oplopende rijen gezeten eerstejaars was opgestaan en het woord richtte tot de langharige docent, die voor een groot, een goede drie kwartier daarvoor met een zoemend geluid automatisch uit het plafond gezakt wit scherm stond en uitleg gaf bij een eindeloze reeks dia's van indianen en andere natuurvolkeren om zijn stelling kracht bij te zetten dat het moderne onderwijs, in het bijzonder het... het *moedertaal*onderwijs, meer aansluiting moest zoeken bij de natuurlijke... de natuurlijke... *dispositie*, zei hij, geloof ik – bij de natuurlijke dispositie van de mens, zoals die, zei hij, in een meer tamelijk ongerepte staat nog te vinden was bij bijvoorbeeld de indianen (dia), de Papoea's (dia), of bij andere in dichtbeboste of anderzins van de geïndustrialiseerde samenleving geïsoleerde gebieden levende volkeren en/of stammen (dia van een verrimpeld zwart dwergvrouwtje met een – ik zweer het! – een bot door de neus en verlepte borsten die, zo leek het, tot ver voorbij haar navel hingen). Plotseling was Steven van Parys opgestaan, en hoewel hij klein van stuk was, leek hij zo halverwege de helling van 'Het Amfitheater', zoals de collegezaal officieel heette, bepaald imposant. Een redenaar uit antieke tijden, ook al verzette verder alles in zijn voorkomen zich tegen die vergelijking: de bleekzwarte jeans met de scheur op het rechterbovenbeen, het felgekleurde T-shirt met in schots en scheve letters het woord 'Bollocks!' erop, zijn in pieken gedraaide, kortgeknipte gitzwarte haar. Hij stond op en stak tegelijkertijd zijn vinger op.

'Eh... meneer... eh meneer Albeda?'

Meneer Albeda draaide zich om van het scherm naar de collegezaal en keek vriendelijk naar Van Parys terwijl hij zei: 'Joop. Zeg maar Joop.'

'Eh... ja, meneer... eh Joop... eh... zeg eh luister 's... ik zie hier nu al geruime tijd heel veel mensen wat ongeduldig op hun stoel zitten draaien en... eh, ik vind het ook allemaal wel leuk hoor, die indianen en andere dingen die ik me nog herinner uit Karl May, maar... ja, sorry hè, maar... wat heeft dit in godsnaam met onderwijs te maken? Kunt u... kun je me dat eens uitleggen? Want eerlijk gezegd, ik vind het nogal vaag geouwehoer allemaal.'

Er steeg een gemurmel op in de zaal. Iemand lachte luid en Albeda's, Joops gezicht betrok. Eerst keek hij nog met de welwillendheid van een docent die een verwachte domme vraag op de vriendelijkste manier van een voor de hand liggend antwoord zou voorzien. Vervolgens keek hij verbluft. Maar dat duurde niet al te lang. Uiteindelijk was er op zijn gezicht duidelijk irritatie te lezen, irritatie die in woede leek te veranderen toen Van Parys zijn stem nog wat verhief om boven het gemurmel uit te komen, het gegrinnik hier en daar, maar op andere plekken ook wel wat verontwaardigd gesis toch.

'Ik,' zei Van Parys, 'ik ben hier niet gekomen voor een eh... een stelletje vakantiedia's zeg maar. En ik heb ook het sterke vermoeden dat ik met uw... met jouw indianen straks voor de klas niet zo heel veel kan beginnen, toch. Kunnen we het niet gewoon over wat inhoudelijks hebben?'

Weer was er die lach, overgaand in gegniffel en zelfs een duidelijk hoorbaar: 'Vakantiedia's... kostelijk!'

Albeda was inmiddels rood aangelopen, ook al omdat enkele van zijn speciaal voor dit openingscollege van de projectweek opgedaagde collega's aan de zijkant van het podium nu ook – zij het besmuikt – stonden te lachen. Bijvoorbeeld Joost Vink (taalkunde), met zijn hand voor de mond, en Yves de Saegher (middeleeuwse letterkunde en zeventiende eeuw), die met zijn handen op de rug naar beneden keek terwijl zijn schouders verdacht schokkende bewegingen maakten; Erik Bettens (moderne Nederlandse letterkunde) keek veel te geïnteresseerd naar zijn nagels. Alleen Bama en De Vries (beiden vakdidaktiek) leken ontstemd te zijn. Achter Albeda grijnsde nog steeds het verrimpelde dwergvrouwtje in de camera, terwijl hij, omhoogkijkend naar waar Van Parys nog overeind stond, trachtte zich groter te maken dan hij was.

'Luister eens,' begon hij, 'eh... jongeman... eh...?' Zijn wenkbrauwen gingen vragend de lucht in.

'Steven van Parys.'

'Juist, Steven...'

'Zeg maar Van Parys', zei Van Parys.

Opnieuw die lach, en Rega, die in de rij voor Van Parys zat, keek achterom en zag het grijnzende hoofd van Werda, die met zijn licht loensende blik van Van Parys naar Albeda en weer terug keek, benieuwd hoe dit ging aflopen en duidelijk geamuseerd door het voorval en ook duidelijk op de hand van Van Parys – misschien, nee zeker geneigd om hem bij te vallen, maar zich vooralsnog op de vlakte houdend.

Steven van Parys was een stuk ouder dan de gemiddelde eerstejaars. Hij was de twintig gepasseerd en had tussen zijn middelbare school en zijn keuze voor de Nieuwe Lerarenopleiding een aantal jaren 'rondgepield', zoals hij zei. Hij was onder andere bassist geweest van The Giacomo C's, een bandje dat speciaal met het oog op een radioprogramma in het leven was geroepen, en waarin in wekelijkse afleveringen, 'zogenaamd dan natuurlijk', zei Van Parys, het reilen en zeilen van een punkband werd gevolgd. 'Het bandje bestond niet echt,' zei hij, 'nou ja, in de studio natuurlijk, en op locatie soms ook wel, maar het is niet dat wij een... een échte band waren, snap je?'

'Maar... maar je spéélde dan toch wel echt?'

'Ja, maar het was punk, Daniël, we speelden punk. Drie akkoorden, en rammen maar. We speelden wel echt, maar we speelden vooral dat we echt waren.'

Hoewel hij zelf heel luchtig over zijn radio-ervaring deed, alsof het doodnormaal was dat je wekelijks op een landelijke popzender te horen was, droeg hij tijdens het kennismakingsweekend voor eerstejaars wel ostentatief een button met daarop naast de naam van de band een door vrijwel iedereen, zij het achter zijn rug om, als uiterst schunnig bestempelde zwart-wit afbeelding van een naakte vrouw die wijdbeens te kijk lag, naar een schilderij van... van dinges... van... enfin, naar een of ander schilderij, ik ben vergeten welk, al heeft Van Parys het wel genoemd, toen. De bedoeling van die afbeelding, zei hij, was om de punkbeweging, 'maar eigenlijk, als je er even over nadenkt, alle popmuziek', zei hij, om dat alles tot zijn essentie te herleiden.

'Kut?' vroeg Werda.

'Kut,' grijnsde Van Parys, 'de jacht op het tussenbeense.'

'Het kneedbaar smeltpunt', zei Werda.

'De oorsprong van de wereld', repliceerde Van Parys, en dat vond Werda wel een 'diepe' zei hij.

'Mwah, zo diep gaat dat nou ook weer niet' – en Van Parys stak twee vingers van zijn rechterhand door een rondje dat hij met duim en wijsvinger van zijn andere hand had gemaakt, en bewoog de vingers even heen en weer. Werda schoot in de lach. En Rega ook. Ook Rega lachte, maar hij kon zijn ogen niet afhouden van die button op Van Parys' jasje, wilde de afbeelding aanraken misschien wel, denk ik, hief zijn hand ter hoogte van zijn borst, twee vingers al min of meer opgestoken, maar zich nog juist op tijd bedwingend. Zich... zich *vermannend*.

'Ik heb er nog wel een paar hoor, Daniël', zei Van Parys. 'Wil je er soms een hebben?'

En Rega knikte, schokschouderde, keek alsof het hem niet werkelijk interesseerde, maar hij het idee dan toch wel aardig vond – Van Parys' idee, niet het zijne – en zei: 'Ja, mwah, ja, doe maar, joa, dat is wel geinig misschien.' Maar hij durfde de button nooit op te spelden, legde hem soms wel eens op de rand van zijn spaanplaten bureautje, keek ernaar, dacht iets, proefde haast iets, en legde hem terug in de lade met een wegebbend gevoel van opwinding en tegelijkertijd iets... iets van droefheid, denk ik dat het was, al ben ik niet zeker. Spijt zou ook kunnen, of misschien zelfs schuld.

Van Parys was door de wol geverfd, of zo leek het in elk geval, en dat maakte dat het min of meer voor de hand lag dat nu juist hij degene was die het aandurfde om het betoog van Albeda te onderbreken en ter discussie te stellen – ook al was dat dan niet met ieders instemming, werd er door sommigen kwaad in zijn richting gekeken, siste een meisje met stekelhaar schuin voor Rega: 'Arrogante lul', en maakte elders, achter zijn rug, een jongen met een spijkerjasje wegwerpgebaren. Het leek hem niet te deren. Zijn irritatie over de onzin die Van Albeda nu al meer dan drie kwartier stond te debiteren, kwam voort uit een overtuiging die de meesten nog niet bezaten en sommigen nooit zouden hebben. Van Parys leek ingebed, had al dingen verworpen waarmee de meesten van ons nog niet precies wisten wat aan te vangen, en zijn keuze voor juist de lerarenopleiding had niets te maken met de wanhoop van sommigen die na hun afstuderen van de middelbare school, ondanks eindeloze beroepskeuzetesten op pedagogisch verantwoorde momenten in de ontwikkeling van de jonge adolescent, nog steeds geen flauw benul hadden over wat ze precies in de wereld wilden doen. Ze had ook niets van doen met de romantische voorstelling die anderen zich op voorhand van het leraarsambt hadden gemaakt. Zoals bijvoorbeeld Rega.

Rega zag zichzelf als de eerste onder zijns gelijken voor een groep ademloos geboeide leerlingen rustig zijn verhaal vertellen, zijn wijsheid delend met hen die haar gretig opzogen, die van hem, van hem vooral, wilden horen hoe... hoe het om de wereld was gesteld, om het zo eens te zeggen. Hij zag de gloed in de ogen van jongens en meisjes, die hij met zijn woorden zowel uitzond in, als beschermde tegen de wereld, die hij voorbereidde op wat zij was en op wat zij zou moeten zijn, wat zij zeker worden zou, door hen, door uitverkorenen als zij. Een prachtig gezeefd licht zou door de hoge ramen naar binnen vallen en het tafereel een haast bovenaardse schijn geven, alsof zij die daar tezamen zaten zelf licht afgaven, een gloeien, een glanzen, een warm goudgeeloranje zoals je op sommige oude schilderijen wel zag. Rega zag zichzelf soms zo: beschenen, aangestraald en zelf schijnend en stralend, ook al zag hij dit niet met zoveel woorden, zou hij het zelf nooit zo hebben kunnen omschrijven. Of ook maar gewild hebben.

In de drie maanden die sinds het kennismakingsweekend waren verstreken tot aan deze samenkomst in 'Het Amfitheater' ter gelegenheid van de projectweek over 'Creatieve Werkvormen in het Moderne Talenonderwijs', was het Rega al duidelijk geworden dat er in het huidige en vooral het toekomstige onderwijs van een *eerste* onder zijns gelijken geen sprake meer kon zijn. Dat voorstellingen als de zijne, droombeelden eigenlijk meer – dat die alleen maar konden voortkomen uit radicaal verkeerd begrepen gezagsverhoudingen, die zelf weer op een ingewikkelde manier verbonden waren met de destructieve organisatievorm van de hedendaagse eh... postindustriële samenleving. Of met de organisatie van het volledig op de middenklasse afgestemde onderwijs zelf. Van klassikaal onderwijs kon geen sprake meer zijn, leerde hij, en inderdaad werden ook de colleges voortdurend onderbroken door 'groepswerk', waarbij de studenten zich in kleinere gezelschappen opsplitsten om in de her en der in het gebouw voorziene zitkuilen nader met elkaar te praten over wat in de plenaire zittingen al uiterst vaag was gebleven en tijdens het onderling overleg in kleinere groepjes nog vager werd, zodat uiteindelijk, nadat iedereen weer bij elkaar was gekomen, niemand nog precies wist waar het over ging – ook de docent niet, naar wie Rega desalniettemin telkens verwachtingsvol bleef opkijken. Hij was aanvankelijk de enige die alles opschreef wat de docent in verschillende kleuren viltstift noteerde op een zogeheten flap-over – een bord met grote vellen papier die omgeslagen konden worden, een 'didactisch hulpmiddel', zo werd er gezegd, waarvan de aspirant-leerkrachten in de toekomst veel gebruik zouden moeten maken, alsmede van de overheadprojector, omdat die beide, om de een of andere niet nader uit de doeken gedane reden, te verkiezen waren boven het aloude schoolbord. Uit de wirwar van door de verschillende subgroepjes aangebrachte termen trachtte Rega zich vervolgens een beeld te vormen van een eventuele bedoeling, waarbij het feit dat de docent al pratend een woord soms meermalen en met meerdere kleuren onderstreepte of omcirkelde, hem belangwekkende richtingaanwijzers leken te zijn.

Maar hij was die eerste maanden al vaak verdwaald – zowel in de telkens voor zijn ogen verdampende leerstof als in het gebouw zelf. Dat had de structuur van een honingraat en bestond uit zeven, rond een groot vierkant in het centrum geplaatste zeshoekige... *modules*, denk ik dat zoiets heet. Het gebouw in zijn geheel was eveneens zeshoekig – of nou ja, daartoe ontbrak er dan eigenlijk één zo'n zeshoek: bij de ingang was er een met zo'n zeshoek overeenstemmende ruimte uitgespaard in de vorm van een plein, gelegd met ook alweer zeshoekige steentjes in een honingraatpatroon. Elke module bestond in feite uit twee verdiepingen (al was er nog een verwarrend soort tussenverdieping waar zich een bibliotheek en een zogeheten kantoortuin bevonden) met zelf weer talloze meerhoekige leslokalen, waarvan sommige, juist als je het na een eindeloze dwaaltocht niet meer verwachtte en je er min of meer bij had neergelegd dat je nooit meer de buitenlucht zou aanschouwen, ramen bleken te hebben. Andere waren weliswaar verrassend ruim, maar door het ontbreken van ramen kreeg je plotseling het gevoel dat je, zonder het te merken, een aantal verdiepingen was gezakt en in de kelder was beland, in een ruimte waar men eventueel schoolmateriaal, boeken, bordenwissers, ongebruikte overheadprojectoren en wat dies meer zij opsloeg, maar geen college gaf. Nog weer andere hadden een groot raam dat uitkeek op een van de gangen van het gangenstelsel, dat in elke module overigens weer volstrekt anders leek te lopen. Die lokalen werden treffend omschreven als bijvoorbeeld 'De Vissenkom', 'Het Terrarium' of 'De Etalage' – een werd zelfs 'De Peeskamer' genoemd, maar dat was op de afdeling tehatex (tekenen, handvaardigheid en textiele werkvormen), waar het wemelde van uiterst artistiek ogende studenten die, waarschijnlijk op advies van hun al even artistiek ogende docenten, het kunstenaarschap boven het leraarschap stelden. Het gebouw was een waar labyrint en wie per ongeluk langs het verkeerde trappenhuis naar boven liep, had de grootste moeite om de module terug te vinden waar hij zijn moest.

Iemand had waarschijnlijk ooit bedacht dat het leven der bijen een lichtend voorbeeld voor de hele mensheid was, of dan toch zou kunnen, wie weet zelfs wel zou móéten zijn. Dat de bijenteelt een mooie metafoor was voor het onderwijs als geheel, met van die bijen immers, die uitvliegen naar de bloemen om er het stuifmeel te verzamelen, waarvan de honing wordt gemaakt, waarmee de larven worden gevoed. Men ziet het voor zich. Men begrijpt de associaties van de architect en het enthousiasme van de bouwheer toen de architect voorstelde om het gloednieuwe gebouw voor de Nieuwe Lerarenopleiding, die toen nog in vaak half verkrotte, aan de universiteit toebehorende panden in de binnenstad van Groningen huisde, een vorm te geven die verwees naar de apicultuur, naar het leven der bijen. Dat kwam mooi overeen met wat er binnen dat gebouw onderwezen moest worden: 'het individu', oreerde Jan Bama; 'het collectief', meende zijn collega Wybren de Vries.

Alles wat Joop Albeda nu, plotseling rad sprekend, in kort bestek aan Van Parys begon uit te leggen, met zwaaiende armen en op geregelde tijden een met een korte ruk naar achteren gegooid hoofd om het sliertige haar uit zijn ogen te verwijderen. Dat het nu juist ging om andere dan de louter op 'cognitie' gebaseerde schema's van waaruit het onderwijs tot dan toe had gewerkt, zei Albeda, schema's die hem, 'menéér Van Parys', blijkbaar zozeer in hun greep hielden dat hij 'pavloviaans' reageerde op elke 'op een onderwijssituatie gelijkende situatie', en domweg kennis eiste, 'kénnis, meneer Van Parys, ongeacht of die kennis in het onderhavige geval voor u van ook maar enig werkelijk belang zou kunnen zijn'. Het ging, zei hij vervolgens, om 'functionaliteit', om 'aansluiting bij de belevingswereld van de leerlingen', om de mens als 'een wezen-in-groei', de mens als 'dynamisch organisme', 'als een schepsel, meneer Van Parys, dat maar één belangrijke drijfveer heeft: zichzelf worden en zichzelf zijn'.

Er sloeg een warme golf door Rega heen, een koortsige hitte, zo leek het, en hij voelde zich een beetje misselijk worden. Hij greep zich met beide handen vast aan de aan de klapstoeltjes bevestigde tafel voor hem, zijn knokkels wit. Albeda's stem verdween even in een diepte, alsof hij al pratend was afgedaald in een kelder, en kwam daarna weer terug.

'Het huidige onderwijs, beste Van Parys – maar dat zul je nog wel leren als je hier wat langer bent – is er bijna geheel op gericht de bedoelde en ook noodzakelijke zelfverwerkelijking van de mens tegen te gaan, en ik zou u daar hele reeksen voorbeelden van kunnen geven, maar niet nu. Nu zou ik...'

'Zelfverwerkelijking zoals bij die indianen van u zeker', onderbrak Van Parys, die nog steeds niet was gaan zitten. 'U weet toch, meneer Albeda, dat hun eigenheid alleen nog min of meer in reservaten overleeft? Al dan niet aangelengd met een flinke scheut – hoe noemen ze dat? – *vuurwater*? Dat weet toch iedereen?'

'Ga toch zitten, man!' riep iemand van boven uit de zaal.

Van Parys draaide zich om en zei: 'Luister 's, het kan zijn dat jij op het achterafschooltje waar je je zielige havo-diploma haalde, mee hebt gekregen dat je zelfs naar de grootste flauwekul braaf moet zitten luisteren, maar ik zie nog steeds niet in wat die indianen...'

'Arrogante lul!' riep het meisje met het stekelhaar nu uit volle borst.

'...wat die indianen met de bedoelde zelfverwerkelijking van meneer Albeda hier te maken hebben', zei Van Parys onverstoorbaar. 'Ze bestaan echt alleen nog maar in de boekjes van Karl May, hoor.'

'Laat Joop uitpraten!' riep nu weer iemand anders ergens vlak bij het podium links beneden, wat tot enkele instemmende kreten en zelfs een klein, haperend applausje leidde, zodat Albeda een mogelijkheid zag om met een dunne glimlach en enkele zalvende gebaren de touwtjes weer volledig in handen te nemen.

'Lieve mensen, lieve mensen, laten we het beleefd houden. Ook u, meneer Van Parys', zei hij toen hij zag dat die aanstalten maakte om tegen alle protesten in zijn betoog voort te zetten. 'Ik stel voor dat we eerst een kopje koffie drinken en hier over...' – hij keek even naar de klok boven de uitgang – '...over twintig minuten weer bij elkaar komen.'

'Ja,' riep Van Parys nog door het gestommel van de studenten heen, die onmiddellijk waren opgestaan, haastig op weg naar de koffieautomaten beneden, 'laten we in groepjes uit elkaar gaan, jongens! Groepswerk! Flappen! Viltstiften! Jezuschristus...' Hoofdschuddend verliet hij zijn plek, schoof naar de brede trap in het midden, waar Peter Werda zich onmiddellijk bij hem voegde, en waar ook Rega op dat moment min of meer toevallig was aanbeland.

Werda grijnsde, sloeg Van Parys op de schouder en zei, met een knipoog naar Rega: 'Daar had Rousseau niet van terug.'

'Rousseau?'

'De nobele wilde, Daniël, de nog door geen opvoeding, cultuur of beschaving vervuilde smetteloze kinderziel, weet je wel. Van Jopie hier moeten we allemaal eindigen als dat gerimpelde besje op die laatste dia: in zalige onwetendheid en in opperste verbondenheid met de totale reinheid van ons infantiel gebleven wezen. Je zei het goed, Steven, zoiets bestaat alleen nog in reservaten, of zelfs daar niet meer. Het bestaat alleen als romantiek van Hollywood.' En lichtelijk vals, maar uit volle borst zong hij:

Rollin' rollin' rollin'
Though the streams are swollen
Keep them doggies rollin'
Rawhide!

En onmiddellijk viel Van Parys in:

Rain and wind and weather
Hell-bent for leather
Wishin' my gal was by my side.

Waarna beiden, de armen om elkaars schouders geslagen, in een bulderend gelach uitbarstten, wat hun opnieuw op enkele boze blikken van zich naar de uitgang begevende studenten kwam te staan.

Rega stond erbij met een grijns op zijn gezicht, of eigenlijk was het meer een grimas. Hij voelde zich door Van Parys' optreden nog maar eens uit zijn baan geslingerd, beroofd van zaken waarover hij weliswaar de afgelopen maanden geen absolute zekerheid had gekregen, maar die hem toch bekend voorkwamen, als waren het herinneringen die hij zich net niet te binnen wist te brengen, en die hij vooralsnog, bij gebrek aan beter, als de thans te veroveren waarheden had beschouwd, ook al bestonden ze dan voorlopig uit die ondoordringbaar lijkende wirwar van op geen enkele manier met elkaar verbonden termen en begrippen die hij van de flap-overs had overgeschreven in een multomap. Hij begreep niet helemaal wat het was dat Van Parys hier onderuithaalde, maar tegelijkertijd voelde hij in de zekerheid die Van Parys en ook Werda uitstraalden, in de kordaatheid waarmee ze alles ter zijde schoven wat in de eerste drie maanden op de studenten was afgevuurd, de mogelijkheid van een nieuwe vertrouwdheid, een houvast op andere dan... dan *cognitieve* gronden, en leek de brutale afrekening met Albeda's dia's een belofte in te houden, een verte en een nabijheid tegelijk.

'Eigenlijk ben je een beetje een ouwe hip, jij', zou Van Parys niet veel later tegen hem zeggen terwijl hij de stapel lp's die hij weg ging doen naar Rega doorschoof: The Allman Brothers Band, Santana, Wishbone Ash, The Marshall Tucker Band, zelfs *Tales From Topographic Oceans* van Yes, nog een verdwaalde *Atom Heart Mother* van Pink Floyd en 'het al even pompeuze', zei Van Parys, The Alan Parsons Project, 'met dat mislukte leentjebuur spelen bij het werk van Edgar Allan Poe'. Verder nog een lp van Caravan, een van Lynerd Skynerd, twee van Dave Mason en het tamelijk recente *Bop till You Drop* van Ry Cooder. 'En deze van Crosby, Stills, Nash & Young natuurlijk, *Déjà Vu*, met dat "Almost Cut My Hair", Daniël, weet je wel,' grijnsde Van Parys, 'dat is net wat voor jou, jongen.'

Dat was waar. Rega droeg zijn haar nog steeds schouderlang, met een middenscheiding die maakte dat zijn steile donkerblonde haar als twee bijna dichtgeschoven gordijntjes voor zijn gezicht hing, al stak hij het de laatste tijd dan steeds vaker achter zijn oren. Hij droeg daarbij nog meestal 'het uniform van de vrijheid', zoals Werda het ooit eens genoemd had: vale, op verschillende plekken met lappen herstelde, en soms met borduursels versierde jeans, borduursels die in een enkel geval nog op zijn broek waren gezet

door... door... 'een vriendinnetje', zei Rega op Van Parys'
vraag wie hem die bloemetjes had aangenaaid, of beheerste
hij zelf misschien de kruissteek, en zo ja, kon hij dan misschien ook breien en voor hem, 'één rechts, één averechts',
een fijne trui voor de winter breien alsjeblieft? Jeans en
een ruitjesoverhemd, 'hillbilly-style', had Werda het ook
al eens genoemd, zich vervolgens met zijn wijsvinger op
zijn kin verwonderd afvragend hoe de kleding van een stelletje *rednecks* uit de Verenigde Staten het ooit tot de kleder-
dracht van een generatie had gebracht die beweerde met
alles gebroken te hebben waarvan nu juist de racistische,
vrouwonvriendelijke, ultraconservatieve, 'zeg maar gerust
fascistoïde' boerenkinkel uit de zuidelijke staten van de USA
de incarnatie leek te zijn. Zelf was hij niet op één specifieke
stijl te betrappen. In een met een gordijn afgeschermde
hoek van de zolderverdieping in de Rabenhauptstraat,
waar Van Parys, Werda en Rega een kamer hadden gevonden en waar ze elkaar voor het eerst hadden ontmoet, hing
aan een provisorisch bevestigde, enigszins roestige stang
een eindeloze rij jasjes: geruite colberts en colberts met
krijtstreep, een koksjasje, een manchester werkmansjasje
met leren stukken op de ellebogen, een brandplek en eindeloos veel zakken, een blauwe blazer met een dubbele rij
goudkleurige knopen waarop een anker stond afgebeeld,
een legerjasje met op de bovenarm de Oost-Duitse vlag,
een politiejasje, een heus pak van Italiaanse snit (en dat
had iets te maken, zei hij, met *the mods* uit Engeland; hij
zocht nog naar de originele Fred Perry- en Ben Sherman-
shirts, zei hij, en een authentieke *sta-prest* van Levi's – 'niet
die broeken die ze vandaag de dag verkopen en waarvan

er een zich nog ergens diep onder jouw borduursels en lapjes moet bevinden, Daniël, maar de échte, uit de jaren zestig, toen *mods* en *rockers* met elkaar op de vuist gingen in de straten van Londen' – overigens kon hij ter illustratie ook een zwartleren, 'Elvis-achtig', zei hij, een Elvis-achtig zwartleren jasje voorleggen en zich kleden als zo'n *rocker,* waarbij hij met Brylcreem de lange lok van zijn overigens verder kortgeknipte haar te lijf ging). Er hing een monty-coat naast een brandweerjas, een lange leren Duitse motor-jas naast een billentikker, waarin hij eruitzag als een ober van een of ander chic restaurant die vroeg of je je... je... je *entrecote,* of je die *bleu,* dan wel *à point* dan wel *bien cuit* gebak-ken zou willen hebben, al was er verder niets aan hem wat deed vermoeden dat hij ooit de binnenkant van een derge-lijk restaurant gezien zou hebben. En een oude smoking had hij ook ergens in een van de tweedehandszaakjes in en rond de Folkingestraat opgediept, waar morsig ogende lieden tussen de her en der achter rood verlichte ramen zit-tende hoertjes naar vocht en schimmel ruikende winkeltjes openhielden en er van alles verkochten: van oude ledikan-ten tot half vergane schoenen, van kroonluchters tot van vettige smeerolie zwart ogende bouten en moeren die in grote houten bakken lagen naast gebarsten theeservies en een hele stapel grijsbestofte borden. Hij ging soms ook met de bus naar oude strokartonfabrieken buiten de stad, waar in de weekenden grote rommelmarkten werden gehouden, en waar niet alleen kleding en meubilair te krijgen waren, maar ook stapels boeken – 'voor niks, bijna voor niks', zei hij, en toonde twee plastic tassen vol met tamelijk recente uitgaven die hij ergens in de buurt van Stadskanaal had gekocht van een mevrouw die voor 'dikke baukn' twee gulden vijftig vroeg, en voor dunne vijftig cent.

Het was naar zo'n rommelmarkt of -winkel dat Van Parys zijn lp-collectie wilde wegdoen, nadat hij eerst wie maar wilde een keuze had laten maken uit wat hij zelf beschouwde als oude rommel, 'passé, Daniël, volkomen passé', en hij draaide zich om naar zijn muziekinstallatie om de eerste lp van The Police op te zetten. Hij stak zijn vinger in de lucht en zei: 'Let op, dit is het helemaal.'

Het enige wat Rega hoorde was een minimale begeleiding van één gitaar, één bas en wat drums bij een met geknepen piepstem zingend iemand en hij had kunnen zeggen dat hij niet begreep waar de voortreffelijkheid van deze zanger precies in school als Van Parys even daarvoor de ook schrijnend hoog zingende leadzanger van Yes belachelijk had gemaakt. Maar daar kwam Rega niet op. Hij zag alleen van Parys' enthousiasme, die meteen zijn gitaar uit de hoek had gepakt en probeerde de akkoorden te achterhalen, een paar ingewikkelde manoeuvres met zijn vingers uitvoerde, zijn wijsvinger over de gehele breedte van de hals legde en van laag naar hoog schoof en al na een paar coupletten moeiteloos meespeelde.

'Vier akkoorden in steeds dezelfde volgorde', zei hij, en glimlachte.

'Simpele muziek', zei Rega.

'Ah, eenvoudig misschien, Daniël, maar níet simpel, jongen, beslist níet simpel. Er is een verschil tussen akkoorden spelen en met die akkoorden een song spelen. Kunde en kunst, Daniël, het is het verschil tussen kunde en kunst.'

Rega knikte. Eigenlijk vond hij The Police een verpletterende terugval in de popgeschiedenis, net als The Ramones, waarmee Werda vaak aan kwam zetten, een groepje dat niet alleen ook steeds in één nummer dezelfde akkoorden in dezelfde volgorde leek te spelen, maar bovendien niet eens in staat was om nummers te maken die werkelijk van elkaar verschilden. Maar hij zweeg. Hij kon zich vergissen. Hij vergiste zich. Waarschijnlijk. Er was veel in Van Parys' optreden – en in de kwinkslagen van Werda – wat daarop wees. En ook in de inrichting van de door Van Parys en Werda bewoonde vertrekken: de boekenplanken langs de muur, met bij Van Parys álle, maar dan ook werkelijk álle romans van Simon Vestdijk in een uniforme uitgave met kaftjes die het hele kleurenspectrum lieten zien, van het bijna... van het... zwartblauw, min of meer (*Black blue*, *Bleu noir*, *Azul negruzco*) van *Else Böhler,* tot het zwartrood van *Het proces van Meester Eckhart,* en alles daartussen – framboosrood, briljantoranje, dacht Rega, vermiljoen. Bij Werda stond er recentere literatuur op de planken boven zijn bureau, en hij had zijn kamer ingericht 'zoals de werkkamer van Ter Braak', zei hij.

'Wie?' vroeg Rega.

'Ter Braak, Menno ter Braak', en hij wees op een uit een of ander tijdschrift geknipte zwart-witfoto van een bleke man met een knijpbrilletje, die met plakband op de muur was bevestigd. Rega haalde zijn schouders op.

Zijn eigen kamer was de kleinste van de drie vertrekken die op de zolder van de bovenwoning waren afgetimmerd, en was eigenlijk niet eens zo heel veel groter dan de hoek waar Werda zijn jassen had hangen. Hij zat aan de voorkant van het huis, naast de kamer van Werda, daarvan gescheiden door niet meer dan een dun houten wandje, was al met al niet groter dan zo'n drie bij drieënhalve meter, maar dan had je het uitsluitend over het vloeroppervlak. Werkelijk rechtop kon je alleen staan op een stuk van ongeveer anderhalf bij drie, direct als je de deur binnenkwam, want dan begon de schuine wand van het dak, die je al spoedig dwong je te bukken. In het dak was, als je rechtop stond, op ooghoogte nog een kleine uitbouw gemaakt met een klein raampje, waaraan aan de bovenkant door een vorige bewoner een lange stok was bevestigd met aan het uiteinde een autospiegel die zo stond gericht dat Rega precies kon zien wie er voor de voordeur stond als er één keer lang en twee keer kort werd gebeld, zijn code.

Werda's belcode was drie keer lang, die van Van Parys drie keer kort, en dan woonde er een verdieping lager nog Anton Willig, een graatmagere jongen met, meende Van Parys, 'antiseptische principes', omdat hij zodanig milieubewust was dat hij zelfs de plastic zakken waarin het brood werd verpakt, uitspoelde en binnenstebuiten aan de waslijn hing die dwars door de keuken gespannen was. Zijn belcode was twee keer lang. 'Heb je gezien dat hij de hele dag zijn wangen inzuigt, Peter, heb je dat gezien? Alsof-t-ie zichzelf met de rest van het vuil op deze aarde zou willen opzuigen en wegdoen.' Willig was degene die op de koelkast beneden de gele stickers met de tekst 'Kernenergie? Nee bedankt' had geplakt, die soms duidelijk hoorbaar foeterend naar het toilet liep als Rega of Werda of Van Parys er net vandaan kwamen, om er het licht uit te doen, en die er verder, tot ergernis van iedereen, een gewoonte van maakte om iedere keer als hij voor een paar dagen wegging, de waakvlam in de geiser uit te draaien, zodat je bijvoorbeeld 's ochtends Werda, ik denk wel drie huizen ver, kon horen vloeken als hij in de douche stond, die ook nog eens was gemaakt op wat oorspronkelijk een balkonnetje was geweest en die uiteraard niet was geïsoleerd. In de winter bevroor onmiddellijk het achtergebleven water op de vloer, die uit grotendeels gebarsten tegeltjes bestond.

Willig had veruit de mooiste vertrekken van het huis: een ruime voorkamer, die via een op zolder duidelijk hoorbare schuifdeur verbonden was met een klein achterkamertje, dat direct naast de keuken lag. Daar sliep hij, recht onder Van Parys. In de voorkamer zaten drie hoge ramen, die veel licht binnenlieten, waardoor het toch al forse vertrek nog ruimer leek ('enkel glas', zei hij telkens weer als iemand een opmerking maakte over de schoonheid van zijn vensters, 'enkel glas, verdomme'). Vergeleken met Willig woonde Rega in een kast. Vergeleken met Werda trouwens ook. Diens kamer was bijna vijf meter breed en een meter of vier diep, met over bijna de gehele breedte een uitbouw of koekoek met grote ramen. Er was een schoorsteenmantel met daarvoor een aftandse gaskachel – de enige op de hele zolder; Rega en Van Parys behielpen zich met een elektrisch kacheltje – en in de houten wand tegenover de buitenramen was er nog een klein venster aangebracht. Dat zorgde voor wat extra licht in de ruimte tussen Rega's en Werda's kant van de zolder en de kant waar Van Parys een kamer had: 'de middenruimte', zoals ze het noemden. Hier kwam het uiterst steile trapje naar boven, dat vooral voor hoofdbrekens zorgde als het eten van de keuken naar boven moest,

of midden in de nacht, na drankgebruik of vanwege toilet-
bezoek, of bij haast, of als je wat dan ook maar in je handen
hield – altijd eigenlijk. Er was, tegen de kamerwand van
Van Parys, een klein wasbakje met alleen koud water, dat
frequent als urinoir werd gebruikt – 'Goed laten door-
stromen dat water, hè', riep Van Parys wel eens vanuit zijn
bed door de houten wand heen als Rega of Werda midden
in de nacht stonden te pissen. 'Ik heb godverdomme geen
zin om in jullie meurlucht te moeten liggen!'

Van Parys' kamer, waar Rega nu zat, ondanks zichzelf
met zijn voet meetikkend met het 'I feel so lonely, I feel
so lonely, I feel so lonely lonely lonely lone' – Van Parys'
kamer was eveneens een meter of vier diep en in het totaal
een meter of zes breed. Het had twee kleinere uitgebouwde
ramen, zodat ook hij hinder had van het schuine dak en
een deel van zijn vertrek niet beloopbaar was, temeer
omdat de wand die grensde aan de middenruimte vrijwel
geheel was ingenomen door zijn boekenplanken. Dat dak
liep overigens niet in een punt, maar ging op ongeveer drie
meter hoogte over in een plat dak, waarop Rega, Werda en
Van Parys in de zomer vaak zaten (Willig was daar nooit
bij), nippend van wat Spar-pils en spelend op een gitaar.
Het was alleen na enkele halsbrekende toeren te bereiken.
Als je bij Werda uit het raam stapte in de brede dakgoot,
met je rug naar de straat, die zo'n tien meter onder je lag,
en vervolgens schuifelend door die dakgoot, je vasthoudend
aan de rand van de koekoek, opschoof in de richting van
Rega's dakraampje, waar je je even moest bukken om onder
de stok met de autospiegel door te komen, kwam je uiteindelijk in een brede goot tussen twee huizen. Van daaruit was

het eenvoudig om op het dak te klimmen. De terugweg was zo nodig nog riskanter, vanwege het bier en de zon en de algehele loomheid.

Van Parys haalde het hendeltje op zijn draaitafel naar zich toe en de naald ging langzaam omhoog. De stilte was bijna weldadig.

'Revolutionair,' meende hij, 'juist omdat ze teruggaan naar de basis, hè? Juist omdat ze na de overdaad van de symfonische en psychedelische rock weer zijn teruggekeerd naar een basisbezetting en een basale thematiek: liefde en eenzaamheid. Geen moeilijk gedoe à la Genesis of Pink Floyd of Jethro Tull en zo. De basis, jongen: van een meisje houden en haar niet kunnen krijgen.'

Niet dat Van Parys daar last van had. Hij had al jaren verkering met Rosa, een naar Nederland geëmigreerde Spaanse schoonheid uit de buurt van Toledo, naar wie hij om het weekend toe ging, en die in de andere weekenden in de Rabenhauptstraat was, waar Rega haar al eens tot zijn schrik en verlegenheid 's ochtends met ontbloot bovenlijf had aangetroffen bij het kleine wasbakje. Hij wendde snel zijn ogen af, liep naar het steile trapje, maar kon zich bij het afdalen niet bedwingen en keek nog snel één keer omhoog. Rosa had zich inmiddels naar hem omgedraaid en van boven borsten die door het perspectief groter leken dan ze in werkelijkheid waren, zei ze olijk knipogend: 'Buenos días, Daniël' – en Rega mompelde een nauwelijks hoorbaar 'Morgen' terug, terwijl hij de laatste treden afstommelde en Rosa boven hem in een klaterende, heldere lach uitbarstte.

Ook Werda had klaarblijkelijk geen moeite met 'de vrouwtjes', zoals hij het noemde. Al op de dag dat Rega in zijn veredelde klerenkast zijn intrek nam en hij Werda en Van Parys nog niet werkelijk kende, was er, juist toen hij met veel moeite een als zitbank opvouwbare schuimrubber matras door het nauwe trapgat naar boven had geduwd, uit Werda's kamer een meisje in slip en bh komen lopen, dat hij daarna nooit meer had gezien. En het was niet de laatste keer dat er eenmalige ontmoetingen met schaars- of zelfs ongekleed vrouwvolk in de middenruimte plaatsvonden, meisjes van wie Rega op dat moment meestal al wist hoe ze klonken als ze de liefde bedreven, want het houten wandje tussen zijn en Werda's vertrek liet weinig te raden over. Het ging van een zacht, haast ademend steunen, via puf- en gromgeluiden, tot aan gierende uithalen en bepaald overdreven gegil, zo vond dan bijvoorbeeld ook Van Parys, die zich op zulke momenten door niets liet weerhouden en zelfs wel Werda's kamer durfde binnen te stappen met het verzoek of 'de tortelduifjes' wellicht tot 'een weinig meer ingetogenheid' te bewegen waren, omdat hij 'gaarne nog van enige nachtrust wilde genieten' – wat hem soms op een woedende reactie van de meisjes in kwestie kwam te staan (maar nooit van Werda, die er meestal grinnikend met zijn beide handen onder zijn hoofd bij lag). Met vaak een inderhaast voor het lichaam gehouden stuk laken, een t-shirt of een ander kledingstuk dat nog niet de helft bedekte van wat ze voor zijn ogen wilden verbergen, vroegen ze op hoge toon wat Van Parys zich meende te permitteren door zomaar binnen te stuiven, en of hij misschien aan de deur had liggen luisteren. 'Nou, juffrouw,' zei Van Parys dan, 'dat was werkelijk niet nodig, hoor. Ik denk dat ze u in de buurt van de Grote Markt ook nog hebben gehoord.' Waarop Werda, herinner ik me, soms een lach en een 'Kostelijk!' ontsnapte, zodat zijn amoureuze avontuur vroeger eindigde dan gewoonlijk en de juffrouw van dienst met veel misbaar in het holst van de nacht het pand verliet.

Op zulke momenten kon je dan na het dichtvallen van de voordeur beneden aan de straat en nog enige momenten stilte, Werda wel eens zachtjes horen zingen: 'So lonely so lonely so lonely so lonely', waarop Van Parys dan weer duidelijk hoorbaar in de lach schoot.

Terug naar de basis, naar het verlangen dus.

'Begeerte', zei Rega peinzend. Het ontsnapte hem haast ondanks zichzelf.

En Van Parys veerde overeind en keek hem verrast aan. 'Precies, Daniël! Begeerte. Dáár gaat het om. Dát is nu precies wat het verschil tussen kunde en kunst uitmaakt, jongen, want ja, die akkoorden zijn makkelijk genoeg. Natuurlijk. Maar ze zo spelen dat iedereen een knoop in zijn maag krijgt van pure ellende, daar gaat het om. En eh...' – hij maakte even een hoofdknik naar de stapel lp's op Rega's schoot – '...dat vind je toch niet echt bij al deze jongens, hoor. Ik bedoel: The Allman Brothers, dat is toch eigenlijk niks anders dan een bluesschemaatje spelen: E, A, B, weet je wel...' – hij sloeg de akkoorden snel aan op de gitaar, die hij nog in zijn hand hield – '...en dan een beetje... nou ja, een beetje flets zingen. Nog iets heel anders dan die ouwe *negroes* die het hebben uitgevonden. Het overtúígt niet.'

Hij sloeg opnieuw een paar akkoorden aan en herhaalde nog eens: 'Begeerte... ja ja ja... mooi wel, ja.'

Rega wilde iets zeggen nu, iets welde er in hem op, iets met rivieren, of stromen, of... Een herinnering aan iets wat hij vergeten was, en dat nu ook onmiddellijk verdrongen werd door het lied dat Van Parys, na wat nog enkele lukrake akkoorden leken te zijn, met een grijns op zijn gezicht inzette en dat Rega pas herkende toen hij begon te zingen:

Almost cut my hair
It happened just the other day
It was getting kind of long
I could 've said it was in my way
But I didn't and I wonder why
I feel like letting my freak flag fly
Cause I feel like I owe it to someone

Hij zong met overtuiging, uit volle borst, zogezegd, met alles wat hij in zich had, zo leek het, terwijl door het raam in de houten wand van Werda's kamer een straal zonlicht dwars door de middenruimte en de openstaande deur van Van Parys' kamer binnenviel en zijn zwarte, kortgeknipte piekharen op zijn hoofd een voor een leek te verlichten.

Het was niet dat Rega geen meisje kon krijgen. Helemaal niet. Maar het gemak waarmee hij de toch bepaald niet echt knap ogende Werda meisjes voor zich zag winnen, stelde hem voor raadsels. Hoe ze zelfs van een ronduit wantrouwige en dus afwijzende blik die Rega al onmiddellijk de moed in de schoenen zou doen zinken, binnen enkele minuten, na een paar op zich niet zo heel bijzondere zinnen, zo had Rega al vaak vastgesteld – hoe ze in een oogwenk smolten voor zowat elke vingerbeweging die hij maakte, en elk woord dat hij uitbracht; en hoe ze vervolgens na een kort verblijf op de dansvloer aan hem bleven vastkleven, heup tegen heup, schouder tegen schouder, om al spoedig daarna over te gaan tot lange, haast onbetamelijke kussen en het zelfs toelieten – Werda knipoogde snel even naar Rega – dat Werda's handen onder hun strakke truitjes, wijde T-shirts of fijne meisjesbloesjes verdwenen, om daar duidelijk zichtbaar voor iedereen rond te tasten en vast te houden en te kneden – het leek Rega soms te duiden op een haast bovenmenselijke, bovenaardse kracht. Het wantrouwen dat uit met kohlomrande of zwaar met mascara opgemaakte ogen straalde, dat sprak uit de wat neerwaarts gebogen, felrood of een enkele keer zelfs zwart gestifte lippen van een meisjesmond, maakte hem op slag weerloos, en het eerste wat hij dan wilde zeggen was dat hij het meisje in kwestie wel begreep, dat zijn bedoelingen niet zuiver waren, inderdaad, dat hij uit was op iets anders dan... dan... dan haar *persoonlijkheid*, zeg maar, natuurlijk, en dat ook hij, zélfs hij zoiets hoogst afkeurenswaardig vond en van heel weinig respect vond getuigen voor het meisje in kwestie, en dat hij zich op voorhand verontschuldigde voor zijn lompheid. Niet dat hij dat werkelijk zei, maar in plaats daarvan stond hij daar dan maar wat naast zo'n meisje aan de bar, zonder iets te zeggen, vriendelijk glimlachend naar haar meer en meer in een afkeurende streep veranderende mond. Waarna zij zich van hem wegdraaide en hij maar wat naar het gewemel onder de gekleurde lichten op de dansvloer begon te kijken, naar het op het ritme van de muziek knikkende hoofd van Werda, uittorenend boven een rosse schoonheid die om hem heen kringelde als sigarettenrook, met een lenigheid, zou Werda hem iets later, achter zijn hand ter zijde toevoegen, 'met een lenigheid die wat belooft voor straks!'

En inderdaad, toen Werda en de rosse later, veel later dan Rega, in de Rabenhauptstraat arriveerden en giechelend, kirrend en grommend het steile trapje naar de zolder bestegen – niet zonder moeite, leek het, want er was veel gestommel, alsof de paring al onder aan de trap was begonnen en Werda zijn nieuwste verovering als het ware tree voor tree omhoog stootte, en vervolgens over de plankenvloer en door zijn deur naar het bed in de hoek van zijn kamer – toen hoorde Rega door het houten scheidingswandje heen Werda bewonderend tussen zijn tanden fluiten en zeggen: 'Allemachtig, een contorsioniste! Hopla!' Waarop niet veel later een aanhoudend, wolfsgelijkend gehuil losbrak, waarvan Rega aannam dat het werd voortgebracht door het meisje, en dat hem de rillingen over zijn rug deed lopen. Nog goed dat Van Parys dat weekend net bij zijn Rosa was.

'Er zijn geen standaardzinnetjes, Daniël, dát is het echte geheim', zei Werda veel later, maanden en maanden later, tegen hem toen Rega, min of meer voor de grap, had gevraagd of Werda niet een handleiding voor het veroveren van de vrouw kon maken, met daarin een flinke hoeveelheid zinnen die je in bars en dansgelegenheden kon gebruiken. Hij had inmiddels, onder goedkeurend gebrom van Van Parys, Rosa zijn haren laten knippen, die om hem heen dansend links en rechts knipjes had gegeven met een puntige schaar, en glimlachend had gevraagd: '¿Adiós a los sesenta, Daniël?' – wat Rega niet begreep. Nu eens stond ze hier, dan daar, naast, achter hem, of ze leunde tegen zijn schouder, of stond recht voor hem, ging even door haar knieën en keek met een kritische blik naar Rega's kapsel, haar gezicht op niet meer dan een centimeter of tien van het zijne. Waarna haar blik daalde en ze Rega recht in zijn ogen keek, één, twee, vijf seconden misschien wel – diep-... nee terrabruin met rond de iris een grijsbruin randje – waarna ze knip-oogde en er iets in Rega begon te stotteren, iets wat hij maar met moeite kon wegslikken, al maakte hij dan toch nog een geluid. 'Gloe', zei hij ongeveer, en hij voelde het bloed naar zijn gezicht stijgen.

'Geen standaard- en al evenmin juiste zinnen', zei Werda. 'Alleen verkeerde, eigenlijk. De "Ken ik jou niet ergens van"-zinnetjes, weet je wel. Dat is áltijd, áltijd, in elke situatie fout, zelfs als je het meent en er geen andere bedoelingen mee hebt en alleen maar echt wilt weten of je iemand niet ergens van kent. Nee, je moet zo spreken dat het lijkt alsof je geen andere bedoeling hebt dan het spreken zelf.'

Maar Rega wist niet hoe dat moest, en kon het niet-hebben van bedoelingen alleen maar als een bedoeling zien. Of beter is het denk ik om te zeggen dat het hebben van geen enkele bedoeling bij Rega als vanzelf bedoeling werd, dat hij niet anders meer kon dan iets bedoelen met wat hij zei. Waardoor hij zich al verraadde in de manier waarop hij alleen al op een meisje afliep, nog voordat hij zelfs maar iets had kunnen zeggen, of het daarbij nu om het onbekende meisje met ravenzwarte haren in café De Spiegel in de Peperstraat ging, of om het meisje met de groene ogen dat bij tehatex zat, het meisje met de tuitlipjes – 'alsof ze voortdurend door een rietje zuigt', zei Rega. 'Yeah, right!' antwoordde Van Parys.

'Een rietje, dat zal het zijn, Daniël.' In beide gevallen werd zijn nadering als toenadering uitgelegd, raakte zijn zo terloops mogelijke gang beladen met intenties, met betekenissen, met doelgerichtheid, zodat zijn stap al halverwege wat onzeker werd, er iets van schuchterheid in zijn schouders kroop, iets van slaafsheid, denk ik zelfs dat het was, zodat van de weeromstuit alles een onderdanige, wat hondachtige uitstraling kreeg. Het verschil tussen de ravenzwarte onbekende, die hem met een misprijzende blik op het laatste moment op afstand hield, en de groenogige met de tuitlipjes was dat de laatste brutaalweg aan hem vroeg wat hij kwam doen, zodat Rega zich gedwongen zag alsnog snel een reden voor zijn toenadering te zoeken en zich hopeloos verstrikte in zijn woorden. Want dat hij die tuitlipjes van haar eens flink wilde zoenen, dat hij zijn beide handen om haar middel wilde leggen om haar... ruw, denk ik, ruw tegen zich aan te trekken, dat hij haar, één hand achter tegen haar onderrug, de andere in de knieholte van haar rechterbeen, achterover wilde buigen terwijl hij tegelijkertijd haar been omhoogtrok, en dan met zijn lippen in haar hals... als in een... hoe heet het... zo'n dans... *tango*... dat hij als in een tango haar wilde buigen en strekken en buigen en strekken, dat hij dat wilde en nog meer en nog wat anders ook, schaal, schelp, kom – hij kreeg het op dat moment niet over zijn lippen natuurlijk. En dus begon hij met haar over de vraag of 'jullie bij tehatex' het wel eens hadden over het verschil tussen kunde en kunst, en waar het nu eigenlijk om ging als je tehatex deed in een lerarenopleiding. 'Het gaat er toch niet om kunstenaar te worden, toch? Het gaat er toch om dat je kunde kunt overbrengen op anderen?' En hij zag niet hoe het zee-... nee, het opaal-... of loof-... hij zag niet dat het groen van haar ogen dof werd, alsof er plotseling wolken voor schoven. Want er was iets in en met haar ogen, zo realiseer ik me nu, dat elk spreken overbodig gemaakt zou hebben als Rega het alleen maar had kunnen zien, als hij minder verwikkeld was geweest in zijn pogingen om te ontsnappen aan wat hij vermoedde dat de ander verwachtte zodra hij naderbij kwam. Iets in haar ogen opende zich, lijkt me, al zeg ik dat niet goed. Maar het was net alsof ze meer zag dan gewoonlijk wanneer ze Rega op zich af zag komen. Al kan ik me vergissen natuurlijk.

Maar dat alles betekende nog niet dat hij geen meisje kon krijgen. Het betekende hoogstens dat hij meestal niet kreeg wat hij verlangde. En ook dat hij niet goed wist wat het was dat hij verlangde. Of wie. Hij wachtte slechts op de vervulling die anderen hem aanboden in de vorm van hún verlangen, dat was het, denk ik. Zoiets moet het geweest zijn: de hunkering naar de verlossing die anderen voor hem in petto hadden, of dan toch leken te hebben.

Zoals Nynke Veringa bijvoorbeeld, een Friese blondine met verblauwe ogen en krullend lang haar, die hem na een uiterst tumultueus verlopen college van Joost Vink – een docent die zijn voorbeeldzinnen 'traditionele grammatica' steevast een seksistische betekenis meegaf ('Jantje greep de prinses als gretige graaier bij de billen') om bij protest van de aanwezige feministische studentes die naast Nederlands ook nog maatschappijleer studeerden, met zijn onschuldigste gezicht te beweren dat hij alleen maar de bepaling van gesteldheid wilde illustreren – Nynke, die Rega na dat college aansprak en zichzelf min of meer uitnodigde om eens te komen eten, want Van Parys had gezegd, zei ze, 'Steven zei dat jij een mirakels lekkere macaronischotel kunt maken'. En ja, dat was waar, dat kon hij, en ze moest maar komen, en ze kwam, en ze praatten tijdens het eten lang, eerst over de opleiding en over alle anderen, zoals dat gaat, maar daarna begon Nynke over haar ouders, die altijd ruzie maakten en hun kinderen, haar dus ook, betrokken bij hun conflicten, en over haar vader, die haar al eens te verstaan had gegeven dat zij eigenlijk ongewenst was geweest, en die zelfs had gesuggereerd dat hij... dat niet hij... – en Nynke haperde en Rega stroomde vol en over en sloeg zijn arm rond haar schouder – dat hij niet haar... niet haar vader was, maar dát, zei ze, terwijl ze met de rug van haar hand haar wangen droogwreef, dát had haar moeder ten stelligste ontkend, zei ze, had ze gezegd, en Nynke leunde met haar hoofd op Rega's schouder, en legde haar hand op zijn bovenbeen, alsof het zo hoorde, en Rega kuste haar krullen en zijn hand masseerde, nee streelde, of wreef, misschien was het meer een soort wrijven, een wat onhandig heen en weer bewegen over haar schouder, haar bovenarm, en haar hand op zijn been schoof wat omhoog en ze draaide haar hoofd naar hem toe, ze keek van onder de krullen op haar voorhoofd met veel oogwit naar hem op.

En zo was het dan gekomen dat er op de macaronischotel nog een ontbijt was gevolgd, en nog een hele dag in Rega's piepkleine kamer op de uitgevouwen bedbank van schuimrubber kussens onder de schuine wand, en nog een nacht, en voordat hij het wist, voordat Rega goed en wel besefte dat het gebeurde, gebeurde het en was Nynke het begin en einde van zijn dagen, leerde hij gedichten uit zijn hoofd

over de 'ééne onverschenene ademloos gewacht' en 'op de
drempel stond armenkruis je stem', gedichten die hij op
wat hij meende dat gepaste momenten waren dan opzei of
in haar oor fluisterde of in gezelschap van anderen ('en je
zwijgen is van porselein en mijn hijgen een hamer') juist
luid genoeg citeerde zodat iedereen het had verstaan en
getuige werd en was van zijn oneindige liefde voor haar
– iets wat Nynke toen (maar hij zag het niet, ook al trachtte
Werda hem er later voorzichtig op te wijzen), iets wat
Nynke toen al lichtelijk begon te irriteren.

Maar Rega werd voortgestuwd door een herinnering die
hij niet aan de oppervlakte liet komen, een vage paniek was
het, die heel zijn doen en laten bepaalde, hem stuurde in zijn
vurige wens om zeven dagen per week, vierentwintig uur per
dag in Nynkes nabijheid te zijn, niets tussen hem en haar te
laten komen. Wat er in de praktijk op neerkwam dat hij vooral
veel op haar wachtte: bij haar thuis, in een riante kamer aan
het Schuitendiep, bij de ingang van de bioscoop, op een ter-
rasje voor De Brasserie in de Poelestraat, in de bibliotheek
op de Vismarkt, op het station als zij terug zou komen uit
Friesland, of in Werda's kamer, leunend op de vensterbank
en uitkijkend over de daken naar het zuiden van de stad,
terwijl Werda een eenvoudig liedje van de vroege Beatles
probeerde te spelen op een oude gitaar van Van Parys, bij
wie hij 'les' nam, zoals Van Parys het zelf noemde.

En natuurlijk kwam er toen een dag dat hij tevergeefs
wachtte. Een dag en nog een nacht. En nog een dag. Rega
fietste van de Rabenhauptstraat naar het Schuitendiep,
via de Oude en de Nieuwe Boteringestraat, Moesstraat
en Eikenlaan naar de Zernikelaan, waar de opleiding was,

en hij dwaalde door de... door de modules dwaalde hij, langs deuren en ramen, besteeg in het ene trappenhuis de trappen, daalde in een ander trappenhuis weer af, kwam drie, vier keer langs dezelfde zitkuilen in dezelfde raamloze hoeken van het gebouw, vroeg aan het meisje met de groene ogen of ze Nynke misschien had gezien, vroeg het zelfs aan de docent moderne letterkunde, fietste terug naar de stad, keek in café De Spiegel, zocht met zijn ogen het tuinterras achter De Brasserie af, ging weer naar huis, waar niemand was – Van Parys niet, Werda niet – en hij wachtte, en wachtte nog eens. Totdat uiteindelijk de deurbel ging, één keer lang, twee keer kort, en zij daar was, uit het trapgat oprees – Venus op een schelp, dacht Rega misschien nog, al ben ik niet zeker – en het was voorbij, er was een ander, of weer een ander of nog een, ik weet het niet precies meer, en Rega, die buiten zichzelf was, geloof ik, iets over verraad schreeuwde of misschien gewoon zei, nee schreeuwde, denk ik toch, want ergens te midden van dat alles zag hij ineens het hoofd van Anton Willig boven het trapgat uitkomen, die met een blik tussen bezorgdheid en irritatie vroeg wat of er 'in hemelsnaam' – ja, dat zei hij, 'in hemelsnaam' – aan de hand was, en Nynke, die langs hem naar beneden glipte. Verder herinnerde hij zich niet veel.

Maar hij kon dus meisjes krijgen, Rega, al werd hij dan telkens... werd hij *gehinderd*, zei Werda, door zijn wens het langer te laten duren dan, zei hij, dan betamelijk was, 'of toch in ieder geval dan *handig* is. Kijk, ik ben altijd blij als ze op een gegeven moment... nee, op het júíste moment weer opkrassen, Daniël, want voor je het weet beginnen ze over fietsvakanties naar de Ardennen of familiebezoek met ooms en tantes en leuke nichtjes waar ze dol op zijn, of verjaardagsfeestjes met pappie en mammie, liefst gevierd met een lopend buffet in een of ander godvergeten Van der Valk-restaurant langs een of andere godvergeten snelweg, waar je dan de hele tijd het gegiechel van haar zusjes, of de als plaagstoten bedoelde flauwiteiten van haar broertjes moet verdragen. Of nog erger, ze willen dingen aan je veranderen, weet je wel. Dan moet je haar anders, of je kleren, maar vooral je *persoon* moet anders. En als je dan ten antwoord geeft dat zij wel eens wat vaker zin mag hebben in een potje neuken, dan ben je natuurlijk te grof, of denk je maar aan één ding. Nou, ik denk maar aan één ding, ja, en laat de rest de rest, alsjeblieft.'

De rest de rest, dacht Rega, laat de rest de rest, laat de rest rusten, *rest in peace*, de rest, die alles was, toch eigenlijk, dacht hij, die uitrees, ver uitrees boven wat er voor de rest nog was, wat Werda daarover ook zei, of zelfs Van Parys, die toch met... bij... samen met Rosa was, al lange tijd en voor altijd misschien wel – 'siempre', lispelde Rosa terwijl ze een hand op Rega's onderarm legde en hem met wijd opengesperde ogen en een stralende glimlach aankeek – ook al zei Van Parys net als Werda dat het natuurlijk maar om één ding ging, dat ene ding waarbij Rega het niet scheen te kunnen laten, waarin hij kon opgaan, waarin hij kortstondig kon verdwijnen, dat wel natuurlijk, maar waarvan hij niet verdroeg dat het geen andere betekenis had dan alleen zichzelf, dat het niets méér was dan dat korte oponthoud tussen lust en ontlading, een einde dat hem altijd verweesd, verlegen, onhandig, met een mond vol tanden achterliet, soms in zijn eigen bed onder de schuine wand, soms in een

piepkleine kamer van een studentenflat aan de Spirealaan –
'Ah, de Spirealaan, Daniël, hoei hoei, de hunkerbunker, ja
ja, dat gaat de goeie kant op, vriend', zei Werda – en meerdere keren in de douche van de Rabenhauptstraat met een
meisje met kortgeknipt blond haar, dat niets anders leek te
wensen dan 'nat worden', zei ze, 'samen nat worden', en
dat na soms urenlang douchen (waarbij Willig meermalen
aan de deur verscheen om te vragen of dat daar nog lang
ging duren, of ze nu nog niet schoon waren, of ze wisten
wat dat kostte, al dat water, al dat gas), na uren douchen
zich afdroogde en weer verdween zonder verder iets af te
spreken, totdat hij haar, of eerder zij hem weer ergens tegen
het lijf liep: in een café 's avonds of 's nachts, maar even-
goed kon het in de Herestraat zijn, tussen winkelend publiek, op klaarlichte dag. 'Kom,' zei ze dan, 'kom, we gaan
lekker nat worden.' Maar later stond Rega daar. Water liep
in straaltjes van hem af. En hij was een lichaam, aan alle
kanten door afstand omringd.

'Hier, moet je dit eens horen, hier, luister!'
Van Parys was op de drempel van Werda's kamer verschenen met in zijn hand *Rekenschap*, het boek dat Bama
en De Vries de studenten verplicht lieten aanschaffen voor
de lessen onderwijskunde, een prijzig werkje van meer dan
driehonderd bladzijden met op de achterzijde een foto
waarop de beide langharige vakdidactici met een serieuze
blik in de camera keken.
In de Verenigde Staten broedde Ronald Reagan op plannen om een einde te maken aan de al bijna een decennium
lang durende detente tussen de beide supermachten, en de

Sovjet-Unie militair te overvleugelen. Hij liet dreigende taal horen en stelde onomwonden dat het communisme een 'temporary aberration' was die op een dag van de aardbodem zou verdwijnen, 'because it is contrary to human nature'. En ook Margaret Thatcher stelde kort na de Russische invasie in Afghanistan al dat 'detente had been ruthlessly used by the Soviets to exploit western weakness and disarray. I knew the beast.' 'Laat maar vallen dan, het komt er toch wel van, het geeft niet of je rent', zong een juist doorgebroken popgroepje in een liedje dat 'De bom' heette, en zalen vol jonge meisjes gilden zich in extase.

'Hier, het is godverdomme godgeklaagd', zei Van Parys. 'Let op, ik citeer hè, luister: "Moet de school dan maar verdwijnen? Ja, zou ik zeggen als het gaat om een school die zich gedraagt als een kerk van het geloof in de... eh... de de consumptio perpetuum progrediens."'

'De wát?'

'De eeuwig voortgaande consumptie of zoiets, Daniël', zei Werda.

'Dat is toch niet te geloven', zei Van Parys. 'Dat moet ons dan bijbrengen hoe wij leerkrachten moeten worden. Dat komt aanzetten met een wereldbeeld waar zelfs... zelfs...' – hij keek even om zich heen, zag Rega zitten in de rookstoel bij het raam en vervolgde: '...waar zelfs Daniël hier niet meer in gelooft, niet dan, Daniël? Hè? Zelfs jij als ouwe hip vindt dit toch onzin?'

Helemaal waar was dat niet, zo weet ik, ook al knikte Rega vaag instemmend. Als hij Jan Bama bevlogen hoorde spreken over 'een door het geloof in een nooit eindigende productie en consumptie beheerste maatschappij, een geloof,' zo voegde Bama daaraan toe terwijl hij een lok van zijn krullende haar achter zijn oor stak, 'een geloof dat geschraagd wordt door de technologie en het grootbedrijf'; als hij Bama zo hoorde spreken, met deze woorden en met alle andere woorden die daar min of meer vanzelfsprekend bij hoorden, die Rega als het ware verwachtte zodra Bama deze weg insloeg; als hij dit hoorde, dan was het alsof er in hem een vuurtje werd ontstoken, alsof hij... ja, het was alsof hij thuiskwam, zeg maar, op vertrouwd terrein in ieder geval, alsof hij groeide in zichzelf om te worden wat hij eigenlijk altijd al was geweest. 'De mens,' kon Bama dan zeggen, een beetje dramatisch, 'de mens die de samenleving maakt, is natuurlijk vrij van materiële zorgen en hij meent wat dit aangaat zelfs zijn eindpunt bereikt te hebben, máárrr...' – en hier stak hij een slanke vinger in de lucht – '...máárrr... in wérkelijkheid, in werkelijkheid, lieve mensen, *vervreemdt* hij van zichzelf. De materie is voor hem niet langer meer een middel om te leven. De materie is *doel* geworden. Hij beheerst niet langer zijn werktuigen, maar zijn werktuigen beheersen hém. En het állerbelangrijkste, het ál-ler-belangrijkste is misschien nog wel dat zijn natuurlijke neiging tot ontkenning van de bestaande orde, zijn eigen onzekerheden, dat die worden genegeerd, hem worden ontzegd zelfs! Ze worden ingekapseld. Ze worden onderdrukt. Ze worden ingekapseld en onderdrukt door de welvaartsstaat, begrijpen jullie dat?'

En Rega wilde knikken, en instemmen. Applaudisseren zelfs. Het glas heffen. Hij wilde het Bama wel voorzeggen, nu, hij lipte als het ware mee met wat Bama ging zeggen, met wat hij zei toen hij zei: 'En dus is de vrijheid van de moderne mens geen échte vrijheid, lieve mensen, en de zekerheden die hij denkt te ervaren, zijn slechts de zekerheden van de technocratie, de zekerheden van deskundigen. Het zijn zekerheden die mikken op een uniform wereldbeeld, die elk alternatief uitsluiten, die verwarring scheppen over de relevantie van eigen gevoelens en ervaringen. Het zijn zekerheden die mensen er uiteindelijk toe brengen om het uniforme, op consumptie en productie gebaseerde wereldbeeld in godsnaam...' – hij zei 'in godsnaam' – '...in godsnaam dan maar te omhelzen, omdat elk ander denken hen on-her-roe-pe-lijk tot outcasts maakt.'

Het was ongeveer wat Van Parys nu voorlas. '"Zo worden alle potentialiteiten,"' citeerde hij, '"de transcendentale krachten in de mens" – jezus, wat een gelul, enfin – "de transcendentale krachten in de mens, de spanning tussen goed en kwaad, tussen Logos en E..." – man man, wat een zwakzinnig gezwets allemaal', en hij gooide het boek op Werda's bed.

'Nee, nee, Steven, nu niet ophouden, nu wordt het pas goed, jongen', en Werda pakte het boek op, bladerde even heen en weer en las verder: 'Zo worden... eh... pompom... ja hier: "Zo worden de transcendentale krachten in de mens, de spanning tussen goed en kwaad, tussen Logos en Eros, aan de menselijke geest onttrokken en bijgevolg hebben we in deze tijd te maken met een nieuw creatuur: de eendimensionale mens..."' Werda schoot in de lach en hoestte. 'Een nieuw creatuur – die is goed. Maar wacht het wordt nog beter. Van deze volgende zin houd ik écht, moet je horen. "Die eendimensionale mens staat toe..." – let nu goed op hè, die eendimensionale mens staat dus toe "dat zijn zekerheden gered worden door..."' – Werda keek met opgetrokken wenkbrauwen en een geheven wijsvinger van Rega naar Van Parys – '...gered worden door... jawel... daar komt-ie dan... "door genocide... óf...", want ze gaan nog verder die jongens, gered door genocide óf "behartigd worden..." die zekerheden dus... "of behartigd worden door een democratie waarin informatie stelselmatig achtergehouden of gemystificeerd wordt". Is het niet geweldig? Democratie leidt tot genocide, zo zou je kunnen zeggen. Dat is een behoorlijk straffe bak koffie, natuurlijk, maar het staat er gewoon. Is het niet heerlijk?'

Rega wilde wat zeggen, nu, 'niet de democratie', zo wilde hij zeggen, dat het niet de democratie was die tot genocide leidde, maar hij wist niet zo gauw wat dan wel, wilde 'het systeem' zeggen, maar slikte dat op het laatste moment weer in. Bovendien was Van Parys hem voor.

'Ik vind het een grof schandaal dat we deze onzin moeten reproduceren', zei hij. 'Want daar gaat het om. Je hebt het bij De Vries toch wel gemerkt zeker? Geen tegenspraak.'

Tijdens een college waar Wybren de Vries de tien kenmerken van het democratisch leraarschap nog eens op een flap-over had genoteerd en had afgezet tegen het meer autoritaire model dat het traditionele onderwijs hanteerde, had Van Parys zijn vinger opgestoken en gevraagd of dat democratisch leraarschap van hem, Wybren, misschien ook maar ergens in het hele land kans op slagen had, dan wel ergens in de praktijk inmiddels geslaagd wás. 'Ik weet niet, Wybren, wanneer jij precies voor het laatst in de klas bent geweest, maar eh... als ik me zo opstel als jij nu voorstaat, dan zitten ze te kaarten achter in de klas. En dan heb ik nog geluk.'

De Vries maakte wat kalmerende gebaren naar een meisje met een slobbertrui en paars haar dat onmiddellijk met een zwaar Twents accent 'Ach man!' had geroepen, en zei tegen Van Parys dat hij, ten eerste, elke week in de scholen kwam en, ten tweede, dat dat kaarten achter in de klas alleen maar het gevolg kon zijn van juist een meer traditioneel onderwijs dat... – en weer ging het over de eendimensionale mens en over 'een wereld van eindeloze verveling' vanwege die onderdrukking van de transcen...

'Ja ja', zei Van Parys, en hij wapperde ongeduldig met zijn handen. 'Maar als ik voor de klas sta, dan wil ik die kinderen gewoon wel wat leren, snap je? En als ik het moet doen op jouw manier, komt daarvan niet veel terecht. Dat kan ik wekelijks op mijn stageschool zien, en iedereen die hier zit ook, denk ik.' Waarna De Vries weer zei dat hij toch andere ervaringen had, en Van Parys repliceerde dat hij, net als anderen, zo wist hij, zijn stijl aanpaste als De Vries of Bama op bezoek kwamen om eens wat lessen van de stagiairs bij te wonen: 'Democratie te over bij mij, Wybren, en het bulkt van de creatieve werkvormen in mijn modellesjes. Maar ik heb dan wel van tevoren de leerlingen omgekocht om modelleerling te spelen, en bovendien, als jij je hielen hebt gelicht, ga ik weer over tot de orde van de dag. De leerlingen zelf hebben niets liever.' Waarna het gesprek bitsig werd en De Vries uiteindelijk op Van Parys' vraag of hij straks op het tentamen geacht werd die tien kenmerken van het democratisch leraarschap op te dreunen, kortweg 'Ja!' zei. 'Oké,' had Van Parys toen gezegd, 'oké, dat hebben we dan nu even democratisch vastgesteld.'

Rega had het boek, dat Werda inmiddels ter zijde had gelegd, nog eens opgepakt. 'Een school die déze, op productie en consumptie gebaseerde maatschappij om haar vormingsdoelen vraagt en de antwoorden van déze maatschappij honoreert,' las hij, 'verloedert zichzelf en haar pupillen. Een dergelijke school is niet meer dan een babysitcentrale waarin mensen die nog niet capabel, dat wil zeggen nog niet draagkrachtig genoeg zijn om te consumeren, beziggehouden worden met zinloze stof die ze, als ze eenmaal in het productieproces zijn terechtgekomen, beter niet of in veel kortere tijd hadden kunnen verwerken. In de samenleving van vandaag', zo vervolgde de tekst, 'heeft de school vooral een functie op basis van zijn verborgen leerplan: de indoctrinatie van het systeem; dat alles goed is zoals het is.'

'En op deze manier, lieve mensen,' zo had Bama in zijn college gezegd, 'op deze manier voedt de school zijn mensen op, heeft de school júllie opgevoed, tot de vervreemdende tweedeling waarbij de buitenwereld niet meer behoort tot de ervaring van de binnenwereld, heeft de school jullie gewend gemaakt aan een denken waarbij oordelaar en beoordeelde in een hiërarchische verhouding tot elkaar staan. De school heeft jullie onderworpen aan wat je met een moeilijk woord "de mechanistische imperatief" kunt noemen, en heeft van jullie bewustzijn een machine gemaakt.'

Ze waren fout, Rega was fout, Werda, Van Parys, wij allemaal, daar kwam het op neer, denk ik. We waren gepreconditioneerde wezens die in de allereerste plaats bevrijd dienden te worden van de automatismen die het onderwijs had ingeplant. We waren schuldig, zo zou je misschien ook kunnen zeggen, al nam niemand dat woord in de mond, ook Rega niet, zelfs hij niet. Maar tijdens uren die óók 'colleges' werden genoemd, ook al werden ze grotendeels doorgebracht op zitzakken in speciaal voor dit doel gebouwde zeshoekige, grotendeels verduisterde studio's met een macht aan lampen en allerhande voorzieningen, werd Rega, werden Van Parys, Werda en alle andere studenten onderworpen aan wat nog het meest weg had van een reinigingsritueel. Ze liepen met de ogen dicht door elkaar om 'vertrouwen' te krijgen. Ze lieten zich, alweer met gesloten ogen, achterovervallen in de armen van wie achter hen stonden. Ze beeldden een sinaasappel uit. Ze waren 'een levend tapijt', zei Ton Donkers, Tony, de docent, een voormalige professionele theateracteur die de kneepjes van het losmaken en associëren als geen ander kende, 'een levend tapijt' waren ze en ze rolden in de ruimte over elkaar heen als... als speelse dolfijnen in een warm bad of zoiets. Ze lagen in een grote kring op de grond en hielden allemaal elkaars handen vast – Rega tussen rechts Jacquelien de Vaart en links Tamara Ongering, links een zachte, mollige hand, rechts een klein, smal, meer benig handje – en Tony sprak op zachte toon met een diepe bromstem terwijl de lichten langzaam doofden, het lichtroze achter de gesloten oogleden dieprood werd, en hij zei – ik hoor het hem zeggen – hij zei dat zij één lichaam waren, één deinend lichaam in een eindeloze ruimte, zei hij, één met henzelf en alle anderen, en ik zag, ik weet, ik voelde zelf als het ware, dat het achter Rega's ogen begon te prikken, dat hij tranen voelde opkomen en dat hij zich met alles wat hij in zich had moest verzetten om niet in snikken uit te barsten. En daarbij kneep hij zonder het te weten hard in de handen van Jacquelien en Tamara, die overigens terugkneep, Tamara, op een zeker moment werd hij het gewaar, ze kneep terug, terwijl Jacquelien haar hand uit de zijne wurmde en losliet, de 'ketting', zoals Tony het zei, 'het verbond' verbrak. En na het college zei ze, zei Tamara, terwijl ze haar hand op haar keel legde, dat ze zich ineens had gerealiseerd dat ze over hem, over Rega had gedroomd de afgelopen nacht, en ze kreeg rode vlekken in haar ronde gezicht. En Rega wilde weten wat. En Tamara wilde het niet zeggen. Of niet nu toch, maar later misschien. En dat hij maar eens moest komen eten. Wat hij deed. Een paar dagen later stond hij voor de benedendeur van de Spireaflat, die zoemend opensprong. En op haar piepkleine kamer op de zesde verdieping, nauwelijks groter dan die van Rega zelf, aten ze een eenpansgerecht. Waarna Tamara hem plompverloren op zijn mond zoende. En Rega zoende terug. Hij had geen keus, wat hem bijna, een kort moment, gelukkig maakte. Hij was deel van wat zij verwachtte. Hij deed wat hij doen moest en, dacht hij, alleen maar doen kón. Hij zoende terug en kleedde haar uit. En hij zocht wat hij altijd zocht. Hij vond het. Als vanzelf vond hij het en verdween. Kortstondig raakte hij zichzelf kwijt terwijl hij haar beide heupen omklemde en met lange halen likte, proefde, slikte. Er begon iets in hem te spreken of te zingen, iets wat hij zelf niet hoorde, denk ik, een 'reillemireillemireillemi' - zoiets, of iets wat erop leek. Maar daarna, vrijwel onmiddellijk daarna, hoewel Tamara nog zei dat dit was wat ze had gedroomd, precies dit, tot in het laatste detail - daarna was er direct die vreemdheid geweest, een afstand die niet meer te overbruggen was, wat hij ook deed en hoe vaak hij die nacht ook probeerde nog eens dichtbij te komen, nader, tegen beter weten in haast, nog dichter, ín haar. En Tamara protesteerde niet toen hij vroeg in de ochtend zei weg te moeten. 'Ik moet weg', zei hij, en Tamara, die het laken tot aan haar kin had opgetrokken, keek hem aan en zei niets. 'Naar college straks', zei hij. Ze knikte. Hij schoot in zijn broek. Ze draaide op haar zij, haar rug naar hem toe. En bijna bezweek Rega. Bijna had hij zijn hand op die rug gelegd, zou hij achter haar zijn gaan liggen en zijn armen om haar heen hebben geslagen, haar hebben willen omdraaien en nog eens op de mond zoenen en zeggen dat hij ook nog wel even kon blijven, dat hij altijd kon blijven, zou blijven (moest blijven), voor altijd en immer. Maar hij deed het niet. Hij voelde een steen in zijn maag. Het leek alsof de muren om hem heen begonnen te draaien. Ze antwoordde niet toen hij nog, een beetje schutterig, 'Tot later' zei en de deur achter zich sloot.

Hij zou ook nooit meer met Tamara in het duister in een kring liggen, haar nooit meer opvangen als zij zich ruggelings in blind vertrouwen liet vallen, noch zij hem, want nog voordat Tony weer op het rooster stond had Van Parys al op een avond in de Rabenhauptstraat gezegd dat het hem nu toch al te gortig werd.

'Het lijkt godverdomme wel sensitivitytraining of hoe heet die onzin, een soort yoga, of van dat vage jarenzestiggedoe met van die Indiase sitarspelende Shra Rasnapoeti's, of hoe heten die vage apen allemaal. Doe-eens-een-sinaasappel-na! Dat was godverdomme wel het toppunt zeg!'

'Toch vond ik dat je een heel aardige sinaasappel deed, hoor,' grijnsde Werda, 'veel beter dan Daniël hier. Dat was meer een mandarijntje. Dat leek nergens op, Daniël.'

Maar Van Parys had er genoeg van, vond de colleges van Tony kant noch wal raken, en stelde voor dat zij gedrieën de volgende dag eens met Tony zouden gaan praten in zijn kleine, raamloze kantoortje achter de studio's. 'We kunnen hem voorstellen een literatuurstudie te maken van de zin en onzin van specifiek zijn vak binnen het kader van een lerarenopleiding,' zei Van Parys, 'maar we gaan er in geen geval nog naartoe, oké? Eens kijken wat ze dan doen.'

'En wat als we geen tentamenbriefje krijgen?' vroeg Rega.

'*Bollocks*!' antwoordde Van Parys, en dat ze van goeden huize moesten komen 'om straks, als we alle onderdelen met succes hebben afgerond, ons het diploma te onthouden omdat we weigeren om fruit te imiteren en vaag neuzelend in zitzakken naar het doven van wat lampen te kijken'.

Maar Ton, Tony, was heel begrijpend geweest, vond zo'n literatuurstudie niet zo'n heel erg goed idee, moest hij bekennen, had natuurlijk, zei hij, al lang gezien dat er bij jullie – nee, nee, hij zei 'bij sommigen van jullie' en had terloops even naar Rega gekeken – dat er bij hen een zekere scepsis was ten aanzien van de opdrachten die hij gaf, een ongeloof dat werken met precies hun groep tot nu toe zo moeilijk had gemaakt. Daarbij, zei hij, 'daarbij is dit vak bedoeld voor mensen die zodanig vastzitten in automatismen, in bepaalde overgeleverde patronen...' – verbeeld ik me dat nou of keek hij hier opnieuw even kort naar Rega? – '...dat ze dringend nood hebben aan enige... eh... desautomatisering, zeg maar, zodat ze beter in staat zijn om op de noden van leerlingen in te spelen, straks. Je moet *personality* hebben voor het leraarsvak, jongens, en, nou ja...' – hij trok even van een klein sigaartje, blies de rook naar het plafond van grijsgeschilderde vezelplaten, dat overal in het gebouw hetzelfde was – '...het feit dat jullie hier nu zitten, geeft toch min of meer aan dat er aan persoonlijkheid bij jullie geen gebrek is.'

'Dus?' zei Van Parys.

'Dus, Steven,' antwoordde Tony terwijl hij een lade van zijn metalen bureau openschoof, 'dus zal ik jullie je papiertje vast geven. Op één voorwaarde: jullie praten hier met niemand over, ook niet met je medestudenten. Doe maar alsof je spijbelt en het papiertje niet gekregen hebt. Tegen de tijd dat je afstudeert, is iedereen dat wel weer vergeten. Géén heldenverhalen, alsjeblieft.'

'Typisch', had Van Parys later gezegd. 'Met een pink om te duwen, die softies.'

Zo eenvoudig was het bij Bama of De Vries dus niet. Hun vak, zo lieten zij uit alles blijken, was niet slechts een onderdeel van het geheel, maar de ruggengraat van de hele opleiding, belangrijker nog dan het Nederlands, het Engels, het tekenen, de handvaardigheid, belangrijker dan de wis- of natuurkunde, dan wat het dan ook maar was dat je straks zou gaan geven. Want veel meer dan over het *wat* ging hun vak om het *waarom*, en daarna over het *hoe*, en pas dan konden we het misschien nog eens over het *wat* hebben, over de 'vakinhoud', zoals dat heette. Maar voordat je over vakinhoud, of zelfs maar over je vak kon spreken, moest je het eerst hebben over de visie op je vak, en die visie kon niet losstaan van een visie op onderwijs, en die was weer lijnrecht verbonden met een maatschappijvisie. Het was het traject dat de studenten, maar dan precies andersom, in ieder werkstukje dienden af te leggen, hoe klein ook: eerst een para-graafje of twee maatschappijvisie, dan onderwijsvisie, dan de visie op je vak, zodat uiteindelijk in de manier waarop je bijvoorbeeld aan leerlingen... eh... laten we zeggen de bepaling van gesteldheid uitlegde, dat zelfs daarin de visie op de maatschappij doorschemerde, of geacht werd door te schemeren ('wat bij Vink zeker het geval is', grinnikte Werda). En het sprak wel vanzelf dat geen werkstuk erdoor kwam als de verschillende visies niet overeenstemden met wat Bama en De Vries en nog vele anderen meenden dat juist was.

'Kijk,' zei Werda, terwijl Rega *Rekenschap* weer ter zijde legde, 'zij zijn de ideologen natuurlijk, het politbureau, zeg maar, zij waken over de zuiverheid van hun eigen kleine revolutie, wat niets anders kan zijn dan een pathetische poging om de meubels nog te redden terwijl het huis al lang in vlammen is opgegaan. De wereld die zij voorstaan, is immers al heel lang achter de horizon verdwenen, en staat in ieder geval heel ver af van de realiteit.' Hij duwde met een wijsvinger even zijn neus omhoog.

'Maar,' zei Rega, 'die... die wereld is er toch nog nooit geweest, toch? Een... een bétere wereld, je moet toch...'

'Precies, Daniël, die is er nooit geweest, nooit anders dan het zich altijd en overal maar weer herhalende sprookje van oor-sprong en einde, van de af te leggen weg, weet je wel, van een toekomst, een eindtijd, waarin datgene gerealiseerd zal zijn uit naam waarvan alles wat er nu is moet wijken.' Hij zweeg even, keek naar zijn nagels en vervolgde: 'Het is grappig, eigenlijk. Bij revolutie denk je aan omwenteling, aan verandering, en elke revolutionair of wie zich ook maar zo noemt, ziet daarin als vanzelf iets positiefs. Maar die verandering vindt plaats uit naam van een uiteindelijk star concept. Revolutie is zo bezien een streven naar absolute stilstand.'

'Revolutie is géén etentje...' zei Rega.

'Wat zeg je?'

'Eh... géén etentje en geen schilderij geloof ik, of borduur-werkje, geen borduurwerkje of zo.'

'Waar heb je het nu in jezusnaam over, man?'

'Ik weet... ik dacht... ik weet het niet. Iemand die iets over revolutie heeft gezegd...' – Puut, zo schoot ineens door hem heen, en bijna had hij het gezegd, maar hij slikte het in – '...en dat het niet eh... niet rustig... nee, niet bedáárd, dat was het, en niet fijn ook – nee, vérfijnd... niet vérfijnd, de revolutie.'

'Eh... ja, nee, nee verfijnd... nee, een verfijnde revolutionair, dat is inderdaad zoiets als beschaafd geweld of zo.'

'Revolutie is oproer, een gewelddadige actie van een klasse die een andere klasse omverwerpt.'

'Hola', zei Van Parys, die op Werda's bed zachtjes wat op een gitaar zat te tokkelen.

'Daniël!' riep ook Werda, enigszins overdreven met zijn handen naar zijn hoofd grijpend, 'wat krijgen we nou? Definities! Wat zeg ik? Leerstelligheden! Hé, Steven, weet je wel zeker dat die Rosa van je zijn haren goed, ik bedoel écht góéd geknipt heeft? Wat is dit? Lenin?'

Rega schudde zijn hoofd. Geen Lenin.

'Mao', zei hij, zachtjes, en iets luider: 'Mao Zedong.'

'Ah, de grote roerganger', zei Werda. 'Zo zo. Wel wel. Kijk eens aan.' Hij hield zijn hoofd een beetje scheef en keek met een bijna olijke blik naar hem. Rega keek naar zijn handen in zijn schoot.

'Zeg, vertel 's, je bent er toch niet zo een die stiekem het *Rode boekje* nog in zijn binnenzak heeft zitten, hè? En die daaruit te pas en te onpas citeert? Want dan loop je wel heel erg achter, hoor. Vandaag de dag moet je scheuren in je kleren maken en een veiligheidsspeld door je neus doen als je iets te zeggen meent te hebben. Krijgt dinges... hoe heet-ie? Die met zijn dia's en dat besje met dat bot door haar neus?'

'Albeda,' zei Van Parys, 'Joop, Jopie Albeda.'

'Juist ja. ...krijgt Albeda toch nog gelijk. Maar hoe dan ook, als je vandaag de dag iets meent te moeten roepen, moet je in geen geval met boekjes gaan zwaaien. En al hele-maal niet met Mao natuurlijk.'

'Nee, nee,' zei Rega, 'ik zwaai niet met boekjes. Het is gewoon iets wat ik me toevallig herinner van... van iemand... van vroeger, zeg maar. Revolutie is oproer, een gewelddadige actie van een klasse die een andere klasse omverwerpt – dat zit gewoon zo in mijn hoofd. Zoals... zoals Duitse rijtjes of... of...'

'Juist ja.'

Van Parys sloeg een paar akkoorden aan en humde iets.

'Het is waar natuurlijk, dat van die revolutie. Gewelddadige actie... zeker. Maar er zou eigenlijk moeten staan dat het de gewelddadige actie van een klasse is die iedereen aan zich wil onderwerpen. Het gaat steeds om het grote gelijkmaken. Daar wordt allerwegen veel van verwacht. Het maakt niet zoveel uit welk verhaaltje je leest: of het nu in de Bijbel staat of in de ver-handelingen van de Derde of weet-ik-hoeveelste Internationale, of in de eindeloze geschriften van Mao, of voor mijn part in de schotschriften van de Brigate Rosse – alles is gericht op het opheffen van elke ongelijkheid. De roep om rechtvaardigheid die zo vaak opklinkt als er weer eens een groep in opstand komt, is eigenlijk een roep om rechtlijnigheid voor allen. Eén moeten we worden. Opgaan in het collectief.'

'Jawel, maar wél als individu dus, hè Peter', grinnikte Van Parys.

'Ja, als *een* individu, hét individu worden, zoiets.'

'Ja, of andersom.'

'Of andersom. Natuurlijk. Alles kan, nee, alles móét andersom, of andersom kúnnen op zijn minst, op zijn kop en omgekeerd. De revolutie is een kermisattractie en de eersten zullen de laatsten zijn en de laatsten de eersten en zo tot in de oneindige eeuwigheid van altijd, amen.'

'Vrij,' zei Rega hees, 'vrijheid.'

'Ja!' riep Van Parys. 'Vrijheid voor... voor... vrijheid voor ons!'

'Weg met alles!'

'De dood of de gladiolen!'

Werda was naar de draaitafel gelopen en liet de naald zakken op een lp die hij nu al dagen achter elkaar opzette, draaide de volumeknop naar rechts, en met bulderend geweld klonk het over de gehele zolder:

Twenty-twenty-twenty-four hours to go
I wanna be sedated
Nothing to do, nowhere to go, oh
I wanna be sedated

Het was daarna dat zij binnen de opleiding meer en meer als een gevreesd triumviraat werden beschouwd, dat docen-

ten begonnen te fronsen als zij op de lijst met inschrijvin-
gen voor de keuzecolleges hun namen zagen staan, dat
medestudenten vreesden voor hun aanwezigheid en om
die reden wel eens hun eigen naam op de lijst weer door-
streepten, want voor je het wist was je ook slachtoffer van
Van Parys' scherpe tong of Werda's onverholen hoon,
zoals Petra Cuyck was overkomen toen ze het in een college met de titel 'Van Forum tot Bibeb – de persoonlijkheid
in de literatuur van 1930 tot heden' waagde om *Terug tot Ina
Damman* met een gekruld bovenlipje 'een keukenmeiden-
roman' te noemen die, 'omdat Vestdijk hem nou toevallig
heeft geschreven' zeker wel weer 'literatuur met een grote
L' zou zijn, terwijl deze 'kleine jongetjeszieligheidjes' haar
niets anders leken te zijn dan precies dat: 'kleine, en dan
ook nog oninteressante jongetjeszieligheidjes', zei ze, en ze
kruiste haar armen voor haar magere borst.

Natuurlijk zat Van Parys meteen op de punt van zijn stoel
en vroeg op strenge toon, met een korte beweging van zijn
hoofd, aan Petra Cuyck wat ze verder zoal van Vestdijk
gelezen had dan.

Petra haalde haar schouders op.

'*Else Böhler*?' vroeg Van Parys.

'*Ierse nachten*?' wilde Werda weten.

'*Ivoren wachters*?'

'Dan toch ten minste de Victor Slingeland-trilogie, Petra.'

Petra schokschouderde.

'Petra, ik smeek je,' zei Werda, terwijl hij zijn hoofd zijwaarts gedraaid op tafel legde en haar loensend aankeek,
'één boek, één klein ander boekje van Vestdijk maar.'

Maar Petra moest het antwoord schuldig blijven.

Of het dan, wilde Van Parys vervolgens weten, niet betamelijker was wanneer zij in onderhavig en andere gevallen haar op niet meer dan gebrekkige leeservaring en vrijwel totale afwezigheid van enige kennis omtrent auteur, literaire en andere context gebaseerde persoonlijke meninkjes voor zich hield misschien? Waarop Petra naar beneden keek, weer naar Van Parys, en vervolgens naar Rega, die zijn ogen neersloeg, en Erik Bettens ten slotte zei dat de literaire waarde van een werk op ieder moment van de geschiedenis opnieuw vastgesteld diende te worden, 'toch, Steven', en niet tot in de eeuwigheid vastlag; dat de literaire canon, zei hij, uiteindelijk altijd een afspiegeling was van criteria die in een bepaalde tijd – 'in een bepáálde tijd, Steven' – misschien als onomstotelijk werden beschouwd, maar die heel goed een decennium later al achterhaald konden zijn. Waarop Van Parys weer zei dat de relativering van de canon het voorrecht was van hen die ermee waren opgegroeid – iets wat Bettens negeerde.

Aan het eind van zijn college vroeg hij echter of Van Parys, Werda en ook Rega nog even meekwamen naar zijn kantoortje, waar hij stelde dat hij persoonlijk al heel blij was wanneer 'iemand als Petra Cuyck' een boek van Vestdijk las, ongeacht haar mening daarover, en dat het daarom niet aanging dat zij een dergelijk initiatief van haar honoreerden met het soort intellectuele schrobbering dat zij haar nu gemeend hadden te moeten geven. 'Een beetje noblesse oblige alsjeblieft, jongens', zei hij.

'Maar', vroeg Van Parys, 'wat hebben wij dan in je colleges te zoeken? Dan zitten we toch alleen maar aanwezig te zijn?'

'Afwezig', zei Werda. 'Eigenlijk zitten we er dan afwezig te zijn. Of nog mooier: afwezig te zíjn', grinnikte hij. 'Aanwezig als afwezig, zeg maar, absent als present. Onze afwezigheid is voorwaarde voor onze aanwe...'

'Ja, ja', zei Bettens, en draaide even met zijn ogen. Hij zag het probleem, zei hij, en hij kon zich voorstellen dat zij zich in zijn colleges verveelden ('een wereld van eindeloze verveling'), maar hij hoopte dat ze begrepen dat hij hun toch ook niet zomaar een tentamenbriefje kon geven. Zodat uiteindelijk overeengekomen werd dat zij zich buiten de colleges om zouden wijden aan een literatuurstudie waarin ze de overgang van 'het forumiaanse persoonlijkheidscriterium', zei hij, naar 'de meer journalistieke human interest van vandaag de dag' – want, zoals zij natuurlijk al lang hadden gezien, dacht hij, dáár was het hem in zijn college om te doen – dat zij die overgang in een literatuurstudie eens wat nader zouden belichten, waarbij ze ook gerust buiten de door hem opgegeven boeken om gebruik mochten maken van wat ze maar wilden.

Petra intussen was, meende Rega gezien te hebben, met tranen in de ogen uit het collegezaaltje aan de noordzijde van het gebouw weggelopen.

'Wat had je dan gedacht?' vroeg Van Parys. 'Die was in alle staten, natuurlijk.'

Maar ze had daarbij, meende Rega, niet zozeer woedend of verslagen, als wel... beledigd? Nee... gewond misschien zelfs wel... gekwetst, dat is het, ze had gekwetst gekeken naar... Rega dacht naar hém, vooral naar hém, naar hem alléén, alsof ze speciaal van hem toch iets anders had verwacht. Wat misschien ook wel zo was. En dat liet Rega, het moet gezegd, het liet hem nog steeds niet helemaal onberoerd, toch, ondanks alles. Om niet te zeggen dat hij eigenlijk liever meteen achter haar aan was gegaan (een atavisme, lijkt me, een reflex... een buikreflex, zou Tony hebben gezegd) in plaats van zich samen met Van Parys en Werda te verantwoorden voor iets waaraan hij zelf, wist hij, nauwelijks mee had gedaan. Een titel van Vestdijk had hij niet genoemd, ook al omdat hem niks te binnen wilde schieten – ja, nu, nu wel ja, *Surrogaten voor Murk Tuinstra*, *De koperen tuin*, *Meneer Vissers hellevaart*, en... dinges... iets met 'onder de sterren', *Huppelepup onder de sterren*... Maar de Victor Slingeland-trilogie bijvoorbeeld was hij zelf nog maar juist beginnen te lezen, met de grote haast die al zijn lezen kenmerkte, zodat van veel wat hij las alleen woorden bleven hangen die hij, net als de omcirkelde en onder-streepte woorden op de flap-overs, later met geen moge-lijkheid nog met elkaar wist te verbinden. Wel had hij wat geknikt en met zijn hoofd geschud en had zijn hele hou-ding instemming uitgedrukt met wat Werda en Van Parys hadden gezegd. Maar eigenlijk wilde hij onmiddellijk achter Petra Cuyck aan lopen en zijn hand op haar schou-der leggen en 'Sorry' zeggen, of: 'Je moet het ze niet kwa-lijk nemen, ze weten niet wat ze doen', of woorden van gelijke strekking die in de gegeven situatie passend zouden kunnen zijn, eventueel, mogelijkerwijs, waarschijnlijk. En misschien zou Petra dan, zou ze haar hoofd op zijn hand op haar schouder leggen, en zich tegen hem aanvlijen misschien wel, en van het een zou het ander komen, zoals Werda altijd zei als hij een verovering kort en bondig wilde samenvatten: 'Van het een kwam het ander en voor ik het wist lagen we een lekker potje...' Onmogelijk was dat niet, dacht Rega, terwijl ze gedrieën door de duistere gangen naar de uitgang van de module 'Moderne talen' liepen, het was niet onmogelijk als je, dacht hij, als je even stilstond bij de manier waarop ze naar hem gekeken had. Daaruit bleek op zijn minst teleurstelling, en dat, zo redeneerde hij, duidde op bepaalde verwachtingen en wie weet misschien zelfs wel verlangens. Dat was zelfs waarschijnlijk, dacht hij, wat Petra nog voordat Rega het trappenhuis bereikt had iets aantrekkelijks gaf, ook al was het dan een 'gratenkut', meende Werda later toen Rega hem had gevraagd wat hij eigenlijk van die Petra vond, en hij grijnsde: 'Die kun je maar beter boven laten liggen, Rega; tenzij je fakirneigingen hebt natuurlijk. Een spijkerbedje is er niets bij.'

Over de literatuurstudie die ze geacht werden te maken, leek Werda noch Van Parys zich erg druk te maken, en al evenmin om de interviews die ze voor het vak 'Mondelinge communicatie I' (er was ook nog een 'Mondelinge communicatie II', maar dat was facultatief) moesten maken met achtereenvolgens een buschauffeur, een arts of iemand anders voor wie het zogenaamde 'consultatiegesprek' een... een 'kernactiviteit' was. En er waren nog andere soorten gesprekken die ze geacht werden te voeren – ze stonden keurig opgesomd in een boekje met de titel *Vormen van taalverkeer*, geschreven door Ellie Berghuis, de docente 'Taalbeheersing', die het al haar studenten liet aanschaffen, iets wat Van Parys al meteen weigerde.

'Ik heb zo eens wat in dat boekje van jou gebladerd', zei hij, en pakte het exemplaar van de tafel van het meisje met het paarse haar, 'en...' – hij bladerde wat heen en weer – '...hier! Pagina 53, moet je horen: onder het kopje "Vraaggesprek" staat daar te lezen, ik citeer: "In een vraaggesprek stelt men vragen."' Hij keek fronsend over de rand van het boekje naar Ellie Berghuis, vervolgens nog eens naar de bladzijde: 'Ik herhaal: "In een vraaggesprek stelt men vragen."' Hij wierp het boekje terug op de tafel. 'Je neemt me wel niet kwalijk dat ik dit boekje vol evidenties níét aanschaf, Ellie?'

En ook Ellie Berghuis leek het daarna raadzaam hen apart te nemen om mee te delen dat ze van hen natuurlijk geen aanwezigheid eiste, ook al was tachtig procent aanwezigheid dan een van de eisen om het tentamenbriefje te krijgen; het enige wat ze graag zou zien, was dat zij de verschillende soorten gesprekken zouden voeren en van die gesprekken een protocol zouden maken, 'zoals beschreven in...' – ze aarzelde even, haalde diep adem en zei – '...zoals beschreven in mijn boek.'

'Oké', zei Van Parys, en met een blik op Rega en Werda: 'Ik zal die pagina's dan wel even kopiëren van Petra Cuyck.'

En dus zaten zij meer en meer op het dak van de Rabenhauptstraat en keken naar de boomkruinen in de verte, naar de condensstrepen van de vliegtuigen die ergens in het westen verdwenen, of als de avond al gevallen was, luisterden ze, denk ik, naar de treinen die onophoudelijk in het nabijgelegen station aankwamen en vertrokken. De stad ruiste op de achtergrond en Van Parys en Werda speelden gitaar en zongen liederen van The Beatles, Elvis Costello, The Stray Cats, maar ook van The Rolling Stones, voor zover dat ging op een akoestische gitaar, en zelfs een nummer van Joan Armatrading, waarvan Van Parys de akkoorden had uitgezocht omdat Rosa het zo mooi vond. Het was een lied over een verscheurende keuze, over de een en de ander, over liefde en verlangen (begeerte), over willen maar niet kunnen en toch moeten. Over géén keus hebben, eigenlijk. En als hij het zong, toen hij het op een avond zong, zat Rosa met glanzende ogen in het schemerduister van de schoorsteen naast Rega en legde, ze legde haar hand op zijn onderarm. En Rega voelde alle haartjes op zijn lichaam prikken. Van de warmte, dacht hij, van de kou misschien.

Er was geen keus.

Ik denk niet dat hij het toen zelf zo zag, maar er was zeker al iets in hem wat zich toen en daar wilde neerleggen bij wat zich op dat moment om hem heen plooide als een warme zomeravond waarin, dacht hij nog, de tijd niet langer verstreek, ook al week het schemerduister natuurlijk uiteindelijk toch voor het donker van de nacht en schuifelden allen op een zeker moment weer terug door de dakgoot naar Werda's kamer, Van Parys voorop, daarachter Rosa, Werda en ten slotte Rega, die zich wat licht in zijn hoofd voelde en bij het bukken om onder de stok met de autospiegel door te gaan bijna zijn evenwicht verloor, een moment lang zelfs met zwaaiende armen in de dakgoot stond voordat hij zich nog juist op tijd vast kon grijpen aan het raamkozijn. Iets in hem wilde zich overgeven aan de teergeuren van het dakleer, aan het ruisen van het verkeer op de ring in de verte, aan het snerpen van de treinen op de rails wanneer ze de bocht maakten bij het viaduct over de Hereweg, het moment waarop de arriverende, reeds van hun stoelen opgestane reizigers, samengedrumd in het tussenstuk met de deuren, altijd, willoos geworden, even hun evenwicht verloren; iets wilde samenvallen met wat was zoals het was, denk ik, en zeggen: alles is goed zoals het is – wat Bama, de Vries en alle andere vakdidactici, pedagogen, onderwijskundigen en wereldverbeteraars daar ook op tegen hadden.

Maar natuurlijk was juist dit verlangen nog het hardnekkige restant van zijn hunkering om op te gaan en te verdwijnen in een wereld waarin mijn dijn was, wij zij, en ik, en alle anderen, en nog zo wat. Dat lijkt me zonneklaar. Werda had gelijk: de revolutie streefde naar de totale stilstand, en het enige wat haar kon redden, was de permanente onvervuldheid van het ideaal in de verte. En die avond op het dak was het Rosa's hand op zijn onderarm geweest, een hand die soms even, niet meer dan één, twee haartjes verschoof en een tinteling door zijn lichaam stuurde, was het Rosa's hand die hem de zekerheid gaf – niet zozeer als iets wat hij dacht, als wel als iets wat hij... nou ja... eh... zeg maar: wat hij eh... vóélde als het ware – hem de zekerheid, nee, de *schijnbare* zekerheid gaf dat er verlossing bestond voor elke afstand tussen hem en de wereld, tussen hem en Werda, hem en Van Parys. Tussen hem en Rosa. Niet nu nog, natuurlijk. Maar later. Binnenkort misschien wel. Het was het besef van... (hoe zeg je dat een beetje goed?) ...het was het... het onvolmaakte? Nee... Het surplus? Nee, ook niet... Nee, het was datgene wat in de schijnbare vervulling van het moment het verlangen naar het uiteindelijke doel pas werkelijk zichtbaar maakte, dát was het, denk ik.

'Het transcendentale, Daniël? Bedoel je dat?' vroeg Werda, en Rega knikte, schudde zijn hoofd, haalde zijn schouders op. 'De spanning tussen goed en kwaad misschien?' ging Werda verder. 'Tussen Logos en Eros, wellicht?' Hij grinnikte. 'Jij gaat dat tentamen bij Bama glansrijk halen, jongen...'

Er was geen keus. Daar ging het om. Dat was onze vrijheid, had Werda gezegd. Hij verschikte iets aan het conducteursjasje dat hij recentelijk op de kop had getikt in een uitdragerij in de Hoekstraat. 'Heb je er geen fluitje bij?' had Van Parys gevraagd toen hij ermee thuiskwam, 'of zo'n... hoe heet 't... zo'n spiegelei?' Maar Rosa had het wel mooi gevonden, had bewonderend over Werda's schouders gestreken en hem gevraagd zich eens om te draaien, en nog eens. 'Ach ja,' zei Van Parys tegen niemand in het bijzonder, 'het meisje komt uit Francoland... dan krijg je dat, hè? Gevoelig voor uniformen.'

'Weet je wat het is, Daniël?' had Werda gezegd. 'Weet je wat het is? Ieder van ons loopt vandaag de dag met ik weet niet hoeveel kilo TNT boven zijn hoofd, zeg maar. En juist dat gegeven, het feit dat de Sovjets en de yanks in staat zijn niet alleen zichzelf, maar de hele wereld naar de verdoemenis te helpen met slechts één druk op de knop, maakt dat elke gedachte aan een einddoel, aan de gezegende staat van Zijn die ons door wereldverbeteraars van welke soort dan ook maar altijd in het vooruitzicht wordt gesteld, vandaag de dag als vanzelf gelijkstaat aan de totale vernietiging. Dat maakt ons vrij, snap je? We hoeven niet te kiezen omdat er zo bezien geen keuze meer is. Juist de gedachte dat er gekozen moest worden, tegen iets, voor iets, dat er heilstaten zouden zijn, paradijzen en nog andere hemelen, heeft gemaakt dat elke keuze onmogelijk is geworden.'

Hij pietste met duim en wijsvinger een stofje van zijn jas, staarde even naar zijn slanke vingers, die ondanks hun rankheid toch niets verfijnds hadden – 'grote werkmanshanden, grote, ruwe werkmanshanden, Daniël', zo zou Esther Vernooij later tegen Rega zeggen na een relatie met Werda die aanmerkelijk langer dan één nacht had geduurd, en er kwamen tranen in haar ogen, en ze vlijde zich tegen Rega aan, en van het een kwam het ander, zeg maar.

'O mijn ziel, streef niet naar onsterfelijkheid, maar put het veld der mogelijkheden uit', zei Werda nu. Hij zei het opzettelijk, leek mij, een klein beetje plechtstatig, alsof hij het niet helemaal meende, alsof het een uitspraak was die jongens als hij, jongens als zij, niet zonder een knipoog konden doen. Al knipoogde hij niet. Hij keek Rega met een flauwe glimlach rond de lippen aan.

'Dat is geen Lenin,' zei hij, 'en ook geen Mao. Ons lot ligt niet in de toekomst, Daniël – ons lot ligt in onszelf, in het hier en nu.'

Hij keek naar de koperkleurige knopen van zijn uniformjasje en zei vervolgens: 'En nou zulke dingen niet tegen de vrouwtjes zeggen, hè Daniël? Die houden daar niet van. Die houden van de toekomst, de nabije toekomst weliswaar, maar toch: de toekomst. Die willen dat je kiest, voor hen kiest, en je kunt maar beter knikken en knielen en ja zeggen, of nee als het moet, anders komt er in het hier en nu niets in huis van dat putten uit het veld der mogelijkheden, snap je?'

Hij grijnsde en Rega grijnsde terug en dacht: er is geen keus, we hebben geen keus, we moeten, we zullen, we zijn.

En in Krakau had paus Johannes Paulus II een niet-gepland onderhoud met generaal Jaruzelski, die niet lang daarna de staat van beleg ophief, die sinds twee jaar in Polen gold. De menigte die de paus 'geduldig', schreven sommige commentatoren, 'sereen', meenden weer anderen, bij de residentie van aartsbisschop Macharski stond op te wachten scandeerde: 'Red Polen! Red Polen! Red Polen!' In Groot-Brittannië won Margaret Thatcher, na de Falklandoorlog, met gemak de verkiezingen van een verdeeld Labour onder leiding van Michael Foot. De relaties tussen de beide supermachten waren, mede door de beslissing om Pershing II-middellangeafstandsraketten te plaatsen met een hoge *first strike capability*, maar ook door de geheime operaties van de Russen in de wateren van Groenland, IJsland en het Verenigd Koninkrijk, op een dieptepunt aangeland, maar zouden dat najaar nog dieper zinken. In het Kremlin worstelde Joeri Vladimirovitsj Andropov met zijn bloeddruk, met suikerziekte en met zijn nieren.

Dat met Esther Vernooij was min of meer de opmaat voor wat ik nog het best kan omschrijven als een... eh... een afwerkprogramma voor afgewezen liefjes, een praktijk van troostende liefkozingen na de beëindiging van alle door Werda begane intimiteiten, een soort... *nazorg*, zeg maar, door Rega verstrekt, ook al had hij het er aanvankelijk dan toch nog tamelijk moeilijk mee omdat hij, zoals Werda zei, 'een onverbeterlijke neiging tot meelijden' had. Rega kon het verloop van het drama van de afwijzing, van de beëindiging van de betrekkingen, goed volgen, althans voor zover het zich in Werda's kamer afspeelde. Hij hoorde hem

dwars door het dunne houten wandje heen dan met een speciaal voor deze gelegenheden wat hese stem spreken over
zijn volstrekte onvermogen om zich te binden, over wat
hij ongegeneerd als zijn 'tristesse' verkocht en relateerde
aan een vriendinnetje dat hij op zijn vijftiende had gehad
en dat hem had verlaten, waarna hij voorgoed elk vertrouwen in de liefde verloren had ('en niet alleen in de liefde,
maar in... in álles eigenlijk', zei hij soms), ook al, zei hij,
probeerde hij het telkens opnieuw en wel degelijk, zei hij,
met de bedoeling nog eens 'naar de eeuwigheid te reiken,
naar de sterren'. Waarna hij, zo legde hij later aan Rega uit,
met een treurige blik naar het plafond bleef staren en heel
soms het snikkende meisje in kwestie nog wat troostte, 'al
dan niet met een laatste beurt bij wijze van afscheid', grinnikte hij. Er was ook een variant waarin hij op meesterlijke
wijze, dat moet ik hem nageven, de morele verderfelijkheid van zijn eigen persoon op een dusdanige wijze over
het voetlicht wist te brengen dat vergeving min of meer
onontkoombaar was. Hij noemde dat 'het Luthermoment,
het "Hier stehe ich, ich kann nicht anders. Gott helfe mir.
Amen!", Daniël. Je moet de indruk weten te wekken van
een volstrekte verlorenheid en dat verloren-zijn vervolgens
weten te koppelen aan de reden waarom zo'n meiske in de
eerste plaats op je gevallen is, snap je? Op die manier blijkt
ze dan van je te houden omdát je haar verlaat.'

Met Esther Vernooij werkte dat niet helemaal zoals
hij het had voorzien. Esther was – hoe zal ik het eens
omschrijven? – ze was... 'pittig', had Werda gezegd, en
inderdaad, Esther Vernooij was wat je noemt pittig. In haar
opleiding koppelde ze twee volstrekt tegengestelde studies

aan elkaar: een vak dat huishoudkunde heette en waar er heuse tentamens 'stofzuigen' waren, en 'spiegelei bakken' en meer van die flauwekul die mensen vroeger gewoon van huis uit meekregen, maar die nu blijkbaar op de scholen onderwezen moesten worden – 'straks krijgen we nog zoiets als een academisch diploma veters strikken', hoonde Werda – en daarnaast studeerde ze maatschappijleer. Ze bevond zich zowel tussen de paarsharige, slobbertruien dragende, enigszins vormeloos ogende feministische mannenhaatsters die bij zowat alle alfavakken te vinden waren, als tussen de binnen de opleiding sowieso opvallende damesachtige verschijningen die in de, overigens uitstekend geoutilleerde, met de modernste keukens en wasgelegenheden uitgeruste module 'Huishoudkunde' hun tentamens stofzuigen en algemene hygiëne aflegden en roodgestift, hooggehakt en gekleed volgens de laatste damesbladmode tussen de middag in de kantine op mueslibolletjes zaten te knagen. Wat onmiddellijk aantrekkelijk aan haar was, zei Werda – en dan bedoelde hij niet cupmaat en heupomtrek ('hoewel ook dat hoewel ook dat') – was haar vermogen om met zowel de 'nufjes met hun *fond de teint*' als de 'dragonders met haar op de benen' eens flink de draak te steken. Maar zonder een van hen werkelijk af te vallen. 'Feministische hypercorrectheid' noch 'prototypisch wijfjesgedrag' was haar vreemd, meende Werda. Ze doorzag zichzelf in de rollen die ze speelde. En waar, wilde hij weten, waar ter wereld vond je nog zo'n wijf, 'hé, Daniël, man!'

Ze doorzag ook Werda, denk ik wel eens. Ja, ik denk het wel. Of althans, zo leek het toch.

En Rega natuurlijk. Ook hem doorzag ze. Maar dat was minder moeilijk.

Maar ze doorzag, misschien doorzag ze Werda, ja, scheidde ze de man van zijn garderobe, zeg maar, zij het zonder hem zijn 'carnavalstrauma', zoals ze het noemde, te misgunnen.

'Mijn wát?' vroeg Werda.

'Je carnavalstrauma. Je dwangmatige verkleedgedrag, zeg maar.'

'Maar ik heb helemaal niets met carnaval. Ik kom ook helemaal niet uit een streek waar ze carnaval vieren!'

'I rest my case', zei Esther, en ze knipoogde naar Rega.

Werda schudde zijn hoofd en glimlachte. Esther amuseerde hem, dat zag je zo, en dat was op zich al uitzonderlijk. Hij was aan haar gehecht, denk ik, al vrij snel en voor zijn doen ook vrij lang. Pas veel later, maanden later, zou hij zeggen dat Esther, Daniël, een meisje was dat viel op 'ruwe bolster, blanke pit'-jongens, 'en dus was ze continu doende om mij te... eh... ontdubbelen, zeg maar, in de veronderstelling dat er toch ergens iets moest schuilen wat ze op grond van haar eigen verlangen verwachtte – of nou ja, uiteindelijk zelfs éíste.' En Rega begreep natuurlijk wel dat hij, Werda, het op dat moment voor gezien had gehouden. 'Enfin,' grijnsde hij, 'daar heb jij dan nog weer je voordeel mee kunnen doen.'

Dat was waar. Op een avond een paar dagen nadat Werda het met haar had uitgemaakt – en dat was dit keer wat minder van een leien dakje gegaan dan gewoonlijk, want hij smeet met deuren, vroeg hem niet te storen, speelde lange tijd op zijn gitaar, draaide keihard The Ramones (dat was al lang geleden; de laatste tijd zat hij meer in de rockabilly en oefende op de gitaar in fingerpicking; hij speelde al beter dan Van Parys) en liet zich die dag en trouwens ook de volgende dagen niet meer zien – op een avond liep Rega, enigszins met zijn ziel onder de arm omdat ook Van Parys voor het weekend bij zijn Rosa zat, dancing De Joker binnen, waar gewoontegetrouw nogal wat studenten van de opleiding hun vertier zochten. En daar aan de bar stond Esther, een beetje scheef geleund, met voor zich een half leeggedronken glas Coebergh. Toen ze Rega zag, wenkte ze hem, sloeg een arm rond zijn nek, kuste hem vol op de mond en begon daarna, enigszins heen en weer wiegend van al de bessenjenevertjes die ze in korte tijd had achterovergeslagen, tegen Rega steeds opnieuw over Werda's grote werkmanshanden, over de breedte van zijn borst, over zijn koksjasje, zijn werkmansjasje met de brandvlek, zijn leren motorjas. Ze had het over zijn humor en over wat je niet achter hem zocht. Over hoe spijtig het was dat hij dat zelf niet inzag. Dat het een goeie jongen was, een goeie, goeie...

Een klootzak, was het, zei ze vervolgens. Een lul eigenlijk. Een minnaar van niks, ook. 'Prinzz Carnavvalll, Danny,' brabbelde ze, 'een ghodverdhommese Prinzz Carbevval.'

En Rega... Daniël Winfried Rega... ja, Rega kreeg medelijden. Er borrelde iets in hem omhoog wat nog steeds sterker bleek dan hijzelf. Iets... eh... ridderlijks, lijkt mij, iets redderends, een... een *goedheid* was het (of zijn verlangen daarnaar), een goedheid die op dat moment niets anders dan volstrekt oprecht kon zijn, zodat het werkelijk – nee, écht! – zonder ook maar de geringste bijbedoeling was dat hij vroeg of het misschien niet beter zou zijn wanneer Esther nu naar huis ging, en dat het in haar staat niet verantwoord was om haar alleen naar huis te laten gaan, dat hij haar dus – hij vroeg dit niet meer; hij poneerde het – dat híj haar dus thuis zou brengen. Zonder bijbedoeling. Hij had het niet door, maar eindelijk sprak hij inderdaad zonder bijbedoeling met een meisje. En misschien was het daarom dat Esther voor de tweede keer die avond een arm rond zijn hals legde, nu om zich vervolgens tegen hem aan te vlijen – nee, het was meer een hangen, ze hing aan zijn hals toen ze zei: 'Neem me mee', zei ze, geloof ik, of: 'Voer mij weg van hier', of zoiets, 'Breng me thuis'.

En dus reed Rega even later op haar fiets, met één hand naar achteren reikend om Esther op de bagagedrager overeind te houden, naar waar zij woonde, een statig huis tussen Ossenmarkt en Nieuwe Kerkhof vol studenten, met beneden in de hal een vracht aan aftandse fietsen, waar Rega Esthers fiets bij gooide, terwijl zij weer aan zijn nek hing en zich niet meer zelfstandig staande leek te kunnen houden. En dus vroeg hij haar waar haar kamer was. En dus hielp hij haar de drie trappen omhoog naar de zolderverdieping, waar zij naast een kamer ook nog een klein eigen keukentje bleek te hebben. En dus hielp hij haar haar laarzen uit te doen, rode enkellaarsjes met een rits aan de zijkant, toen zij achterover op het bed was geploft. En nadat zijzelf een paar vergeefse pogingen had gedaan om de bovenste knoop van haar broek open te krijgen, en ten slotte met haar hand een vage, vegende beweging boven haar buik maakte, had hij dus maar die bovenste knoop geopend en haar broek voorzichtig, voorzichtig afgestroopt. Zonder bijbedoeling.

Zonder één andere intentie dan hulpvaardig te zijn. Hij trok zelfs nog even de rand van haar slipje omhoog toen dat met de broek mee naar beneden dreigde te schuiven. Waarna zij dus in niet meer dan een slipje en een T-shirtje zonder mouwen recht voor Rega dwars op haar tweepersoonsbed lag, haar benen lichtjes gespreid, en Rega, nu al meer met de bedoeling goed te zijn en nobel en ridderlijk en integer en goudachtig onschuldig, waarna Rega dus vroeg of het zo zou gaan, of dat hij misschien bij haar moest blijven, of juist niet. En ik geloof nog steeds dat hij oprecht geloofde dat hij ook daarmee geen andere bedoeling had dan over haar te waken, dan haar te sussen en te wiegen, dan troost te bieden voor het grote verdriet haar aangedaan. Ik geloof nog steeds dat hij het werkelijk uit eenvoudige goedertierendheid vroeg, uit een soort... een soort... een soort algemene menselijkheid, zeg maar, als zoiets bestaat (wat niet zo is, misschien).

Esther maakte een vaag gebaar met haar hand, boerde lichtjes, draaide haar hoofd zijwaarts en viel in slaap. Rega legde haar met enige moeite in de lengte van het bed, en keek naar haar terwijl hij even naast haar ging zitten. Ze was mooi. Werda was een eikel. Zelfs al was er geen toekomst. Als dit alles was wat er was, dan had hij moeten blijven, dacht Rega, en hij strekte – ondanks zichzelf, ondanks zichzelf – hij strekte even zijn arm uit om haar schouder aan te raken, een mooie ronde schouder, bronsbruin verbrand van de net voorbije zomer nog, met een paar moedervlekjes, een paar diepbruine stipjes als kleine, dacht hij, kleine verre sterren in een onmetelijke hemel. Hij voelde de warmte van haar huid, en op het moment dat zijn hand iets verschoof, van de kom van haar schouder naar haar bovenarm, draaide Esther zich op haar zij naar hem toe, zwaaide een arm over hem, over zijn bovenbenen heen, en trok zich iets dichter tegen hem aan, haar gezicht ter hoogte van zijn heup. En Rega wist: ik blijf, vannacht blijf ik, er is geen keus, ik moet nu blijven, ze wil dat ik blijf. Hij nam zich voor de hele nacht over haar... over haar te waken inderdaad, ook al duurde het niet lang voordat hij zelf in slaap viel.

Ik weet niet of en wat hij eventueel droomde, en ik heb ook geen idee hoe laat het precies was toen Rega wakker werd, scheefgezakt op het bed, terwijl Esther doende was ter hoogte van zijn gulp, kneedde en kneep, duwde en trok aan wat nu hevig spande in zijn jeans, om niet te zeggen dat het haast ondraaglijk was. Wie weet hoe lang ze al bezig was en hoe lang Rega's lichaam al buiten hemzelf om doende was met reageren op wat ze deed. Zodra ze merkte dat hij wakker was, klom ze omhoog, bracht haar gezicht vlak bij het zijne, kuste hem, terwijl haar hand bleef woelen, kuste hem nog eens en zei toen, nog eens extra knijpend in zijn kruis: 'Oelala. Dat belooft wat.' En ze grijnsde. Rega rook de weeïg zoete geur van bessenjenever vermengd met iets... iets van haar... iets wat hem deed willen wat hij voordien niet had bedoeld, of niet bedoeld had te willen.

En van het een kwam het ander.

Werda schoot in een bulderende lach toen Rega later met een schuldbewuste... met de uitdrukking van een... ja, van een *zondaar* op zijn gezicht vertelde dat hij en Esther... dat hij haar in De Joker was tegengekomen en hoe ze op hem had zitten schelden en...

'Je hebt haar toch wel bevestigd?' vroeg hij.

'Hoe bedoel je?'

'Beaamd dat ik een klootzak was en zo? Altijd meelullen! Begrip tonen, niet alleen voor hun situatie, maar vooral voor hun waardeschaal, zeg maar, hun intrinsieke moraal of zelfs expliciete moralismen.'

'Huh?'

'Ach, je weet wel, over trouw en ontrouw en over waar de grens ligt bij die zaken. Hoeveel seconden je als gezonde Hollandse jongen naar de rondingen van een fijne Friese... eh, sorry... ik bedoel van een of ander lekker ding mag kijken voordat je een overtreding begaat. Daar moet je ze gelijk in geven. Het schijnt een kwestie van opgelegde zedigheid te zijn, ook al staan ze daar zelf je lul uit je broek te kijken terwijl ze nota bene een vriendje hebben. Dat komt voor, ik zweer het je... Hoe dan ook, daar moet je altijd in meegaan. Dus ik mag hopen dat je je niet onbetuigd hebt gelaten in wat ongetwijfeld mijn grote defamering was, het fameus bekladden, het liederlijk besmeuren van mijn zo eed'le persoon? Wat heeft ze gezegd?'

'Dat je een lul was.'

'Komaan, komaan, niet zoveel pudeur, Daniël. Allicht was ik een lul. Wat nog meer. Kom op!'

'Eh... een slechte minnaar, zei ze.'

'Ah, kijk, juist.' Hij zweeg even, en zei toen: 'Uitstekend. En verder?'

'Dat het jammer was dat je niet inzag dat er meer achter je schui...'

'Zie je! Zie je! Ik heb het je gezegd, hè? Projectie van háár verlangen, Daniël, van háár verlangen! Dat heeft dus niks niemendal nada nul met mij te maken. Ik...'

'Dat je een klein pikkie had zei ze ook nog', zei Rega nu, misschien net iets te enthousiast.

'Ach gut. Wat moet ik nu zeggen? Dat die tieten van haar ook niet overhielden?'

'Nou...' begon Rega, en hij wilde zeggen dat dat toch heel erg meeviel, om niet te zeggen dat ze... ze was mooi, Esther was mooi en Werda wás een lul, een kleine lul of een grote lul, maar een lul dat hij haar had laten gaan... Maar iets in Werda's blik zei hem dat hij nu beter zijn mond kon houden, en iets in hemzelf stond ook op de rem. Want het moet gezegd dat het Rega 's ochtends veel moeite had gekost om Esther te verlaten, dat hij na de eerste keer die nacht uiteindelijk van haar was afgerold en 'Sorry' had gezegd, 'Sorry, dit was écht de bedoeling niet, ik wilde geen misbruik van je... van de situatie maken, ik bedoel...' Maar Esther glimlachte naar hem, nam zijn hoofd tussen haar handen en keek hem indringend aan. Hij zag in het schemerduister van haar kamer, waarin alleen wat lantaren-licht van de straat op het plafond weerkaatste, het glinste-ren van haar ogen, haar oogwit en vaagweg haar mond, die tegen hem sprak en zei dat hij, 'halvegare', niet morgen meteen om ringen hoefde, noch een eed van eeuwige trouw hoefde te zweren, dat het misschien deze nacht precies deze nacht kon zijn, zij en hij, en deze nacht kon blijven zolang het duurde, 'samen', zei ze, 'tegen de wereld', zei ze, 'deze nacht, even maar'. En Rega voelde dat zijn ogen begonnen te prikken en was ijlings weer op haar afgedoken, zijn hoofd tussen haar borsten. En van daaruit vond hij moeiteloos terug wat hij al kende voordat hij het had gezocht: de glooiingen, de bekkens, schalen en schelpen, de kommen en heuveltjes en landschappen van huid – een vergetelheid die een en al aanwezigheid was, als je dat zo kunt zeggen. En meer nog dan de eerste keer, veel meer dan de eerste keer had hij deze tweede keer het gevoel dat hij op de rand van zichzelf stond, als het ware; ik bedoel: bijna één met wat hem omklemde, met wat hem ergens boven hem, hoog boven hem, aanspoorde, aanvuurde, opzweepte tot het in en om hem tot ontlading kwam: een schreeuw, uit haar mond, uit de zijne, uit hun lichaam, een schreeuw die tot ver voorbij de Ossenmarkt, voorbij het Nieuwe Kerkhof, misschien wel tot aan het Noorderplantsoen en de Grote Markt te horen moest zijn geweest, dacht hij (maar dat was niet zo, dat was beslist niet zo). En bijna was hij gaan geloven dat het dan toch nog mogelijk was: het onbestaan in onderlinge onuitwisbare verwisselbaarheid, of hoe zeg je zoiets een beetje goed – met niets dan het bonken van zijn eigen hart, dat het hare was, voor immer en altijd het hare, voor deze nacht, nu dan toch. Even.

En dus had het Rega moeite gekost om die ochtend te vertrekken, zeker na nog een derde en laatste keer, waarbij het er rustiger aan toeging, niet met minder passie, maar met meer vertrouwdheid al, omdat haar lichaam voor hem en het zijne voor haar hun eerste vreemdheid definitief verloren leken te hebben, die initiële afstand die van het onontdekte altijd ook meteen het gevaarlijke maakte, het mogelijk misverstand, het pijnlijk mistasten – lichamen die nu in strelingen en gebaren vooral op elkaar werden heroverd, als iets wat elkaar toebehoorde zonder elkaar te zijn, als iets wat elkaar wilde worden met een gretigheid die de eenvoudige lust al ver oversteeg, zonder overigens werkelijk iets anders te zijn. Hij stond naast het bed en kleedde zich aan. En Esther deed, bijna plagerig, nog één keer het laken opzij en toonde zich als wie ze was, en als wat. 'Daniël, Dannymannie', monkelde ze, met pretoogjes en kleine lachrimpeltjes rond haar mond, al geloof ik niet dat Rega het ook zag op dat moment. 'Danny Boy, kom, kom nog één keertje, kom nog een keertje bij me, Dannymannie.' En Rega die ja zei, en nee, en voelde hoe er weer iets in zijn lichaam sloop waarvan hij voor het grootste deel van die nacht bevrijd was geweest, iets van een in te lossen schuld tegenover immense verwachtingen, een noodzaak te zijn wat hij dacht dat hem dan en daar definieerde – zoiets. En bijna stotterend zei hij: 'Nee, ja, kijk, ik moet naar college moet ik, ik...'

'Daniël,' zei Esther, 'het is goed, jongen. Het was fijn. Ik zie je wel weer. Ga.'

En Daniël ging, Daniël Winfried Rega ging, hij liep de trappen af, met iets van opluchting en iets van spijt, met een gevoel van triomf en nederlaag tegelijk.

Met een gevoel van verraad toch ook, geloof ik...

Hoe dan ook, Werda's reactie maakte van hem op slag en ondubbelzinnig een triomfator, een kleine casanova die er weer een nacht vol veroveringen op had zitten, die weer een kerfje in de bedrand kon zetten – een jongen die zijn kans gegrepen had, die in het moment leefde, die geen nee zei als vrouwelijk schoon zich zo op een presenteerblaadje aanbood, en die met het grootste gemak zijn rol als Grote Trooster opnam en daarvoor zijn... ja, zijn béste vriend zonder verpinken in diskrediet bracht, als bleek dat zijn ellendig gedrag, zijn schofterigheid tegenover een alleen al daarom kwetsbaar, gewond meisje de springplank kon zijn voor de woeste uitwisseling van lichaamssappen.

Niet dat hij een volgende keer die rol meteen met verve speelde. Er was in zijn doen en laten opnieuw de nodige schutterigheid toen Werda hem na niet meer dan twee weken... Petra Cuyck in de schoot wierp. Petra Cuyck! Van alle meisjes juist zij! Er heerste dan ook een grote verbazing toen op een zaterdagochtend – Rega dronk koffie in de kamer van Van Parys, waar Rosa, weliswaar wakker, nog opgekruld in bed lag – toen Werda's kamerdeur openging en daar ineens, in volle glorie... enfin, in al haar gruwelijke magerte Petra in de deuropening stond. Achter haar stond Werda al bekken te trekken en zijn schouders op te halen, en hij spreidde zijn armen in een gebaar van machteloosheid en verontschuldiging. Petra, geconfronteerd met twee verbaasde gezichten – Rosa kon haar vanuit het bed niet zien – zei: 'Hoei!', en sloeg verschrikt twee handen voor haar kruis, een reactie die haar plotseling twee kleine borstjes gaf die er daarvoor niet leken te zijn. Waarna ze begon te giechelen en zich weer omdraaide om achter Werda weg te kruipen. Die stond met niet meer dan een wel heel erg klein bevlekt handdoekje om en legde, buiten het zicht van de achter hem wat kleinemeisjesachtig gibberende Petra, een vinger op zijn mond om Van Parys en Rega tot zwijgen te manen, al weerhield hem dat er niet van om iets later zelf, nog in het bijzijn van Petra zelf, in Van Parys' kamer te verkondigen dat hij de nacht daarvoor zo stomdronken was geweest dat hij zijn voor- niet meer van zijn achterkant kon onderscheiden, en die van Petra ook niet, ha ha. Petra stond voor Van Parys' boekenkast en ging met haar vingers over de ruggen van de Vestdijkromans.

Dit kon natuurlijk niet duren. Het was al nooit de bedoeling geweest, laat staan dat er op deze ene nacht nog iets kon volgen. Maar Petra was taai, ze was, zei Werda wat later tegen Rega, ze was 'een Griseldis'.

'Een wat?'

'Een Griseldis. Ken je dat verhaal niet? Staat in de *Decamerone*. Over een vrouw die zich door haar man tot het uiterste laat vernederen en dan nog steeds voor hem buigt. Er is van die Petra bijna niet af te komen, verdomme.'

Hij had uiteindelijk zijn toevlucht moeten nemen tot schelden en vloeken en tieren, want zijn toneelstukje van de gekwetste romantische ziel met wie het na zijn vijftiende nooit meer goed was gekomen, en zelfs zijn pose als harteloze schoft hadden op haar geen uitwerking gehad. 'Dat kind bleef me maar beklimmen als een... zo'n... hoe heet het... een resusaapje, weet je wel?' En dus had hij haar er dan maar ten einde raad uit geschopt: een vergissing was ze, een lelijke gratenkut ook nog, ze dacht toch niet dat hij met zo'n geraamte, zei hij dat hij gezegd had – 'Ik zei: met zo'n geraamte... jezus... enfin...' – dat hij met iemand als zij was ook wérkelijk iets wou, dat had ze toch niet serieus gedacht, zeker? 'En dan nóg, hè Daniël,' zei Werda, 'dan nóg presteerde ze het om te zeggen: "Dat meen je niet, ik weet dat je dat niet meent, dat je niet écht zo bent", of wat zei ze toch allemaal? Jezus man, wat een... een... bloedzuiger is me dat.'

Wat Rega er niet van weerhield om een paar dagen later in de multifunctionele ruimte naast de kantine, waar tussen de middag soms groepjes optraden, films werden vertoond, cabaretgezelschappen hun beste beentje voorzetten of anderszins voor het welbevinden van de aspirant-leerkrachten tijdens de lunch werd gezorgd, bij haar aan te schuiven en een hand tussen haar puntige schouderbladen te leggen en te vragen: 'Gaat het?' Ze had hem wat dof aangekeken, en dat bleef zo toen hij zonder veel omhaal begonnen was aan het zwartmaken van Werda: dat hij rücksichtslos was als het op vrouwen aankwam, dat 'Steven en ik inmiddels de tel zijn kwijtgeraakt wat meisjes betreft', dat zij niet de enige was die er door Werda uit was geschopt. 'En wat heeft hij je verteld? Toch niet dat hij op zijn vijftiende een meisje had en dat het sindsdien nooit meer goed met hem is gekomen? Dat hij een slachtoffer is van een groot verdriet dat hij zijn ganse leven met zich mee zal dragen? Of heeft hij je verteld dat hij "nu eenmaal zo is", weet je wel, dat hij het ook niet kan helpen?' Even leek er iets van interesse te ontstaan, maar vrijwel onmiddellijk doofde de kleine twinkeling die Rega in haar ogen gezien meende te hebben, en keek ze weer dof en ongeïnteresseerd voor zich uit.

Rega haalde een kop koffie voor haar. Hij stelde voor om de colleges van die middag maar te laten voor wat ze waren. Zelf hoefde hij er toch niet naar toe; het was een college 'creatieve taalvaardigheid' waar, zo had Werda al meteen tegen de docente gezegd, eigenlijk niet zo heel veel meer gebeurde dan het verkrachten van Van Ostaijens *Bezette stad* – 'Hup, daar gaan we weer. We schrijven het woord "zeppelin" in de vorm van een zeppelin, en het woord "prikkeldraad" met letters die uit prikkeldraad gemaakt lijken te zijn. Hartstikke leuk natuurlijk, maar eh... moet dat nou?' En het nut van nog meer toneelspelletjes 'zonder dat ook maar iemand een greintje talent als acteur heeft', zag Van Parys ook niet zitten, zo had hij daaraan toegevoegd. En Rega had toen geknikt en beaamd. En dus hoefden ze daar niet meer heen. En Rega wist nu Petra over te halen dit keer ook verstek te laten gaan en stelde, na haar gevraagd te hebben waar ze naartoe zouden gaan, stelde nadat ze haar schouders had opgehaald, stelde voor dan maar naar haar kamer te gaan om misschien nog wat bij te praten. Petra reageerde niet. En op haar kamer zat ze op de rand van haar eenpersoonsbed, de beide handen tussen haar benen, met hoog opgetrokken schouders en een gebogen hoofd.

En toen, ja, toen was er toch weer iets in Rega, nog steeds was er iets in Rega wat medelijden kreeg, moet ik bekennen, dat ging 'meelijden', zoals Werda het had genoemd. En op het moment dat hij, een beetje onhandig ineens, en plotseling onzeker geworden, zijn arm om haar heen sloeg en haar tegen zich aantrok, stroomde hij vol, stroomde over, en waren er plotseling, als uit het niets, waren er ineens goede bedoelingen opgedoemd; wilde hij, als het moest, wilde hij de hele middag daar zo zitten en haar vasthouden en zachtjes heen en weer wiegen in wat vergeleken bij haar broze, frêle lichaampje plotsklaps zijn sterke armen leken te zijn. En hij zou het ook gedaan hebben als het niet Petra zelf was geweest die zich op een gegeven moment naar hem toe draaide, niet om hem te kussen, zoals hij even dacht, maar om zijn broekriem open te doen, en de bovenste knoop van zijn broek, waarna ze de rest van het werk aan hem overliet en zelf haar bloesje uitdeed, haar rok en slip, en op het bed ging liggen, waardoor hij niet anders kon, dacht hij toch, dan doen wat zij verwachtte. Maar halverwege, halverwege, of misschien nog niet eens halverwege, maar na een minuut of wat was hij opgehouden, en boven haar, steunend op zijn armen, had hij naar haar gekeken, en zij zei: 'Je mag wel doorgaan, hoor.' Maar hij was van haar afgerold. Had nog een kwartier, of misschien een halfuur op zijn zij naast haar gelegen op het smalle bed, en was toen opgestaan en vertrokken. Bij de deur had hij nog eens omgekeken. Ze lag nog steeds op haar rug, de benen lichtjes gespreid, puntige heupen, telbare ribben, een en al magerte, en staarde naar het plafond, uitdrukkingsloos, haast afwezig.

Het moet gezegd dat het op een zeker moment beter ging, dat er achter een heup, een schouderblad, een moedervlekje in een knieholte niet langer onmiddellijk de noodzaak van een hele en eeuwig aan zichzelf gelijk blijvende toekomst opdook (ik bedoel het verlangen daarnaar, denk ik) – iets wat verlossing bood voor de schuld die je op je laadde door te doen wat je nu eenmaal deed. Gaandeweg lukte het beter te geloven dat het een moment was dat niet per se langer gerekt moest worden dan mogelijk én wenselijk was, dat het zonder de belofte tot meer en morgen kon stellen. Dat dat mocht, bedoel ik. Al was het dan een niet-aflatende strijd, en had het misschien minder met overtuiging dan met... ja misschien zelfs wel met onmacht te maken, met een overgave aan wat nu eenmaal sterker was, ook al was het daarom niet per se beter. Of goed. (Het was zelfs verkeerd, dacht Rega soms misschien, alsof er iets niet klopte – al trachtte hij dat zo snel mogelijk weer te vergeten.) En als er van de neiging tot vereeuwiging, tot blijven, bedoel ik, als daar weer eens sprake van was – zoals toch weer even een kort maar hevig moment bij Anita Bruggeman, die, na op precies die avond door Werda te zijn verlaten, verslagen was achtergebleven op het feestje dat zij samen met het meisje met de tuitlipjes en de groene ogen in een oud schoolgebouw in de Haddingestraat gaf – toen daarna, in het schemerduister van een achterafkamertje dat vroeger misschien dienst had gedaan als opslagruimte voor schoolmateriaal, toen daar nog eens de gedachte postvatte dat dit misschien eeuwig kon duren – nee, móést, dat het eeuwig móést duren – een gevoel zoals dat bij Esther destijds was opgekomen (en bij Nynke natuurlijk ook, en bij, hoe heet ze, het douchemeisje, en bij Tamara, en een beetje dus ook wel bij Petra Cuyck), toen dat in het vaag naar krijt en inkt ruikende achterafkamertje, met het bonken van de muziek in de verte, nog eens opborrelde, moesten alle zeilen worden bijgezet om de volstrekte inwisselbaarheid van haar... van Anita's lichaam te blijven zien. Om te beseffen dat zij iedereen had kunnen zijn... nee, wás. Zij, of Esther, of nog iemand anders, ze vielen – niet gemakkelijk, dat zeg ik niet, maar toch... – ze vielen uiteindelijk samen te brengen tot één onvindbaar lichaam waarmee de bedoelde ontgrenzing werd bereikt. Min of meer dan toch. Het ineenvloeien met het andere zonder jezelf te verliezen, of hoe was het ook al weer, aanwezig zijn bij je eigen verdwijning.

Niet dat dit zich aan de lopende band voordeed. Werda bleef natuurlijk ook de man van de kortstondige veroveringen, van nieuwbakken eerstejaars bijvoorbeeld, die op het grote introductiefeest van de opleiding door hem waren ingepalmd en zo niet meteen de volgende ochtend, dan toch ten minste voor de aanvang van de eerste colleges een krappe week later weer keurig werden buitengezet. Voor enige troost was er dan geen gelegenheid. En meestal ook geen kans. En vaak was er ook geen behoefte aan. De provinciale schoonheden bleken niet zelden gepokt en gemazeld, waren in hooibergen, in lentegras, of wie weet op zolderverdiepingen van plaatselijke jeugdsociëteiten al lang hun onschuld kwijtgeraakt en wisten wel min of meer wat ze waard waren. Ze zochten geen ontgrenzing in de eeuwige trouw, ze zochten niet de toekomst waarvan Werda had gezegd dat ze voor vrouwen, voor meisjes, altijd en noodzakelijk in het verschiet lag – 'De barensnood begint al vroeg, Daniël', zei hij altijd – ze zochten hoogstens de bevestiging van hun marktwaarde in wat vergeleken bij de gehuchten waar ze vandaan kwamen een grote stad was. 'Natuurlijk, Daniël,' zei Werda, 'anders kreeg ik ze zo gemakkelijk niet mee, zo zonder dure eden te zweren, huwelijkstrouw te beloven, en een gerieflijk leven in een doorzonwoning in een van de buitenwijken van de stad.' Er waren dus niet altijd gebroken harten voorhanden. En eigen initiatieven liepen nog steeds uit op gekwelde blikken, toegewende ruggen, een magistraal negeren, een verveeld gebaar en andere signalen en tekens die het eigen lichaam zwaar en onmogelijk maakten.

Op de opleiding kwamen ze toen al niet veel meer. Hoogstens voldeden ze aan de minimale verplichtingen die nog waren overgebleven na alles waarvoor ze waren vrijgesteld of waarvoor ze nog werkstukken moesten indienen. Die ze uitstelden. Als het weer het toeliet zaten ze op het dak, en anders in Werda's kamer, zij het vaker en vaker zonder Van Parys. Alsof ze ergens op wachtten. Wat niet zo was natuurlijk, zei Werda. Integendeel. Ze waren het wachten voorbij. 'Dolce far niente,' zei hij, 'tussen hemel en aarde bewegen wij ons been op en neer, of zoiets', en dat dat van de een of andere dichter was. Hij sloeg een akkoord aan op zijn gitaar.

Het wachten voorbij. Misschien, denk ik nu, waren ze toen wel gelukkig. Ingelukkig. Rega dacht dat soms, en misschien had hij het ook wel eens gezegd, want Werda zei dat geluk, Daniël, dat geluk een al te menselijke categorie was. 'Geluk en ongeluk – dat is iets voor burgers en revolutionairen. Dat heeft niks met ons te maken', meende hij.

Beneden sloeg een deur dicht.

'Willig,' zei hij, 'Willig is gelukkig.'

'Willig?'

'Ja, of niet natuurlijk, maar alles in zijn wezen lijkt erop gericht, denk je niet? Geef die jongen dubbele beglazing en het paradijs is nabij. Sluit een kerncentrale en hij komt klaar. Er is een verschiet. Er is een afstand die overbrugd moet worden... nee, kán worden, of althans, dat denkt hij toch. En dat is de graadmeter voor zijn geluk.'

Hij keek over de daken.

'Niemand die blijer is met Lubbers' beslissing om die kruisraketten te plaatsen dan hij. Hoe verder de wereld die hij zich wenst van hem af is, hoe groter de kans op geluk, op de mogelijkheid om te dromen, zoals al die klungels op het Malieveld laatst. Hoeveel waren dat er?'

'Een half miljoen, dacht ik.'

'Een half miljoen... plus Willig natuurlijk. Kijk, ik wed dat hij gelukkig was, daar, dat hij even gedacht moet hebben dat de Grote Ommekeer nabij was of zoiets, dat de wereld op grond van deze half miljoen stervelingen nu eindelijk zou veranderen, terwijl hij hoogstens werd opgenomen door het soort massahysterie dat met elke boodschap, met elk wereldbeeld verbonden zou kunnen worden, niet in de laatste plaats met die welke hij zelf als eerste zou verwerpen. Zet een half miljoen mensen samen en je weet niet meer wat je denkt. Je wordt opgenomen in een totaliteit waartegen geen kruid gewassen is. Je denkt dat mijn dijn is, jij de ander en iedereen elkaar. Maar je bent gelúkkig, weet je wel.'

Hij legde zijn wijsvinger over de gehele breedte van de hals van zijn gitaar, plaatste middel-, ringvinger en pink op de snaren en met de duim van zijn andere hand streek hij even zachtjes over de snaren. Hij hield zijn hoofd scheef, alsof hij luisterde naar hoe de klanken wegstierven of keek waar ze naartoe verdwenen.

'Uitstel van geluk maakt gelukkig, Daniël. Vraag maar aan Steven.'

'Steven?'

'Ja, zelfs Steven kan gelukkig zijn. Of niet. Steven wil de wereld zoals zij is, en voor hem betekent dat in de eerste plaats: zoals ze in zijn voorstelling al lang bestaat. Hij wil haar in haar door hem gedroomde feitelijkheid, of beter: in wat zij hier en nu zou zijn. Dat is: zou moeten zijn. Als het reservoir van betekenissen dat op dit moment onze wereld uitmaakt en dat hij kan doorgeven aan een volgende generatie. Niet alleen als een lijst gelezen boeken, maar ook als een verzameling films die je absoluut gezien moet hebben, muziek die je moet kennen, en verder het verschil tussen een bankhamer en een klauwhamer en wat voor hamers je ook nog meer hebt, het onderscheid tussen een kapzaag, een schrobzaag, een verstekzaag – hij weet het allemaal en hij wil het ook weten. Waarom denk je dat hij zo tekeer is gegaan tegen die Albeda, tegen Tony Donkers en Ellie Berghuis, en tegen Bama en De Vries ook wel?'

'Vanwege de revolutionaire praat?'

'Niet eens. Althans niet principieel. Maar zodra die praat uitmondt in de veroordeling van de feitelijke wereld zoals Steven die ziet of voor zichzelf wenst – en ze mondt er natuurlijk steeds in uit – ja, kijk, dan wordt het een andere zaak. Want dan wordt die wereld, Stevens wereld bedoel ik, verbonden met een sociale klasse en daarmee ook expliciet met de principiële ongelijkheid waarmee lieden als Bama en De Vries korte metten willen maken. Om het eens zo te zeggen: ze willen Stevens geliefde Vestdijk op de brandstapel gooien omdat die te... te *elitair* of zoiets zou zijn, weet je wel, en natuurlijk niet alleen Vestdijk, maar alles wat het traditionele onderwijs altijd heeft vertegenwoordigd, de... eh... de humanistische traditie, zeg maar, die van de gymnasia en de universiteiten, welteverstaan – een traditie die door de praatjes van de Bama's en de De Vriezen van deze wereld inmiddels al grotendeels vernietigd ís. Je zou kunnen zeggen dat Steven wacht op het gelukzalige moment waarop hem de wereld gewordt zoals zij voor hem in al haar onwrikbaarheid vastligt – in kwaliteitslijstjes, in hoofd- en bijzaken, in een duidelijke structuur. Zijn toekomst is het verleden, zeg maar, of dan toch zijn voorstelling daarvan. En wat hij de meeste docenten verwijt is dat ze op grond van vaag flowerpowergezwatel hem de orde onthouden waarnaar hij snakt, de wereld zoals zij was en opnieuw zou moeten zijn. Over blijven kun je al niet meer spreken. Zelfs hij is uiteindelijk een havoklantje, net als jij en ik, van de middelbare school gekomen met een pakketje van zes lullige vakken waarin we eindexamen moesten doen, vakken die ons nog niet de helft vertelden van wat we zouden moeten weten. Over vervreemding gesproken... De democratisering van het onderwijs heeft pas werkelijk... eh... hoe heet het? ...eendimensionale mensen van ons gemaakt. Als iets mensen rijp maakt voor de bereidheid om tot genocide over te gaan – dat stond er toch? Dat... kom, hoe stond dat er nou?'

'De eendimensionale mens staat toe dat zijn zekerheden gered worden door genocide of behartigd worden door een democratie waarin informatie stelselmatig achtergehouden of gemystificeerd wordt' – dat stond er.

'Enfin,' zei Werda, 'ik kom er even niet op, niet woordelijk. Maar het komt erop neer dat het soort onderwijs dat door die revolutionaire jongens wordt voorgestaan, leidt tot precies het soort hersenloosheid dat genocide in de toekomst meer dan mogelijk maakt. Je hoeft geen helderziende te zijn om dat in te zien. Zoveel halfheid smeekt om hele waarheden, al komen ze in uniform aangemarcheerd. Of het Steven daarom te doen is, weet ik niet zeker. Zijn idealisme lijkt me in eerste instantie vooral gericht te zijn op zijn eigen welbevinden, op het verlangen verlost te worden van een onwetendheid die incompleet maakt. Zoiets. Hij wil vooral het geluk van een hele en heldere wereld voor zichzelf, zie je? En die eis maakt hem tot wie hij is.'

Werda zweeg even.

'En er is natuurlijk ook nog altijd zijn Rosa', zei hij toen.

Dat was waar. Er was zijn Rosa. Al jaren was er zijn Rosa. Rosa met haar bruine ogen, terrabruin met rond de iris een grijsbruin randje, als je dicht bij haar stond, als je in haar ogen keek, diep in haar ogen, zoals ooit was gebeurd, hij wist niet precies wanneer, maar ze stonden oog in oog, bruin in blauw was het, en haar... haar *schalkse* lach, zou ik zeggen, de kleine twinkeling die maakte dat je haar wilde aanraken, dat je dichterbij wilde dan kon of mocht of gewenst was, of mogelijk. Rosa. Zíjn Rosa, Van Parys' Rosa, bedoelde hij, Rosa en Steven, die Rosa, ja, die was er ook nog, natuurlijk, die was er, onverwisselbaar, als het ware, daar kon niemand omheen. En Werda zag het al aankomen, zei hij. Hij zei: 'Dat duurt niet lang meer, Daniël, en dan kun je verhuizen naar zijn kamer. Let maar op.'

'Hoezo?'

'Dan komt Rosa definitief naar hier en gaan ze samenwonen natuurlijk. Hij kijkt al naar huisjes in de Oosterpoort, wist je dat?'

Even was het alsof er iets bewoog in de straat, in de lucht, alsof de antennes op de daken rondom onderling van plaats wisselden, alsof de asbestpijpjes op de bakstenen schoorsteen op het dak aan de overkant een moment lang wegdoken en vervolgens bliksemsnel weer verschenen, en de condensstrepen in de lucht zich met een ruk van de ene naar de andere kant van de blauwe hemel verplaatsten, om daarna weer terug te keren naar waar ze oorspronkelijk te zien waren geweest.

Wat niet zo was, natuurlijk.

In een wereld waarin je het wachten voorbij bent, waarin er geen verwachting is, alleen het hier en nu van dag en uur, in zo'n wereld, dacht hij, is er geen verandering, geen anders dan zo zijn, toch? Is er alleen de gelijkheid van het ene en het andere moment. De uit-... nee de verwissel-baarheid. Een soort eeuwigheid eigenlijk. Als je er even over nadenkt. Of nee, geen eeuwigheid... nee, ontijdig... nee... *tijdloos*, een tijdloos rijk of zoiets. Het is een wereld die niet beweegt, leek hem, zoals op het dak, of binnen, en weer op het dak, de ene of de andere dag, dit of dat seizoen, zonder verstrijken, samen, altijd. Peter, Steven. En hij. Rega, Daniël Winfried Rega.

En Rosa, daarbinnen was Rosa... was Rosa Rosa, altijd, lag haar hand op zijn arm. En dat betekent niks, natuur-lijk niet, het is niets, het is nooit iets geweest, ze had geen bedoeling, geen andere bedoeling dan haar hand op zijn arm, die daar lag zoals hij er lag, maar het was háár hand op zíjn arm die iets verschoof, één, twee haartjes, dacht hij, merkte hij, meende hij te voelen, terwijl Van Parys, terwijl Steven zacht, vol overtuiging, met... met passie misschien wel, met precies dat wat het verschil tussen kunde en kunst uitmaakt, met begéérte dus eigenlijk zong hij dat lied van... van dinges... hoe heet ze... hij had de akkoorden ervan uit-gezocht omdat Rosa, Rosa vond dat zo'n mooi lied. 'This old love has me bound but the new love cuts deep', zong hij en het legde een knoop in zijn, in Rega's, in ieders maag; iedereen zat verknoopt op het dak onder een langzaam verduisterende hemel, nee, een hemel die langzaamaan oranje kleurde van het stadslicht beneden, rondom, terwijl hun gezichten in het donker oplosten, leek het, in de schemer werden uitgewist, haast, alsof zij anderen waren dan ze waren. Of niet. Niet waren. Maar het was Rosa. Het was Rosa's hand.

Het was haar hand op zijn arm. En Rega was het, zijn rug tegen de bakstenen schoorsteen, die nog warm was van de zon. En het leek nooit voorbij te gaan. Ook al vergiste hij zich, dat wist hij ook wel, hij vergiste zich deerlijk. Hij wist ook wel dat het een hardnekkige reflex was, een... hoe heet het... iets van eerder, van wat hij vergeten was. En is. Een *atavisme* was het.

'Ja ja, dat is het geluk, Daniël, het grote geluk waarop mensen hun hele leven wachten. En daarna ook nog, heb ik me laten vertellen. Tot in de eeuwigheid, zeg maar. Maar... eh... dat heeft niks met ons van doen jongen, en je kunt ook op je vingers natellen waar dat eindigt, natuurlijk.'

Hij kwam plotseling overeind uit zijn stoel, de benen uit elkaar, de gitaar op zijn heup, en uit volle borst, altijd net dat kleine beetje ernaast zingend, balkte hij uit:

Happiness is a warm gun
Happiness is a warm gun mama
When I hold you in my arms
And I feel my finger on your trigger
I know nobody can do me no harm
Because –
Happiness is a warm gun mama

Even plotseling als hij was opgestaan ging hij weer zitten. Hij zag er vermoeid uit ineens, alsof deze uithalen hem haast bovenmenselijke inspanningen hadden gekost. 'Nee,' zei hij, 'het gaat niet om geluk, Daniël, of ongeluk. Het gaat om vrijheid. Niet als bévrijding van iets wat ons ketent, want dat is een heel beperkte vrijheid, een voorwaardelijke vrijheid, zou je kunnen zeggen. Het is een vrijheid die gebonden blijft aan wat zij overwonnen meent te hebben, zie je? Nee, het gaat om de vrijheid überhaupt, een die zich op niets beroept, die geen excuses zoekt voor wat zij is. Vrijheid die met geluk noch ongeluk verbonden is, die niets belooft, geen kunstmatige paradijzen van welke wereldverbeteraars of godsdienstfanaten dan ook, maar louter zijn, aanwezigheid.'

Geen excuses. En geen keus. Voor niemand. Voor niets. Niet voor Werda, noch voor hem, voor Rega, of, nu hij toch bezig was, ook niet voor Van Parys of Willig. Of voor Rosa. Ook voor haar geen excuus. En geen keus. Alleen de vrijheid en niets dan de vrijheid. De vrijheid zonder meer. Zonder verwijl. Zonder uitstel. Hier. Nu.

In de dagen die volgden zag Rega voor het eerst hoe er zich op de zolder en in de rest van het huis kleine veranderingen voordeden, of althans, dat dacht hij. Werda had gelijk. Niet dat er dingen van plaats verschoven, niet dat er niet nog steeds met z'n vieren of, als Werda een kleine verovering had gemaakt, soms ook met z'n vijven op het dak werd gezeten; niet dat Rosa en Van Parys geen deel meer waren van wat Rega steeds meer was gaan beschouwen als het onveranderlijke centrum van zijn bestaan, als de plek waar de vrijheid in zijn meest ongebonden vorm gecelebreerd werd, waar er van schuld noch onschuld sprake was, en dus al evenmin van geluk of ongeluk – al was er toch steeds iets in Rega wat de neiging had om de toestand waarin hij zich bevond als gelukkig te omschrijven, ingelukkig zelfs, iets wat hij verzweeg, verheimelijkte, niet in de laatste plaats voor zichzelf. Het was het gevoel beschut te zijn, denk ik, uit de tijd geheven, ter zijde van het gewone leven, dat zich van doel naar doel voortsleepte, van vruchteloos streven naar een nieuw, nog wanhopiger streven. Het was, denk ik wel eens, alsof de zolder, het dak, het totaal van ieders aanwezigheid, van Steven en Peter, van Rosa en zelfs van Anton Willig, zelfs hij, met zijn belachelijke plastic brood-zakken aan de waslijn beneden, met zijn irritante gewoonte om de waakvlam in de geiser uit te draaien, met zijn hemel-tergende gefoeter op spilzucht en ander volgens hem laak-baar gedrag – het was of het dit alles was toegestaan om niet deel te nemen aan wat elders onvermijdelijk en onher-roepelijk op zijn eigen vernietiging afstevende.

Alsof de Rabenhaupt het uitstel zelf was, denk ik wel eens. En als uitstel het doel.

Een schaal, een schelp.

Maar er waren kleine veranderingen. Alsof het licht anders naar binnen viel, had hij al gedacht, of misschien was er iets veranderd in de geur, in het vertrouwde, al lang niet meer door zijn bewoners te onderscheiden parfum dat ieder huis uittekent nog voor je er goed en wel binnenstapt. Misschien was het simpelweg dat bijvoorbeeld Van Parys minder vaak op zijn kamer te vinden was, en in de weekenden dat Rosa er was (en dat was nu vrijwel élk weekend), waren ze samen geregeld op stap. Naar huisjes kijken zeker, dacht Rega, en hij voelde zijn maag zich samentrekken. Hij kneep zijn hand tot een vuist.

Ook Werda, zélfs Werda was nu trouwens veel buitens-huis en was druk in de weer met het formeren van een bandje, met anderen, die Rega niet of niet goed kende,

anderen dan hij. Werda had een elektrische gitaar over-
gekocht van een wat slungelige blonde jongen met een
grote bril die wijd en zijd bekendstond als een briljante
gitarist, als de Jimi Hendrix van Groningen zelfs – en hij
wilde desgevraagd wel een solo-uitvoering geven van 'Hey
Joe', waarbij het inderdaad leek alsof er in zijn gitaar minstens
nóg een gitarist én een bassist verscholen waren. En daarbij zong hij alsof hij het echt meende – 'I'm goin' down to
shoot my old lady, you know I caught her messin' 'round
with another man.' Hij had een band die zelden optrad,
maar wel overal in de stad op elektriciteitshuisjes, blinde
muren, brugpijlers, verkeersborden, en zelfs op de etalage-
ruiten van leegstaande winkelpanden in de onderkomen
Willemspassage tussen Ooster- en Gelkingestraat met witte
verf van zijn bestaan gewag maakte. 'Tijls Mess Express'
stond er in druipende letters, letters die goed pasten bij het
imago van de gitaarheld zelf, wiens lokale bekendheid voor
een niet gering deel het gevolg was van het feit dat hij ooit
bij een optreden in café 't Hijgend Hert in de Donkersgang
zijn in eigen beheer uitgebrachte singeltje 'Blue Eyes' live
ten gehore bracht met op de achtergrond een pornofilmpje
waarop de in de titel aangeduide blauwoog blond en heel
erg bloot in diverse standjes en vanuit een reeks onmogelijke camerastandpunten te bewonderen was geweest – een
optreden dat door de kroegbaas abrupt werd beëindigd
met het uittrekken van de stekker. Dit zeer tot ongenoe-
gen van het talrijk opgekomen, in de kleine ruimte samen-
geperste publiek. Volgens sommigen was er daarna met
glazen gegooid en moest uiteindelijk de politie eraan te pas
komen, maar dat waren misschien indianenverhalen.

Werda trok nu veel met hem, met Tijl op, en met vinger-vlugge jongens die Siebe heetten, of zelfs Ubbo, en verder met een hip uitgedoste jongen die zomer en winter een petje van tweedstof modieus scheef en schalks op zijn hoofd had staan en met in zijn achterzak altijd twee drumsticks. Rega kon zijn naam nooit onthouden (Berend). Hij woonde in 'het oude RKZ', zoals het heette, een voormalig ziekenhuis in de wijk Helpman dat al jaren geleden was gekraakt, en hij zorgde er voor de repetitieruimte, een door dikke wanden omge-ven voormalige operatiekamer op de tweede verdieping. Een inspirerende omgeving, vond Werda. 'Stel je voor Daniël, daar is opengesneden en weer dichtgenaaid, daar is gestorven en tot leven gewekt, daar heeft bloed gevloeid! Geweldig, man! Het leven in zijn meest extreme gedaante, op de grens van zichzelf!' En Rega knikte. Het leven als een operatiekamer, als een chirurgische ingreep, dacht hij, en dat de groep waarmee Werda uiteindelijk op de prop-pen kwam The Surgeons heette, leek hem dan ook wel juist, al was er dan weinig snijdends aan een bandje dat voornamelijk covers speelde van The Stones, van Robert Gordon, van The Stray Cats, en zelfs 'My Girl' van The Temptations. Maar daarover zei Rega niets. Hij keek naar Werda, die zich alweer naar beneden haastte, het steile trapje af, zijn gitaar in een zwarte koffer die hij er van Tijl bij had gekregen.

Misschien was het enige wat er werkelijk veranderde een-voudig een kwestie van volume, van lichamen die wel of niet de ruimte vulden, van resonantie kortom. De Rabenhaupt raakte leger, daar komt het eigenlijk op neer, en steeds vaker zwierf Rega van kamer naar kamer, vond onder Werda's

bed een slipje van... van... de laatste, een melkchocolade-
bruin meisje met kroeshaar en een wit tennisrokje aan – hij
wist niet hoe ze heette, en Werda misschien ook wel niet;
Rega wist alleen hoe ze klonk door het dunhouten wandje,
en dat het voor niet meer dan één nacht was geweest.
Of hij trok bij Van Parys wat boeken uit de boekenkast, er
wel voor zorgend dat hij ze precies zo terugzette als hij ze
had aangetroffen, want Van Parys was erg precies als het
op zijn boekenkast aankwam. Het gebeurde regelmatig
dat hij tijdens een gesprek opeens al pratend opstond, naar
zijn boekenkast liep en een boek een paar millimeter terug-
duwde, of juist met zijn wijsvinger een klein beetje naar
voren haalde, waarop Rosa achter zijn rug dan vaak een
grimas maakte in de richting van Rega.

Rosa...

Maar er was verandering, en Rega dacht – nee, hij dacht
niet, of niet werkelijk toch, Rega wílde dit niet. Dat was het.
Ik wil dit niet, zou hij hebben kunnen denken als hij het
gedacht had. Het voelde aan als verraad – al gebruikte hij
dat woord niet, kwam het niet bij hem op – verraad aan het
intentieloze zijn, aan de vrijheid zonder meer en überhaupt
en zonder excuus, nu Van Parys, maar ook Werda doelen
buitenshuis leken te hebben – de eerste regelmatig bij huis-
vestingsmaatschappijen en zelfs makelaarskantoren op gesprek ging om mogelijkheden en voorwaarden te bespreken
voor een zekere toekomst, en de tweede aankondigde dat
het eerste optreden er nu aan zat te komen, dat de hippe
jongen met zijn pet, dat Berend een... een gig had geregeld
in... 'in Katlijk, Daniël,' grinnikte Werda, 'The Surgeons in
Katlijk, Friesland – het kon niet beter beginnen.'

Dát was het. Het was dat er iets begon, ergens, elders, niet op de zolder, niet daar, maar dat er wegen werden ingeslagen, nieuwe paden betreden, ook al ontbrak er dan misschien een boventijdelijk perspectief, het idee van een te bereiken allesomvattend doel, een garantie voor het grote geluk voor allen. De dingen waren zichzelf niet meer, dacht hij; ze hadden een andere betekenis dan zichzelf, stonden in het teken van een verte, hoe nabij ook, die ze als het ware uit zichzelf wegtrok, als je dat zo kunt zeggen. En de Siebes, Ubbo's en Tijls, modieuze jongens met petjes of andere hoofddeksels, hun vriendinnen of wat daarvoor doorging, al het vreemde volk dat nu soms het dak kwam bezetten – één keer zelfs om er met kleine vox-versterkertjes, waarvan Tijl er nog een paar had liggen, een soort concert te geven, al duurde dat niet lang, hing er al spoedig zowel in de Rabenhauptstraat tegenover, als aan de achterkant, in de net nieuwgebouwde huisjes in de Davidstraat waar Van Parys' kamer op uitkeek, iemand vloekend en schreeuwend uit het raam en werd er gedreigd met de politie – maar al die... die... *anderen* die... niet vaak, dat moet gezegd, maar toch... die er wáren, ook als ze er niet waren... ze openden een afgrond waarin de hele Rabenhaupt leek te zullen wegzinken. Ze vulden de Rabenhaupt niet met... met hun warme aanwezigheid, met... met *vriendschap* (een eeuwigdurende vriendschap, dacht Rega waarschijnlijk toch even, ja, ik denk wel dat hij dat dacht), maar integendeel, ze toonden juist de lege plekken, de gapende afwezigheid van veel waarvan Rega altijd gedacht had dat het er was.

En Rega zat dan op het dak, met zijn rug tegen de schoorsteen, en hij was een lichaam, aan alle kanten door afstand omringd, een afstand die zich... opdrong, als zoiets kan, die, merkwaardig genoeg, steeds dichterbij leek te komen, hem insnoerde, verstikte, hem geen ruimte liet, als je dat zo kunt zeggen. Eenzaam misschien, eenzaamheid of iets dergelijks. Maar dat is het woord niet. Dat is beslist het woord niet, lijkt me toch. Aangespoeld... nee... achtergebleven, dat is het. Vergeten. Een oude tas in de hoek van een bus- of treinstation terwijl iedereen inmiddels naar zijn bestemming vertrokken is. En terwijl de jongens blikjes bier naar elkaar wierpen, die bij het openen kleine goudgele fonteintjes over het dak spoten; terwijl Werda in een oude strandstoel in de buurt van Tijl zich dubbelvouwde van het lachen om iets wat Rega niet had verstaan of niet had begrepen, iets wat met muziek te maken had misschien, met grappige akkoorden of merkwaardige noten, hij wist het niet; terwijl alles om hem heen bewoog en sprak, voorbijtrok en langsflitste, de ondergaande zon even de hele hemel in vuur en vlam zette, een achtergrond waartegen iedereen op het dak veranderde in een zwart silhouet, zodat Rega het gevoel had naar een schimmenspel te kijken, een dans van doden; terwijl de avond viel, dacht Rega, voelde hij meer: ik wil dit niet, dit... gewemel niet, deze... deze... hoe heet 't... deze vaandelvlucht, dit... ja, dit verraad zelfs. Ik wil het niet.

En dus gebeurde op een middag wat er gebeurde, op een middag dat noch Werda, noch Van Parys thuis waren. Beiden waren godbetert nu zelfs naar college gegaan, want, had Van Parys gezegd, 'het heeft nu lang genoeg geduurd. Laten we die klotewerkstukjes maken, gaan waar we nog moeten zijn, en deze kermis voor imbecielen voorgoed achter ons laten.' En Werda, Werda had kort geknikt. (Geknikt had hij.)

Ook Willig was er niet. Alleen Rosa, boven was alleen Rosa.

Rega stond in de keuken en had net een pannetje met water opgezet om een ei of zoiets te koken – ik weet het niet precies. Hij stond met de deur van de juist geopende koelkast in zijn handen en staarde naar een door Willig – door wie anders? – op de gebarsten, enigszins vettig ogende tegeltjes boven het aanrecht aangebrachte sticker. Ik geloof niet dat hij iets dacht. Ik geloof zelfs dat niet tot hem doordrong dat hij nu al meer dan twee minuten – het water in het pannetje begon te ruisen – stond te staren naar een oproep om de neutronenbom een halt toe te roepen. Het was pas toen hij de kou van de koelkast rond zijn benen voelde dat hij zich realiseerde dat hij al geruime tijd roerloos in de ruimte stond. 'Stop de neutronenbom', las hij, en op de deur van de koelkast die hij nu sloot las hij: 'Kernenergie? Nee bedankt.' En toen hij vervolgens rondkeek, zag hij aan de muur de poster die hij al duizend keer had gezien, een poster tegen de bouw van Kalkar en daarnaast, een beetje scheef door het ontbreken van een stukje plakband rechtsboven, de door Opland getekende poster met het opschrift 'Geen nieuwe kernwapens in Europa'. En op de glazen deur van de douche zat een sticker met het vredesteken.

Het is niet helemaal duidelijk waarom, maar opeens werd het Rega te veel. Misschien omdat hij in deze kreten en afbeeldingen de pathetiek van een onverbeterlijke wereldverbeteraar zag, en in de wens om de wereld te verbeteren het verraad aan het ongedeelde heden of zoiets. De eis van een groot, allesvernietigend gelijk. Al betwijfel ik dat. Maar een feit is dat hij uit de rommelige lade onder het aanrecht een mes pakte en fanatiek begon te krabben op de tegeltjes in een poging de sticker te verwijderen – wat half lukte. Ook op de koelkast ging hij vervolgens flink met het mes tekeer, zozeer dat de witte lak eraf sprong en hij diepe krassen maakte in het metaal. Hij zocht achter het smoezelige gordijntje dat een al lang gesneuvelde deur van een van de aanrechtkastjes verving, naar een produkt waarmee hij de grijze lijmresten op tegels en koelkast kon verwijderen en hij vond een fles wasbenzine. Hij draaide de dop van de fles, die uit zijn handen sprong, greep naar een theedoek, keerde de fles zo ongeveer om en trok, met succes, ten aanval. Om er even plotseling weer mee op te houden. Hij smeet de theedoek op het aanrecht, greep opnieuw het mes en wierp zich – dat is het woord – hij *wierp* zich op de poster tegen de bouw van Kalkar. Die tegen kernwapens trok hij met één ruk van de muur, om hem vervolgens boven de vuilnisbak te versnipperen.

Hij stond nu even, met zijn handen in zijn zij, licht hijgend rond te kijken. Door de keuken dreef wat stoom. Hij zag het niet.

Daarna draaide hij zich op zijn hakken om, liep naar de deur die toegang gaf tot het steile trapje naar de zolder, maar bedacht zich toen hij zag dat Willig zeer tegen zijn gewoonte in het Abus-hangslotje niet door de twee metalen ogen in deur en kozijn had geklikt. En dus stapte Rega resoluut op Willigs deur af, liep eenmaal binnen linea recta naar de grote ramen aan de voorkant, die hij een voor een openschoof. Hij had het benauwd. Vervolgens liep hij naar de schuifdeur tussen voor- en achterkamer, die openstond, om ook in het achterkamertje het raam te openen. Hij steunde even met beide handen op de tamelijk lage vensterbank en keek naar buiten. Recht tegenover, op de eerste verdieping van de nieuwe appartementjes in de Davidstraat, zag hij een jongen in innige omhelzing met een meisje staan, zijn hand onder haar T-shirt op haar rug. Hij draaide zich om en ging zitten.

Op de muur recht tegenover het hoofdeinde van Willigs bed hing een grote rode poster, zag hij, een poster van... van Ernesto 'Che' Guevara de la Serna, zijn bekendste portret, naar de Korda-foto, de bewerking van Fitzpatrick, een icoon eigenlijk meer. Rega kende die poster, net als iedereen, maar hij had die hier nog nooit gezien. Even voelde hij zich draaierig worden. 'Che,' fluisterde hij, 'Che.' Zijn ogen brandden. 'Che, godverdomme', zei hij, nu iets luider, en hij keek om zich heen. In de hoek naast Willigs bed stond een stoel, waarover kleren hingen. Hij gooide ze op de grond, pakte de stoel, zette hem voor de muur, klom erop en kon zo net een omgebogen hoekje aan de bovenkant te pakken krijgen. Waarna hij sprong. Met een scheurend geluid kwam een groot deel van de poster los van de muur. Hij verfrommelde het gladde papier en gooide het door het raam naar buiten. Hij liet de rest hangen. Eén duister oog staarde plotseling in het niets, met daarboven nog een deel van de gitzwarte baret met ster. Het papier flapperde op de tocht. Hij liep weer terug naar de woonkamer. De gordijnen voor de opengeschoven ramen bewogen traag heen en weer, als in een zomerse bries, als op een lome namiddag vol van volstrekt nietsdoen. Hij knikte.

Het was tijd om naar boven te gaan. Naar Rosa. Al ben ik niet zeker of hij zich dat wel zo precies realiseerde: dat hij naar boven, naar Rosa ging. Hij had, dacht hij, géén bedoeling, geen énkele bedoeling. Alleen dat het moest, wist hij, dat het nu eenmaal gebeuren moest, naar boven moest hij, zonder uitstel.

Hij besteeg het steile trapje en met zijn hoofd net boven het trapgat zag hij Rosa in Van Parys' kamer op het twee-persoonsbed, waar zij op haar buik wat lag te bladeren in een tijdschrift vol foto's en reclame. En het was nog steeds met het vaste voornemen geen enkele, nog niet de geringste bijbedoeling te hebben dat hij naast haar schoof. 'Olla, Daniël', zei ze geloof ik, zo klonk het toch, of 'hola' of zoiets. Maar ze maakte onmiddellijk wat plaats, zodat hij er op zijn buik naast kon gaan liggen. Dit betekende niets. Dit gebeurde wel vaker, immers. Dit naast elkaar schuiven, gaan zitten, tegen elkaar aan zelfs, met de rug tegen de schoorsteen op het dak, haar hand op zijn arm (zei ik al eerder), of zij op de leuning van de rookstoel en hij op de zitting, haar heup tegen zijn bovenarm, of op Van Parys' of Werda's bed, zittend, half liggend, of, zoals nu, beiden op hun buik, heup tegen heup, schouder tegen schouder. Ik bedoel, dit was misschien wel betekenisvol, maar door de frequentie waarmee het voorkwam had het meer iets van een... een gewoonte gekregen, iets wat door de herhaling onschuldig was geworden, een intimiteit waaraan de begeerte ontbrak, als het ware – meer vervul-ling dan verlangen eigenlijk. Precies dat wat met de inva-sie van al die anderen in het ongerede was geraakt, de laatste tijd.

Hij keek haar van opzij aan. Ze had een prachtige rechte neus met daaronder volle lippen, ze had lange wimpers en een hoog, een recht, een statig, een koninklijk voorhoofd had ze, denk ik, en zwart... ravenzwart golvend haar. Het was niet dat hij dit niet eerder had opgemerkt, niet eerder naast haar, tegenover haar, vanuit een of andere hoek naar woorden had gezocht die haar... haar *gelaat* recht zouden doen, het pas zouden doen ontstaan zelfs, zoals het was en moest zijn. Nefertete. Het was niet dat hij haar niet misschien al wel... misschien wel duizend keer zo bekeken had, van opzij, steels schuin van achteren, of haar recht in het gezicht kijkend terwijl zij naar iets anders, naar iemand anders keek, of iets anders deed, hem niet zag. Dat was het dus niet. Maar op haar jukbeen, zag hij, schuin onder haar linkeroog, zag hij, zat een stipje, een donker-, nee, een diepbruin stipje, een mooi rond diepbruin stipje was het, zag hij. Het moest daar altijd al gezeten hebben, zichtbaar voor iedereen, en al die duizend keren gezien. Maar Rega had het gevoel dat hij het nu pas voor het eerst zag, alsof het recentelijk was verschenen op die plek, misschien komend van een andere plek, dacht hij, als zoiets kan. Hij kon er zijn ogen niet van afhouden. Alsof zich in dat kleine sproetje iets samenbalde. Nee, alsof het een vertrekpunt was. Of een verdwijnpunt. Alsof het een verte opende, een verte die er weliswaar altijd al was geweest, maar zonder dat Rega zich daarvan bewust was.

En het was, geloof ik, nog steeds zonder werkelijke bijbedoeling, alsof het min of meer buiten hem om ging, alsof niet hij het was die op een zeker moment zijn hoofd naar haar toe draaide en, waarschijnlijk voor haar onverwachts, en misschien, vrijwel zeker, denk ik toch, zelfs voor hém onverwachts, opeens, plotsklaps met zijn tong van kaaktot jukbeen – hij gaf van haar kaak, over haar wang, tot precies aan dat diepbruine stipje op haar jukbeen gaf hij één ononderbroken lik.

Ik zie het hem doen. Hij draait zijn hoofd, hij draait op een volstrekt... een volstrekt... *natuurlijke* manier draait hij zijn hoofd naar haar toe. Als iemand die iets gaat zeggen. Iets grappigs misschien wel. Iets wat haar even doet sprankelen, wat iets in haar laat opvonken, als het ware. En ik denk dat ze wel voelde dat Rega zijn hoofd naar haar toe draaide, zoals ze daar lag, op haar buik, haar onderbenen in de lucht en de beide voeten in elkaar gehaakt. Een meisje op het strand. Zorgeloos. Zonder ook maar één gedachte bij Rega's naar haar toe draaiende hoofd, zoals ze even gedachteloos zelf haar hand op Rega's onderarm... Ze verwachtte niks.

Zeggen dat ze schrok, zou ook niet juist zijn. Daarvoor reageerde ze te laat en te traag. Ze keek eerst nog een moment – een eindeloos moment, dacht Rega (al was dat niet zo) – ze keek nog even naar haar tijdschrift alsof er niks was gebeurd. Daarna draaide haar hoofd langzaam naar Rega toe.

En ik moet zeggen, hij was er klaar voor, ook al had hij er voordien niet werkelijk over nagedacht, was er van enige voorbereiding op dit moment geen sprake geweest. Maar alles rond zijn mond was nu in gereedheid voor de kus die na zoveel aarzeling alleen maar kon volgen. Hij was bereid tot een gretig bijten, een zuigen en wrijven van lip tegen lip, tong tegen tong, een gulzig happen naar wat zacht en vochtig was, sponzig en week, glad. En een voorbode, voorsmaak van het raadselachtig eendere dat zich elders en overal bevond, dat haar lichaam was, en bepaalde plekken van haar lichaam, en nog andere. Oksel en liesstreek.

Knieholte, schouderblad. Welving en glooiing. Hij was bereid, toegerust, ingesteld. Het zou gebeuren, al wist hij op hetzelfde moment niet precies wat dat dan was, en waarom. Ja, nee, natuurlijk, wél waar het op neerkwam, dat wist hij natuurlijk wel, denk ik toch, als hij er überhaupt al over nadacht. Maar de betekenis. Hij wist niet wat het zou betekenen nu het een aanvang nam, en waartoe het zou leiden, als het al ergens toe leidde.

Als het er al van kwam, want Rosa zette de beweging die met het trage draaien van haar hoofd was begonnen niet werkelijk door. Alsof ze halverwege de totale toewending en de uiteindelijke overgave bevroor in wat desondanks, leek Rega, een voornemen moest zijn, het voornemen te kussen, te likken, te zuigen, te... te proeven wat oneetbaar was, te verslinden wat desalniettemin daarna zou blijven wat het was: hetzelfde, in zichzelf verborgene, het uit-nodigende, begeerlijke, het andere. Iets anders was niet mogelijk, dacht Rega, en terwijl Rosa nog steeds in halve toewending naar hem keek, oog in oog – hij waagde het niet zijn ogen van haar ogen af te wenden; hij durfde niet te kijken naar die mond, die hij nog steeds, zij het al wat minder overtuigd van de goede afloop, nu ieder moment op de zijne verwachtte – terwijl Rosa zonder te knipperen naar hem bleef kijken, voelde hij hoe rond zijn eigen mond iets begon te trekken; een klein, onwillig spiertje was het, een lichte trilling, die hij misschien meer voelde dan dat ze ook daadwerkelijk zichtbaar was, maar die hem op slag onzeker maakte. Het was alsof die lichte trekking rond zijn mond hem ineens te binnen bracht wat het was dat hij had gedaan, en hem koortsachtig... nee, in een plotsklaps totale paniek zelfs, op zoek deed gaan naar oorzaken, motieven, bedoelingen, redenen, excuses, uitvluchten, oplossingen. Inzichten. En op hetzelfde moment was er de afstand, bij alle plotseling verschrikkelijke nabijheid, was er de onoverbrugbare afstand tussen hem en Rosa of wie dan ook maar.

En nog voordat Rosa de, dacht Rega, eindeloze stilte (maar hij overdrijft), nog voor zij het onverdragelijke stilzwijgen verbrak en iets zei; nog voordat ze met een blik die het midden hield tussen... tussen geamuseerdheid en toch ook twijfel, lijkt me, een zekere... bezorgdheid was het; nog voor ze iets tegen hem zei, nee, hem iets leek te vragen, zei, vroeg: '¿Qué haces, Daniël?' – iets wat hij misschien niet goed verstond, maar in ieder geval niet begreep; nog voor zij het gezegd had, was hij al overweldigd door zijn eigen verlangen die afstand voor eens en altijd te overbruggen, wilde hij haar redden van wat hij haar tezelfdertijd wilde aandoen. Nee, ik zeg dit niet goed. Hij wilde haar *behoeden,* dat is het, voor wat hij zonder bijbedoelingen was begonnen. Had wíllen beginnen misschien eerder, ondanks zichzelf, ondanks het voornemen willoos te zijn in het bijna perfecte hier en nu van die lange lik van kaakbeen naar dat diepbruine stipje onder haar linkeroog, een lik die niets anders had willen zijn en niets anders had mogen zijn dan hij was, maar blijkbaar nu toch, vrijwel onmiddellijk, was veranderd in iets wat betekenis had, en als betekenis misschien reden tot bezorgdheid was, dat snapte hij ook wel nu – Rosa keek hem nog steeds, nu al wat meer bevreemd aan – het was wellicht zelfs een inbreuk op wat hij en Rosa, en waarschijnlijk zelfs hij en Van Parys, en Werda – wat Rega en de rest van de wereld tot dan toe min of meer vanzelfsprekend had verbonden, dacht hij, en hij voelde nu zijn mond daadwerkelijk trekken.

Het was verraad aan de intentieloze intimiteit van heup tegen heup, lichaam tegen lichaam – of zo zou het uitgelegd kunnen worden, zo zou Rosa het kunnen uitleggen, nee, légde ze het waarschijnlijk uit. Haar ogen waren even afgedwaald naar Rega's mond en toen ze weer in de zijne keken – bruin in blauw in bruin in blauw in blauw, zoemde het in zijn hoofd – meende Rega even een spoor van paniek te zien, alsof ook zij nu tot de slotsom kwam dat Rega met die ene lange lik meer had bedoeld, veel meer dan een speelse, ook dan enigszins ongepaste, maar in wezen onschuldig slobberende, kameraadschappelijke zoen, of wat daarvoor door moest gaan, een lik om te lachen.

En dus sloeg hij nu een arm om haar heen, een... een *beschermende* arm, bij wijze van vriendschappelijk... nee nee, het was een *troostend* gebaar. Nee, het diende om gerust te stellen, de twijfel in haar ogen weg te nemen. Omdat dit van hem verwacht werd, dacht hij, omdat dit nu voor de hand lag. Omdat misschien al wel nazorg aan de orde was. Hij voelde zich weer heel even in zijn element, zo lijkt mij, haast volledig opgenomen in het aloude en vertrouwde van allesomvamend begrip en de warmte van de totale aanwezigheid die niets anders wilde dan het goede – voor haar, voor Mi... voor Rosa. Rosa. Rosa, die Rosa was, als Rosa en niemand anders dan Rosa. Voor Rosa, het goede voor Rosa, een arm voor Rosa, troost voor wat haar was aangedaan, ook al was hij het zelf geweest, maar toch buiten hemzelf om, meende hij, zodat hij misschien wel schuldig was, maar ook en tegelijk onschuldig, als dat kon. Werda zou dat wel weten. Maar hij sloeg, Rega sloeg dus, hij sloeg zijn arm om Rosa heen.

Die zich juist op dat moment van hem weg wilde draaien, haar hoofd naar rechts draaide, en haar rechterschouder optrok om hem haar rug te keren, van haar buik op haar linkerzij te rollen en vervolgens van het bed weg. En Rega dacht of zei of riep misschien zelfs wel – 'Nee,' zei hij, 'ik... nee, nee.' En misschien dat hij de greep op haar rechterschouder wat verstevigde, dat hij haar rug wat harder omklemde nog, haar neerduwde op het bed, zelfs, dat zou kunnen. Hij sloeg nu ook zijn been over haar heen. Hij moest uitleggen dat hij het zo niet had bedoeld, dat hij iets anders had gewild, niet wat ze nu dacht. Want hij wist, hij begreep, hij zag, in haar ogen zag hij, ogen die nu groot en zwart en vochtig waren geworden, niet langer twijfelend, maar angstig, hij zag het, dacht hij – en dat hij zo niet was, wilde hij zeggen, niet wat ze nu dacht, nooit was geweest, en ook nu niet. Hij wilde uitleggen. Dat het was voortgekomen uit geen enkele bedoeling, snap je, wilde hij zeggen, Rosa, geen bedoeling. Dat er geen reden was. Een oorzaak misschien. ('Het verschil tussen oorzaak en reden, Daniël, ken je dat?' vroeg Van Parys ooit. 'Omdat-doordat? Dat is een verschil hoor, Daniël, of je iets doet omdat je het wilt of doordat je het moet. Niemand die dat nog weet', zei hij.) De vrijheid, wilde hij nu zeggen, dat het ging om de vrijheid, de vrijheid zonder meer, en hij zei, blafte: 'Vrij', alsof het hem ontschoot: 'Vrij!'

Maar nu schudde Rosa haar hoofd, schudde ze haar haren en probeerde ze zich los te wurmen. 'Nee,' hijgde ze, 'no, no, no, Daniël, niet, Dani, niet vrijen, ik... No puede ser, Dani,' zei ze, 'no puede ser, no debe, no puede, no debe ser' - of iets wat erop leek. En Rega dacht, zei, dacht, 'Maar nee', zei hij, wilde hij zeggen, terwijl hij een poging deed om haar om te draaien, haar aan te kijken, nu ze haar gezicht diep in de dekens begroef. Niet vrijen, wilde hij zeggen, maar 'vrij', zei hij, 'Vrijheid, ik bedoel vrijheid, Rosa. Rosa! Liberta, libertad of hoe heet het... Rosa!' zei hij of dacht hij te zeggen, en hij trok aan haar rechterschouder, greep met zijn volle vuist de stof van haar bloes en hoorde het kraken en scheuren, voelde hoe het kledingstuk meegaf terwijl haar lichaam in de tegengestelde richting bewoog, en zag plotseling haar bronsbruine schouder met ook hier een diepbruin stipje, net onder haar schouderblad. Diepbruin.

Rosa had nu beide armen krampachtig onder haar lichaam getrokken, haar gezicht in haar handen, gezicht en handen in het kussen gedrukt, alsof ze wachtte op iets wat onvermijdelijk was geworden. Alsof ze wachtte op het ogenblik dat Rega woest en wild de rest van haar bloes van haar lichaam zou rukken. Alles in haar leek voorbereid op het geweld dat nu wel los moest barsten, dacht ze, zag je dat ze dacht, denk ik toch. Alles hield zich stil in misschien nog een uiterste poging om te ontlopen wat onvermijdelijk geworden was.

Maar Rega keek naar dit tweede bruine stipje, dit hemellichaam in een heelal van gebronsde huid, een landschap van schaduwen en vormen, en hij voelde zijn ogen prikken. Hij dacht... ik weet niet precies wat hij dacht, maar ik vermoed dat als Rega nu gewoon was opgehouden, als hij niet door dit tweede diepbruine stipje... *ontroerd* was geraakt, dat was het - als hij er niet ontroerd door was geraakt als door iets wat hij herkende en wat hem op slag weerloos maakte; als hij er niet, voorzichtig ineens, zonder paniek, alsof al het voorgaande werd uitgewist door dit kleine pigmentvlekje op haar blote schouder; als hij er niet voorzichtig, met een behoedzaamheid die niet van deze wereld leek te zijn, niet van deze tijd, met zijn vinger een cirkel omheen was beginnen te trekken, een klein cirkeltje, met het tederste wat er in zijn lichaam school; ik denk dat als hij was gaan zitten, op de rand van het bed en gezegd had: 'Rosa' bijvoorbeeld, als hij bijvoorbeeld had gezegd: 'Rosa, het is niets, het spijt me, ik bedoelde niets' – ik denk dat er dan nog een mogelijkheid was geweest om iets te redden die middag, iets te behouden, een tijdje nog althans te laten voortduren wat nu onherroepelijk in vlammen dreigde op te gaan.

Maar Rega staarde naar dit diepbruine stipje en met zijn vinger maakte hij rondjes rond het sproetje, steeds grotere rondjes. Hij streelde met twee vingers over haar schouderblad, met zijn volle hand over de kom van haar schouder, dan van haar schouder naar haar hals, met zijn vingers tegelijkertijd haar sleutelbeen aan de voorkant aftastend. Zijn andere hand schoof van onderaf, bij haar onderrug onder haar gehavende bloes langzaam omhoog. En Rosa bleef met haar gezicht in haar handen liggen, roerloos. Ze ondernam geen pogingen om zich los te rukken, om te ontkomen aan Rega's vingers, die wervel na wervel hoger schoven, tussen haar schouderbladen, tot aan haar nek. Haar lichaam trachtte dit niet meer te ontwijken. Alsof het toegaf. En misschien... misschien niet eens uit... hoe zal ik het eens zeggen... uit *defaitisme* of zoiets. Niet omdat het... capituleerde voor iets wat het niet wilde. Beslist niet, dacht Rega. Hoogstens capituleerde het voor iets wat het niet mocht, dacht hij, maar heimelijk altijd had gewild, met elke heup tegen heup, elke hand op zijn onderarm, dacht Rega. Haar lichaam *onderging* dit niet, leek hem toch. Het was niet lijdzaam, passief, zonder verweer of instemming. Nee, het... misschien genoot het, nu Rega's hand zich achter in haar broek wurmde en hij de ronding van haar bil voelde. Want het leek... het was net alsof haar billen nu even omhoogkwamen, haast tegelijk met haar hoofd, de ogen gesloten; alsof ze haar rug hol maakte en vervolgens weer ontspande, en nog eens, alsof haar lichaam hem uitnodigde verder te gaan, van achteren naar voren te reiken, onder haar, naar de knoop van haar broek, om die vervolgens met één ruk af te stropen.

Zo leek het toch.

'Dani,' zei ze misschien, als ze al iets zei, 'Danito, pibito, mi chiquito', en: 'Por fin', of iets wat erop leek. 'Lo sabía, Dani, siempre, siempre, he anhelado tanto, Dani, mi Daniël.' Een eindeloze stroom misschien wel. 'Hazlo, bésame, tócame.' Een reeks hese woorden, die hij niet verstond, niet begreep, als hij ze al hoorde. 'Te deseo, siempre te he deseado, oh Dani, mi pibito, mi chiquito, muchachito, mi hombrecito, tócame, tómame, haz conmigo lo que quieras.' Niets begreep Rega. En alles, dacht hij.

Haar lichaam schokte.

Maar Rega zag het niet, merkte het niet. Hij keek wel. Maar hij verzonk in wat zijn handen deden, in wat zijn handen als het ware lieten ontstaan, dacht hij, in het strelen van wat er op een raadselachtige manier toch al was en altijd was geweest. Alsof haar huid voordien niet had bestaan, maar pas door zijn vingers, door zijn lippen – want hij kuste haar nu, hij kuste haar onderrug, ging met zijn lippen langs haar wervelkolom langzaam omhoog en likte van de ruggengraat in één lange, trage lik naar het diepbruine stipje net onder haar schouderblad, en vandaar omhoog naar haar oksel – het was alsof haar huid pas in deze aanraking werkelijkheid werd, maar als zodanig tegelijkertijd ook een herinnering was.

Hij pakte haar pols en trok die zonder al te veel moeite onder haar lichaam uit en legde haar hand boven haar hoofd, waar zij hem liet liggen. Hij likte haar oksel. Hij likte haar verstilde rug. Hij likte lager en lager, een lang glimmend spoor over haar schokkende lichaam, terwijl hij tegelijkertijd zijn rechterhand onder haar stak en langzaam naar boven bewoog, zij het toestond, dacht hij weer, hem zelfs leek te helpen, haar lichaam een klein beetje omhoog bracht, dacht hij, meende hij, zodat hij met zijn hand gemakkelijker over haar ribben, een voor een over haar ribben omhoog kon schuiven tot aan het onwaarschijnlijk zachte van haar borst...

En...

En van het een kwam het ander.

Van wat daarna gebeurde kon hij zich later niets meer herinneren (hij wilde niet, denk ik, of hij kon niet, het lukte niet, mocht niet, was niet zo gegaan, dacht hij misschien), alsof vanaf dat moment alles aan het oog onttrokken werd door een dikke mist, door de dikke blauwige walm die inmiddels daadwerkelijk in de middenruimte gehangen moet hebben, zonder dat Rega het doorhad, rook die door de kieren en gaten in de vloer omhoogkwam en die uit de keuken afkomstig was.

Maar ik denk dat het ongeveer zo gegaan moet zijn: Rega had, toen hij naar boven liep, niet de moeite genomen om Willigs deur weer af te sluiten. En toen Van Parys, die terugkwam van college, met zijn fietsband de voordeur openstootte, zal er in huis een nieuwe tochtstroom ontstaan zijn. Zoals dat kan gaan, in bloedhete zomers bijvoorbeeld, als men ramen open heeft gezet, en iemand doet plotseling een deur open: dat er dan ergens anders in huis een deur dichtklapt, of een raam. Willigs plastic broodzakken aan de waslijn in de keuken moeten plotseling heftig zijn gaan ritselen. En nog voordat Van Parys goed en wel zijn fiets aan een van de langs de trap bevestigde touwen had gehangen – wat even duurde, omdat Rega's fiets er ook al hing en hij met de zijne langs die van Rega moest op de niet al te brede trap – nog voordat Van Parys' fiets op zijn plaats hing, was een van die zakken door de keuken beginnen te dwarrelen en terechtgekomen op het fornuis, vermoed ik, waar nog steeds, haast witgloeiend, een pannetje op het vuur stond.

En de plastic zak vatte vlam, kort en hevig.

Zo zal het gegaan zijn.

En die vlam heeft mogelijk de doorweekte theedoek op het aanrecht, op het aanrecht vlak bij het fornuis, de met wasbenzine doordrenkte theedoek die Rega van zich af had gegooid – mogelijk dat die vlam die theedoek heeft bereikt en vuur heeft doen vatten. En dat dan vervolgens een stukje van die brandende stof aan de fles wasbenzine likte, bijvoorbeeld, de fles die daar nog stond, die daar zonder dop stond. Die Rega vergeten was. Of niet vergeten was. Had laten staan.

Zo zou het hebben kunnen gaan.

Of anders.

Misschien dat de tocht de fles wasbenzine deed omvallen, zodat de inhoud ervan over het fornuis stroomde en vrijwel onmiddellijk vlam vatte. Dat kan ook.

Maar nog voordat Van Parys met zijn hoofd boven de trap uit kwam, moet de keuken al in lichterlaaie hebben gestaan. Dikke rook kwalmde langs het plafond, als in hoog tempo aanrollende donderwolken, zal Van Parys misschien hebben gedacht. Of misschien dacht hij niks, of dacht hij: Rosa! Het kan zijn dat hij eerst nog gezocht heeft naar iets om mee te blussen, een brandblusser (maar nee, die was er niet), water (alleen in de inmiddels onbegaanbare keuken, en boven, bij het kleine wasbakje), doeken of dekens om het vuur mee uit te slaan. Maar waarschijnlijk stormde hij meteen, zodra hij de vuurzee in de keuken zag, langs het steile trapje omhoog naar de zolder, twee, drie treden tegelijk. Onvermijdelijk omhoog.

En eenmaal boven moet hij door de rook, door de blauwgrijze mist op de zolder, moet hij door een waas onmiddellijk zijn Rosa gezien hebben, op haar buik, haar hoofd zijwaarts gedraaid, haar betraande gezicht, één arm boven haar hoofd, één onder haar lichaam – Rosa met de broek rond haar enkels, haar benen nauwelijks gespreid, haar ronde billen.

En daarboven die van Rega, in de rook die met de seconde dikker werd, die in ras tempo het beeld uitvlakte, daarboven Rega's billen, die langzaam op en neer bewogen.

Op. En neer.

En beneden in de keuken sprong door de hitte het glas in de deur naar de douche.

Das Rote
Kabinett

So happy together, we're happy together.

The Turtles

Het was, denk ik, even na achten toen Dankov plotseling door de dubbele zwarte deur en het rode gordijn naar binnen stormde en tegen niemand in het bijzonder riep: 'Die machen auf, verdammt noch mal, Mensch, die machen wirklich auf! Nicht zu fassen!' – en weg was hij weer. Veel publiek was er nog niet. Nee, dat moet ik anders zeggen, want het zit nooit echt vol in Das Rote Kabinett. Maar zelfs dat in aanmerking genomen waren er nog maar weinig mannen. Ja, Harko zat weer vooraan, aan een van de tafeltjes die tegen het druppelvormige podium stonden en vanwaar je de danseressen onophoudelijk schuin van onderen kon zien. Harko was er altijd als Yvette werkte, en Yvette was juist halverwege, of ongeveer halverwege haar nummer. Op de zenuwslopende muziek van Gloria Estefan & The Miami Sound Machine ('Oye mi canto, creo en el amor pero sin condiciones') bereed ze inmiddels de doorzichtige turquoise sjaal die voorheen rond haar, vond Rega (en hij heeft gelijk, denk ik), toch net iets te magere heupen gebonden had gezeten, maar haar witkanten slipje met de hoge uitsnijding had ze nog aan. Hij wist wat er nog komen zou. Harko ook. Die wachtte met ongeduld en een brandend verlangen op het moment dat Yvette met een onmogelijke draaiing van romp en kont in één glijdende soepele beweging het witte niemendalletje uittrok – een beweging die nog steeds Rega's bewondering wekte, zij het dan niet zijn begeerte, denk ik toch, nee, weet ik wel zeker. Hopla, dacht hij toen hij het voor de eerste keer zag, een contorsioniste!

Harko was er al helemaal klaar voor, dook iets in elkaar om zo mogelijk nog beter van onderaf tussen Yvettes benen te kunnen kijken. Rega wist dat je hem continu in de gaten moest houden. Hij had bij een eerdere gelegenheid Yvette al eens bij de enkel gepakt, en het leed geen twijfel dat hij het daar niet bij zou laten als je hem zijn gang liet gaan. Rega had hem toen duchtig toegesproken, en gedreigd met Dankov, de dommekracht, de spierbundel, de uitsmijter en duvelstoejager die het betasten van de meisjes door een van de klanten altijd onmiddellijk persoonlijk opneemt, alsof hij met elk van hen afzonderlijk getrouwd is. Hij heeft wel eens toch bepaald potig ogende klanten aan de oren omhooggetrokken en naar buiten geëscorteerd, waar hij ze nog eens goed 'im Hintern getreten' had, grinnikte hij.

Maar zo opgewonden als hij nu was, Dankov... alsof... alsof de verlosser zelf voor de deur stond, zo had Rega hem nog nooit gezien. En ook Yvette was even van haar apropos, wankelde een kort ogenblik op één naaldhak, dreigde finaal onderuit te gaan, maar herstelde zich net op het laatste moment, al was ze dan even de maat kwijt, waardoor haar heupbewegingen ineens iets aandoenlijks en amateuristisch kregen.

Wat Yvette niet is. Amateuristisch. Verre van. Ik heb me altijd afgevraagd waarom ze in Das Rote Kabinett danste, en niet in een van de chiquere tenten op de Ku'damm, of op die adresjes die je niet in de gidsen vindt, min of meer riante villa's, in Onkel Toms Hütte bijvoorbeeld, waar officieel niets onoorbaars plaatsvindt, maar waar je met de juiste introducties en voldoende entreegeld wel binnen kunt raken voor, heb ik me laten vertellen, 'het betere werk'. De keren dat Rega het haar vroeg, zei ze dat Das Rote Kabinett nu eenmaal dichterbij was, en het kon zijn dat je in die chique tenten wat meer kon verdienen op een avond, maar er was daar geen Dankov die, zei ze, 'dat zogenaamd beschaafde, rijke volk wat in toom houdt, dat graait waar het graaien kan' – en niet alleen die 'angeblich so nette Herren', zei ze, maar ook hun beparelde dames mochten graag eens de handen uit de mouwen steken. Ze trok een vies gezicht. 'Hinterhältige Spießbürger.'

Maar voor Das Rote Kabinett was Yvette eigenlijk te goed, ondanks haar smalle heupen en haar voor de stiel wat te kleine borsten misschien. Ze had het zeldzame vermogen boven- en onderlichaam afzonderlijk van elkaar in beweging te zetten, of althans de indruk te wekken dat haar ribben- kast en borstpartij onafhankelijk van haar ogenschijnlijk onbeweeglijke heupen een cirkel konden maken, en omge- keerd. Alsof er ergens in haar lijf, net boven haar heupen, een... knik, een scharnier zat, die het soms deed lijken of de twee helften van haar lichaam niet bij elkaar hoorden. Als ze in haar nummer aan het deel toe was waar boven- en onderkant het afwisselend van elkaar overnamen, was ze op haar best – al dacht Harko daar waarschijnlijk anders over, en de anderen die al dan niet roepend op verschillende plekken in de schemerig verlichte ruimte aan hun tafeltjes zaten en soms 'Slip aus! Slip aus!' bralden.

Als het weer eens zover kwam – maar daar was vanavond geen sprake van; de weinige bezoekers waren, op Harko na, eerder schuw en bleven het liefst uit zelfs de vage lichtkring van de 25-wattsfeerlampjes die op hun tafeltjes stonden – als het rumoerig was, er bijvoorbeeld een scheepslading Amerikanen was aangekomen, of een bus vol Hollanders; of als Hertha BSC speelde, zoals vorige week tegen Schalke '04,

en de supporters een uitlaatklep zochten voor hun frustra-
ties of voor hun door winst losgemaakte bronstigheid, dan
stond Stielke, Theodor Stielke, de eigenaar van Das Rote
Kabinett, altijd onmiddellijk aan Rega's zijde om 'Lass sie
nur, Rega, lass sie nur' te zeggen. Ook al was dat heus niet
altijd nodig en is het welbeschouwd eigenlijk maar één... of
nee, twee keer is het voorgekomen dat het gebral hem te veel
werd – of nee, drie keer, toch, drie keer dat hij van achter
de bar naar voren stiefelde om Yvette, of Marianne, of... ik
geloof dat Anika toen nog daar werkte – om de meisjes te...
eh... te redden, als het ware, te vrijwaren van de goorste
beledigingen en toevoegingen die op dergelijke momenten uit die... die stinkende bierbekken, knarste Rega, 'die
stinkende bierbekken met hun hangbuiken en zeiksnorren'
te horen vielen. Niet dat de meisjes daar blij mee waren,
met zijn interventie. 'Ein steifer Schwanz ist Geld in der
Hand', zo zeiden die, en inderdaad, met de sproeiregen
aan schunnigheden die de meisjes over zich heen kregen op
dergelijke avonden, waren er ook de uitgestoken handen
met briefjes, soms wel van vijftig mark, briefjes die zolang
er nog maar ergens een stukje stof aan het lijf zat overal
tussen werden gefrommeld (Anika was de enige die zo'n
briefje ook zonder kledij, en zonder haar handen of mond
te gebruiken, maar gewoon door finaal in spagaat te gaan,
van de grond wist te rapen). Rega had, zei Yvette later, het
bloed weer naar hun koppen doen stijgen, in plaats van het
te laten waar het wat haar betreft had moeten blijven, 'in
der Hose'.

Misschien was het vanwege die briefjes dat Stielke onmiddellijk aan zijn schouder stond zodra het roerig werd rond

de tafeltjes? Om het inkomen veilig te stellen? Maar dat denk ik toch niet, eigenlijk. Van dat tussen minieme reepjes stof gefrommelde geld kreeg hij niks, zo was de afspraak, en al helemaal niet van wat Anika op haar geheel eigen wijze van de grond wist te rapen. De bezwete koppen van de klandizie waren weliswaar goed voor de omzet aan de bar, maar zo verschrikkelijk veel meer drank werd er ook niet door verkocht. Men is hier niet om te drinken. Nee, ik denk dat Stielke oprecht bezorgd om hem was.

En is. Altijd geweest is ook. Rega zag er dan ook verschrikkelijk uit toen hij hier voor het eerst binnenstapte. Het was niet vanwege de meisjes dat hij naar binnen ging, maar vanwege een bordje buiten waarop stond dat hier een kamer te huur was. Boven. Achter, zo bleek. Ik geloof dat hij niet eens doorhad wat voor soort tent Das Rote Kabinett eigenlijk was, zelfs niet toen hij door de dubbele deur en het rode gordijn binnen kwam en meteen op het druppelvormige podium een blond meisje met haar haar in een paardenstaart (Marianne had haar haar in een paardenstaart) en met een strakke, zwarte legging aan en daarboven zo'n roze aerobicspakje, sensueel zag dansen op een hitje van... van Madonna dacht hij. Ja, Madonna, 'Like a Virgin', 'touched for the very first time', want hij herinnerde zich die wat valse zang en de beweging die Marianne maakte op het woord 'touched'. Ze raakte precies op dat woord met haar hand haar heup aan, die zich naar buiten draaide en een soort slinger door haar hele lijf stuurde. Hij zag dat nog precies voor zich. Of verwarde hij dit nu met latere oefensessies? Want voor het overige herinnerde hij zich maar weinig. Ja, wel dat het rode, vuur-... nee,

robijnrode, bloedrode, warmbloedig rode van Das Rote
Kabinett hem onmiddellijk deed volstromen met... met
dankbaarheid, geloof ik. Alsof hij hier altijd al uit wilde,
uit móést komen, en het nu was toegestaan, het nu eindelijk mocht. Alsof de lange treinreis van... hoe heet 't... van
daar naar hier, met onderweg ook nog zo'n blaffende Oost-
Duitse *Grenzwache*... douane... douanier... omdat hij zijn pas
niet zo snel kon vinden... of niet had... ik weet het niet...
zijn kleren roken naar kampvuur... zijn huid rook naar...
naar zwavel... nee, naar pasgebeitst hout, naar hooibroei
– alsof de eindeloze treinreis, want die leek eindeloos, alsof
die hem noodlottigerwijs hier had doen uitkomen, hier in
de warme... de warme *schoot* van Das Rote Kabinett (wat
dus niet zo was, noch stond hij zichzelf ook maar een
moment toe zoiets te denken). Het. Nood. Lot. De... de...
historische noodzakelijkheid.

Maar Stielke stond soms plotseling naast hem, als uit het
niets, en legde een hand op zijn schouder en zei: 'Immer mit
der Ruhe': of: 'Lass nur', of iets wat erop leek, en bracht
hem tot bedaren, nog voordat hij zelf weet had van de
onrust die in hem huisde, die zich misschien al een uitweg
had gezocht in een trekken van zijn mond, of een onver-
hoedse beweging van zijn hand, want het kwam voor, het is
wel voorgekomen dat hij opeens met een gebroken glas in
zijn hand stond omdat hij het tegen de bar had geslagen, of
misschien wel had fijngeknepen, dat zou ook kunnen.

'Die machen auf!' had Dankov geroepen. Hij begreep er
niet veel van. Wie deed open? Wat? Nee, natuurlijk had
hij weet van wat er zich de afgelopen maanden aan de
grens tussen Hongarije en Oostenrijk had afgespeeld, die

eindeloze rij puffende Trabantjes; natuurlijk was hij op de hoogte van dat gedoe in de ambassade van Praag, en van de schare demonstranten in Leipzig elke maandag, en van de demonstraties in Rostock en in Erfurt ook, geloof ik, en Karl-Marx-Stadt, en Dresden en en... Güstrow, herinner ik me nu, Lauchhammer ook nog, en... eh... Parchim of zoiets, en in Jena, en Greiz en zo, overal, zeg maar; natuurlijk wist hij van het 'Wir sind das Volk' dat in alle journaals van ARD, ZDF en WDR te horen viel. Maar kijk, Berlijn is Berlijn, of liever: Berlijn is West-Berlijn, en buiten toeristen die met de in hun reisgidsen voorgeprogrammeerde ontzetting en verontwaardiging de steigers bij de Muur beklimmen om door de eventueel door de reisleider verstrekte verrekijkertjes naar de door hún verrekijkers kijkende grenswachten te gapen, waarbij er natuurlijk altijd enkelen zijn, de onvermijdelijke lolbroeken van het gezelschap, de moppentappers op de bus, die dan vervolgens gekke bekken beginnen te trekken of obscene gebaren maken – misschien wel in de hoop dat een van de grenswachten eindelijk zijn geduld verliest en zijn geweer, zijn mitrailleur op hem richt, zijn... hoe heet 't... kalasjnikov – buiten deze ramptoeristen is er in Berlijn niemand die zich geroepen voelt om dagelijks naar de Muur te gaan kijken, of zich er ook maar een moment druk over te maken. Zelfs de laatste maanden niet, denk ik, zelfs niet na de – wat zeiden ze? – de *miljoen* mensen, geloof ik, die een paar dagen tevoren in Oost-Berlijn protesteerden. De opwinding was er toch vooral in de media, lijkt me, in de diverse fora op tv, waar gestudeerde mensen urenlang met elkaar in een bepaald soort Hoogduits discussieerden over de mogelijke betekenis van dit en de eventuele repercussies van dat, over de politieke sterkte en/of zwakte van Gorbatsjov, over de rol die Ronald Reagan speelde ('schlau oder nur schlimm'), over historische verbanden, over de rol van de paus en van de economie. Rega zag die dingen soms, als hij in zijn kamer direct boven de club al eens naar de oude zwart-wit Telefunken keek die zijn voorganger, Gromek, een Pool, daar had achtergelaten – Gromek, die terug naar zijn thuisland was gegaan vanwege Walesa en Solidariteit en zo. Maar ook Rega dacht er niet aan toen Dankov binnenstormde en riep dat 'ze', 'die daar' opendeden. Hij zag geen verband.

Hij dacht eerst dat het om Ribeke ging, Miro, voluit Miroslaw Ribeke, een gezette Berlijner die al een paar keer bij Stielke naar zijn prijs had gevraagd. Hij bedoelde: om de boel hier over te nemen, uit te kopen, weg te krijgen. Hij had tegenover Das Rote Kabinett een voormalige groentewinkel opgekocht en wilde er een seksclub van maken, maar de *Stadtverwaltung*... de... eh... het bestuur, het gemeentebestuur, bedoel ik, dat was niet van plan nog eens een vergunning uit te geven voor een zaak waarvan er in deze straat al meer dan genoeg waren, zeiden ze. En dus kwam Ribeke op gezette tijden eens binnensloffen, wierp een blik op de kronkelingen op het podium, trok zijn mond scheef en tuitte tegelijkertijd zijn lippen terwijl hij naar de schaars bezette tafeltjes keek, en vroeg aan Rega: 'Stielke da?' Die had hem echter al lang zien binnenkomen, zoals hij alles wat er in de club gebeurde zag zonder dat ook maar iemand hem zag. Nog voordat Rega Ribeke kon antwoorden, stond Stielke al aan zijn schouder.

'Miro.'

'Theo.'

'Ich verkaufe nicht.'

Ribeke haalde zijn schouders op.

'Kannst 'n Bier kriegen', zei Stielke.

En weer haalde Ribeke zijn schouders op, zette zich met zijn rug tegen de bar, ellebogen op de toog, en keek naar de verrichtingen op het podium.

'Neues Fötzchen?'

'Nein.'

Rega tapte intussen een biertje voor Ribeke en zette het naast hem neer. Zonder zijn ogen van Gitta af te nemen – wel degelijk een nieuwe, om niet te zeggen dat dit toen pas haar tweede avond was, een studente rechten die, wanneer ze tegen het ochtendgrauwen langs de achteringang het pand weer verliet, er altijd keurig en merkwaardig uitgerust uitzag, zij het wat al te zakelijk gekleed naar mijn smaak: plissérok met daaronder nylons in damesachtige pumps, getailleerd grijs colbertje erboven, witte bloes en een parelketting ('Echt?' vroeg Rega haar ooit, terwijl hij de parels een voor een tussen zijn vingers door liet gaan. 'Bist du verrückt?' zei ze) – zonder zijn ogen van Gitta af te wenden reikte Ribeke naast zich naar het glas, vond het, klokte het achterover en zette het weer naast zich neer. Een roerloze rug, een vleesberg in de schemering was hij, waarvan het grote hoofd op de kort lijkende nek alleen even scheef ging toen Gitta met gestrekte, iets uit elkaar staande benen, de rug naar het publiek, plotseling helemaal vooroverboog, zo ver vooroverboog dat ze met haar neus gemakkelijk haar knieën had kunnen aanraken als ze dat had gewild. Nu keek ze tussen haar licht gespreide benen door naar het publiek en gaf een olijke knipoog. Maar of iemand dat zag, valt te betwijfelen.

Gitta was helemaal geschoren. Iets van de laatste tijd. Steeds meer meisjes die... meisjesachtig zijn, kleinemeisjesachtig, en het ook willen zijn, of willen lijken, daar dan toch – in plaats van wat zelfs in eh... in spreidstand, in kleine dichte krulletjes, in het ragfijn ruwe haar iets verborgen houdt, een vrouw verbergt, het meest nabije, het ene, andere. Begeerte. Gitta toonde het grote misverstand van het onverborgene.

Niet dat Rega dit dacht (integendeel), maar ook hij moest er niet veel van hebben. Hij moest aan oesters denken. Aan de voet of de schoen of hoe heet 't van zo'n ongekookte mossel, aan de rauwachtige uitstulpingen van een blind weekdier, iets kleverigs met een inzoute smaak, waarvan alleen de voorstelling al hem deed kokhalzen.

Maar Ribekes hoofd ging even scheef, alsof hij zo beter zag wat hij zag. Op het moment dat Gitta weer overeind sprong, draaide hij zich nog eens naar Stielke en zei:

'Morgen komm' ich nochmal vorbei.'

'Kannst du machen', zei Stielke.

Hij knikte Rega toe en schoof langzaam terug richting het rode gordijn en de dubbele deur daarachter.

'Arschloch', mompelde Stielke terwijl Rega het glas van de bar pakte en in de spoelbak dompelde. Toen hij weer opkeek, was Ribeke weg en was ook Stielke alweer verdwenen in zijn eigen schaduw. Gitta zonk langzaam en dramatisch naar de bodem terwijl het licht boven haar doofde.

Rega dacht dus even, na de eerste verwarring, dat

Dankov het over Ribeke had. Dat die nu toch, maar dan zonder vergunning, zijn seksclub had geopend, want een feit was dat er voor de ruiten van de groentewinkel tegenover – 'Steinmann Gemüse' stond er in gifgroene, enigszins gehavende plakletters – nu al weken doeken hingen om aan het oog te onttrekken dat er daarbinnen hard werd gewerkt. Tegen zeven uur 's avonds kwamen, druppelsgewijs, bestofte Turken naar buiten, die vaak de volgende ochtend voor zes uur al weer terug waren. Dan werd er ook in hoog tempo materiaal gelost uit de aanhangwagentjes en de bestelbusjes die gedurende een korte tijd de straat blokkeerden.

Ongewoon was dat niet. Iedereen wist dat in de Motzstraße even verderop achter de gevel van Metzger Maier iets anders schuilging dan een slagerij, ook al was men dan zo slim geweest om de eigenlijke club achter de deur van de voormalige koelcel te laten beginnen en lag er in de vitrines van de oorspronkelijke winkelruimte overdag het vlees dat tijdens het partnerruil- of SM-gebeuren die avond door een, zo stel ik me altijd voor, hongerige, naakte meute in eindeloze deining veroberd zou worden.

Maar juist het gegeven dat dit soort illegale praktijken in deze branche niet ongewoon was, maakte het tegelijkertijd ook onwaarschijnlijk dat Dankov van een eventuele opening van Ribekes club zo over zijn toeren geweest zou zijn dat hij met zoveel lawaai en haast binnenstormde om van die opening luidkeels gewag te maken. Dat had hij veel meer terloops gedaan, met een scheve grijns, ook al ondermijnde zo'n illegaal huis niet zelden de officieel wel erkende clubs en gelegenheden en had de vestiging ervan wel eens tot onfrisse praktijken, om niet te zeggen geweld-dadige confrontaties in de buurt geleid. Daar hield Stielke zich altijd verre van, maar zelfs al zou hij dat niet hebben gedaan, in Dankovs wereld was fysiek geweld geen shocke-rende uitzondering, maar deel van de natuur waartoe hij behoorde. Niet iets waarvan hij overstuur raakte, kortom. Het moest wel iets anders zijn, iets... iets groters.

Rega keek naar Yvette, die haar ritme hervonden had, en zich opmaakte voor de onwaarschijnlijke schroefbeweging waarmee ze zich aan de mannen zou tonen als wat ze was: een in de gekleurde lichten mat glimmend lijf, kleine ste-vige borsten, wat smalle heupen, een klein toefje schaam-haar, dat wat glinsterde als het licht erlangs streek, en lange gespierde, maar vrouwelijke benen. En dat alles in een hou-ding die jaren balletlessen verraadde en een toekomstideaal waarin striptease in Das Rote Kabinett nooit was voorzien. Het knappe van die beweging van haar was dat je, zodra ze naakt voor je stond, je niet meer kon herinneren dat ze haar witkanten niemendalletje had uitgetrokken. Alsof de handeling zelf uit het gebeuren was weggeknipt. Rega had het nu al ontelbare malen gezien, en nog steeds begreep hij niet precies hoe ze het deed. Als een truc van een gooche-laar waar je met je neus bovenop staat – en je ziet niet hoe, niet wat, niet wanneer.

Harko lag nu bijna met zijn hoofd op zijn tafeltje en keek naar boven. Zelfs in het schemerige licht van het lampje kon je zien dat hij rood, hoogrood geworden was, en zweette. Yvette stond zo ongeveer boven hem, haast over hem heen en draaide nog één keer met enkel haar onderlijf enkele ellipsen.

Oye mi canto
Hay que dejarlas atrás
No buscar explicaciones
Oye mi canto
Oye mi canto
Oye mi canto

En Rega zag het gebeuren, precies wat hij altijd verwachtte (of vreesde), maar door Dankovs plotselinge verschijning toch weer even uit het oog verloren was – hij zag het gebeuren, en Stielke ook, want op het moment dat hij uit de startblokken wilde schieten om de inmiddels gevloerde Yvette te hulp te komen, terwijl hij tegelijkertijd op de knop onder de bar drukte om Dankov binnen te roepen – Dankov die dan bij de deur een rode lamp zag oplichten, onmiddellijk afsloot en naar binnen rende – op het moment dat hij aanstalten maakte om over de bar heen te klimmen, was ook Stielke al achter hem verschenen, op weg naar het halve klapdeurtje dat de ruimte achter de bar afsloot voor het publiek.

In een flits had Harko zijn... zijn klauw rond Yvettes enkel geslagen en trok hij haar onderuit terwijl hij zelf overeind kwam, zijn tafeltje omkieperde, en in een en dezelfde beweging het podium beklom. En ook nu was het alsof er een paar beeldjes waren verdwenen uit het geheel, want Rega noch Stielke, vermoed ik toch, zag hoe of wanneer Harko het voor elkaar had gekregen om plotseling met zijn hoofd tussen Yvettes spartelende benen te liggen, waar hij stotende bewegingen maakte alsof hij verwoede pogingen ondernam haar zo binnen te dringen.

Waar bleef Dankov?

Rega's impuls om de meest rechte lijn naar het podium te kiezen – over de bar, over een paar tafeltjes – was niet de meest gelukkige. Bij de afsprong nam hij een barkruk mee, verloor zijn evenwicht en kwam op een tafeltje terecht, dat het krakend begaf. Toen hij opkrabbelde, was Stielke al bij het podium, hangend aan Harko's enkels. De muziek was nu stilgevallen en je kon Yvette horen tieren, vloeken en schelden, terwijl haar benen links en rechts van Harko schoppende bewegingen maakten en ze met haar vuisten op zijn hoofd, zijn oren stompte, en waar ze maar kon.

'Du Arschgeige du! Drecksack, Schlappschwanz, lass mich los, du Wichser, Scheißkerl!'

Waar bleef toch Dankov, verdomme!

'Dankov!'

Inmiddels hing ook Rega aan een enkel, trokken Stielke en hij Harko nu ieder aan een been van Yvette af, die hem nog enkele rake schoppen in zijn gezicht gaf voordat hij met zijn hoofd op de rand van het podium bonkte, en vervolgens op de grond. Stielke had nu losgelaten, maar Rega... Rega... ik kan het niet anders omschrijven dan dat hij kookte. Hij was misschien nog erger dan Dankov als het ging om het welbevinden van de meisjes, ook al miste hij dan natuurlijk de kracht en ook vaak de moed om op te treden tegen de hufters en harige apen die aan kijken niet genoeg hadden. Harko vormde wat dat aangaat geen probleem. Om hem aan te pakken hoefde je over geen werkelijke moed te beschikken, en over maar weinig kracht. En dus schopte Rega met alles wat hij in zich had Harko nog eens in zijn lendenen. Harko schreeuwde het uit. Rega zwaaide zijn been al naar achteren om nog een keer ferm uit te halen, maar Stielke hield hem tegen. Harko bloedde uit zijn neus, en ook zijn wenkbrauw was gescheurd. Op zijn rechterwang zat een diepe schram. Yvette had goed huisgehouden. Ze zat nu op haar knieën vooraan op het podium, en eigenlijk had het nu voor de hand gelegen dat ze in tranen was geweest, dat er troost geboden moest worden, dat Rega zijn arm rond haar schouder zou slaan, en haar tegen zich aan trekken, en...

Maar Yvette keek alleen maar boos, naar Harko, vervolgens naar Stielke en ook naar Rega.

'Wo ist Dankov, verdammt nochmal!' blafte ze.

Enigszins overbodig keek Rega naar de deur. Vervolgens blikte hij rond. Er was niemand meer. Tafeltjes waren verlaten. Er lag een stoel omver. Iemand had een nog rokende sigaret in een asbak laten liggen. Een half glas bier. Een van de schemerlampjes lag op het tafelkleed, het van riet gevlochten kapje lag een eindje verder op de grond. Inmiddels waren ook Gitta, Marianne en ook de nieuwe... hoe heet ze... Sonja – inmiddels waren ook de andere meisjes achter op het podium verschenen om te kijken wat er gaande was, waarom de muziek zweeg, of misschien hadden ze Yvette horen schelden, Harko horen schreeuwen.

Rega voelde hoe er iets in hem omhoogkwam. Das Rote Kabinett zag eruit als... als... als een wond, als iets, als iemand die zwaar geschonden was, ook al was er niets wat niet met een beetje arrangeren, met wat verschuiven van meubilair en een vochtige doek over een tafelblad hersteld kon worden. Maar even was het geweest alsof hij Das Rote Kabinett in vlammen op zag gaan, alsof Yvette, Gitta, Marianne en ook Sonja waren weggerukt uit de nabijheid die hij altijd bij hen ervoer, de vanzelfsprekendheid, dacht hij, van hun meisjesachtige naaktheid: de kleine borsten van Yvette, de handvol van Gitta – 'Hier Rega, moet je eens voelen,' had ze gezegd, op een avond had ze dat gezegd en zijn handen gepakt en min of meer onder haar borsten gelegd, 'dat weegt nogal, hè?', en hij had gevoeld, gewogen, en geknikt en een beetje onhandig, een beetje ongemakkelijk toch nog, zijn bewondering uitgesproken voor de... de lenigheid die ze bij zoveel... 'Contragewicht', zei hij, en Gitta barstte in een schaterlach uit, 'Kontergewicht!'... de lenigheid die ze bij zoveel gewicht nog tentoonspreidde – even was het alsof hun naaktheid elke vanzelfsprekendheid verloren had, en hij durfde ineens niet meer te kijken naar Yvette, die wijdbeens op het podium zat en met een handdoek tussen haar benen wreef en 'Pfui' zei, en: 'Scheiße', en nog andere verwensingen uitte, bedoeld voor de kreunende Harko natuurlijk, die nog steeds voor het podium lag, maar Rega kon zich niet aan de indruk onttrekken dat ze voor hem en Stielke, vooral voor hem waren bestemd.

En inderdaad wilde hij nu op haar afstappen en zijn arm rond haar schouder leggen, haar hoofd tegen zich aan trekken en zeggen dat ze stil moest zijn. Wees maar stil, rustig nu, ruhig, es ist vorüber, wilde hij zeggen. Hij wilde de afstand tussen haar en zichzelf verkleinen, de afstand die er niet, die er anders nooit was, en die maakte dat zij en Rega, Yvette en Rega, en ook Gitta wel, en Marianne en Sonja, en Stielke en Dankov toch ook, dat er tussen hen geen... hoe heet 't... geen schuldig verzuim, geen schuld bestond, en geen schaamte, geen onderscheid eigenlijk. Geen verwachting. Geen begeerte. Hij wilde op haar afstappen, maar juist op dat moment keek ze hem nog eens scherp aan, op zo'n manier dat het was alsof ze in zijn kleine, zijn eerste beweging in haar richting de voorbode zag van een nieuwe aanval, een nieuwe aanranding. En hij schrok terug.

'Wo ist Dankov, Rega,' blafte ze nog eens, 'verdammter Mistkerl.'

Dankov... Waar was Dankov inderdaad? Alles hing af van Dankov. Alles had altijd afgehangen van Dankov. Van zijn dommekracht – 'Ich bin der *bouncer*', had hij gezegd bij de eerste kennismaking (hij gebruikte het Amerikaanse woord, zoals in de nagesynchroniseerde misdaadseries op tv). 'Der Rausschmeißer' was hij, 'das *wirkliche* Fleisch', had Anika grinnikend toegevoegd. 'Er, nicht wir.' Van zijn brute vermogen was iedereen te allen tijde afhankelijk, van zijn woordeloze, zijn vanzelfsprekende gezag dat in zijn gestalte, alléén in zijn gestalte tot uitdrukking kwam: de brede schouders, zijn wat gedrongen postuur, de in zekere zin koude, blauwe ogen die konden... ja die écht konden priemen, maar waarin je vaak toch ook een kleine schittering kon ontdekken, een zekere glans wanneer hij je aankeek, waardoor je wist: ik ben veilig, mij overkomt niets, 'Dankov ist da.'

Dat laatste lag hem in de mond bestorven. Als hij binnenstormde om lastige klanten tot de orde te roepen ('Dankov ist da!'), als hij de meisjes troostte (want troosten deed hij; hij was de eerste in lijn, zeg maar, en ook de eerste tegen wiens borst Yvette zich vlijde als ze behoefte had aan 'knutschen', zoals ze zei, de eerste in wiens omarming gezocht werd naar de vrede en vredigheid die daarbuiten, op het podium, soms even geheel afwezig was) – ook als hij de meisjes troostte, zei hij, maar dan met iets zachts in zijn stem, met een heesheid die niet bij hem leek te passen: 'Dankov ist da.' En altijd zei hij het als hij binnenkwam; hij stak zijn hoofd om de deur, zei: 'Dankov ist da!', om zich daarna terug te trekken op zijn kruk bij de deur. Alsof de eerste persoon enkelvoud hem vreemd was, alsof hij zichzelf ook ervoer zoals alle anderen hem ervoeren: als de dommekracht daarbuiten, de buffer tussen daar en hier. Het zegel dat Das Rote Kabinett afsloot voor de wereld, behoedde als het ware.

Maar nu was hij niet gekomen en Rega voelde... ja, hij voelde zich zelf aangerand, denk ik. Hij wierp nog een vragende blik op Stielke, die met een gebaar aangaf dat hij de zaak onder controle had en hij liep naar het rode gordijn, naar de dubbele zwarte klapdeur, met geen enkele andere bedoeling dan Dankov om... om rekenschap te vragen, dan om met toch wel enige verontwaardiging te vragen waar of hij nu in godsnaam was, zo-even. Dat Harko had toegeslagen. En nee, nee, het was goed met Yvette. Hij zou zich niet hoeven op te winden, want hij zou, dat wist Rega zeker, nog voordat hij het gordijn had bereikt wist hij zeker dat Dankov bij het horen van wat er was gebeurd onmiddellijk naar binnen zou willen stormen om Harko ik-weet-niet-wat aan te doen. Misschien niet eens meer dan wat Rega, of liever wat iets in hem Harko had willen aandoen en waarvan Stielke hem (nog net) had weten af te houden, maar met drie keer zoveel kracht en geweld. En het lag voor de hand om te veronderstellen dat Harko een trap in zijn nieren van Dankov niet zou overleven – dacht Rega, misschien, toen hij naar het rode gordijn toe liep, in de vaste overtuiging dat hij hem daar zou aantreffen, op zijn kruk meteen achter de buitendeur met het betraliede kijkgaatje, met links van hem een kleine zwart-witmonitor die verbonden was met de camera buiten, en daarnaast, op iets wat oorspronkelijk een plantentafeltje geweest zou kunnen zijn, nog een tv'tje voor de rustige avonden.

Maar Dankov zat niet op zijn plaats. De rode lamp boven zijn kruk brandde nog. Op de monitor zag Rega dat er veel mensen haastig langs de club liepen. Op de kleine kleuren-tv zat een aantal mensen op rode stoelen achter een lange tafel met links en rechts daarvoor een hele batterij camera's en richtmicrofoons. Een grijze man met bril sprak, ogenschijnlijk kalm (het geluid stond uit) een rumoerig ogende zaal toe, eh... Rega kon niet op zijn naam komen (nog niet)... dinges... van het politbureau zag hij. De man keek op een papiertje, keek over zijn bril, keek weer naar zijn papiertje en zei vervolgens iets, waarop, zag Rega, plotseling iedereen in verschillende richtingen begon weg te lopen. Daarna kwam de nieuwslezer in beeld, het hoofd een beetje scheef, met schuin achter hem, zo leek het, bewegende beelden van mensen die samendromden ergens, bij iets, bij een grens, zag Rega, die tussen Hongarije en Oostenrijk zeker weer, dacht hij nog. Maar hij keek er maar vluchtig naar. Nee, dat zeg ik niet goed. Hij keek zonder iets te zien. Of nee, nee... hij zag het wel, maar het drong niet tot hem door. Hij vroeg zich alleen maar af waar Dankov was en waarom de voordeur op een kier stond, zag hij nu ineens. Dat de weinige gasten die zich tijdens Harko's escapade uit de voeten hadden gemaakt, niet de moeite hadden genomen om de deur achter zich te sluiten, kon hij nog wel begrijpen. Maar Dankov zou zelfs na zo'n... zo'n exodus de deur nooit open laten staan. Hij kon niet anders dan concluderen dat Dankov op het moment van de uittocht al niet meer op zijn plek gezeten moest hebben. Dat hij al weg was. Verdwenen. Dat hij was binnengestormd en vervolgens terug naar buiten, door de buitendeur, bedoel ik, de straat op.

Het was toen...

Nee, wacht. Het is nog niet zover.

Eerst ging Rega nog behoedzaam op de deur af, alsof daarachter gevaar loerde, alsof er iets of iemand in een hinderlaag lag, de mannen van Ribeke misschien wel. Die zagen nu natuurlijk hun kans schoon. Die hadden Dankov zien vertrekken. En dat de deur open was blijven staan. En Stielke wilde niet verkopen en zou nooit verkopen en Ribeke wist dat, en nu had hij tegen zijn mannen, zijn... zijn *Bullenbeißer,* tegen hen had hij gezegd: 'Jetzt', of zoiets. En nu lagen ze hier achter de deur te wachten op de geschikte gelegenheid om binnen te vallen en alles kort en klein te slaan.

Of wie weet, zo hoopte Rega vaag, misschien zou Dankov zelf zich plotseling met een ijselijke schreeuw door de deur naar binnen storten. 'Dankov ist da!' Voor de grap natuurlijk. Om daarna bij de aanblik van Rega's verschrikte gezicht, of bij het zien van diens klungelige, verkrampte houding in een bulderlach uit te barsten. 'Rega,' zou hij zeggen, 'du Tunte du!' En vervolgens zou hij hem uitleggen dat je je zo onmogelijk goed kon verdedigen tegen plotselinge aanvallen. En hij zou Rega's ene arm zus buigen, zijn andere arm zo. 'Und jetzt ein bisschen durch die Knien, Rega. Nein!

Nicht ín die Knien, du Trottel!' En zijn rug moest rechter, maar het hoofd meer gebogen, omdat zijn hoofd, 'Rega, dein Kopf kannst du immer anwenden als... als Stormbock, oder so etwas, siehst du?' En dat het sowieso beter zou zijn als zijn houding in voorkomende gevallen een meer stiergelijkende uitstraling zou hebben. Want zoals hij er nu bij had gestaan, dat had meer weg van iemand die in zijn broek had gescheten en hoopte dat niemand het zou zien. 'Aber', zou Dankov zeggen, 'man braucht das nicht zu sehen, Rega. Man riecht das!'

Zulke dingen deed Dankov wel, inderdaad, al was het dan onwaarschijnlijk dat hij daarvoor zijn plaats verlaten zou hebben. Maar Rega ging dus eerst nog behoedzaam op de deur af. Meer dan twee passen waren het niet, maar het leek een eeuwigheid te duren. Hij keek voorzichtig door de kier, schrok even terug toen er twee mensen vlak langs de deur passeerden, op weg naar... op weg naar waar andere mensen, waar die aan de overkant van de straat ook naar op weg waren misschien, gehaast op weg, zag hij door de kier. Niemand lette op de deur, de deur van Das Rote Kabinett, of op de foto's in het vitrinekastje naast de deur. Zoals restaurants hun menu uithangen, zo had Stielke naast de deur een vitrinekastje met wat foto's van een dansende Yvette, en ook nog een van Anika, al danste die toen al lang niet meer in Das Rote Kabinett, geloof ik toch. Zedige foto's, of met toch niet meer zichtbaar dan een heel klein stukje van Yvettes tepel net achter een sierlijk geheven hand, en van Anika die waarop ze in spagaat op de vloer zit - naakt, maar zo genomen dat je van het een noch het ander werkelijk iets ziet (een beetje schaduw aan de voorkant waarin je je makkelijk kunt vergissen, dat wel) en met haar armen kunstig geheven juist voor haar borsten. Maar niemand die ernaar keek. Iedereen was op weg naar iets, haastig op weg.

Hij opende de deur nu volledig. Maar Dankov was verzwonden... verdwenen, zoveel was zeker. Hij had hen achtergelaten. Onbeschermd achtergelaten. Yvette, Rega, en de anderen, de andere meisjes. En Stielke. En Rega. En weer kreeg hij dat weeë gevoel in zijn maag, iets wat het midden hield tussen... tussen woede en angst, geloof ik, als dat al iets anders is. Als er nu supporters kwamen, dacht hij. Of een bus vol Harko's, vol graaiende behaarde armen, bloeddoorlopen ogen, open monden, vol dommekracht en geilheid, dronken van lust, een wilde horde te paard, als het ware, het rechtgeleunde, in aanrichting... het aangaande paard of zoiets... Hij kwam er even niet op... Enfin, een wilde horde was het, zou het zijn. Ze zouden geen kans hebben. Er zou niemand tussen hen en de indringers staan, niemand wiens geblokte gestalte garant stond voor op zijn minst enige aarzeling bij de belagers, voor enig respijt, voor dat kleine ogenblik uitstel dat hen misschien in staat zou stellen om weg te komen, om hun huid te redden. Een brandschattende meute die hun overhuifde, hun warmrode huis met een vernietigende kracht zou binnentrekken en alles in rook doen opgaan. Rega voelde het trekken rond zijn mond.

Hij opende de deur nu volledig (dat zei ik al), volledig, eventueel om zich dan maar over te geven aan wat hem daarbuiten te wachten stond, aan wat of wie hem met een paar rake klappen buiten westen zou slaan, bijvoorbeeld, of erger. En de eerste die hij zag was inderdaad Ribeke.

Diens immense gestalte leunend in de deuropening van Steinmann Gemüse tegenover – als het dat al was, leunen, als het niet meer een klemzitten was. Achter hem, in het licht van her en der opgehangen looplampen, ontwaarde Rega nog net enige stellingen, dacht hij; er lagen een paar zakken Knauf, en verder zag hij nog een grote zwarte plastic kuip waarin metselaars gewoonlijk hun cement of wat was het aanmaakten. Er leek niemand aan het werk te zijn.

Hij knikte hem toe, Ribeke knikte hem toe, vriendelijk. En ineens leek hij Rega een redder in de nood, iemand die de verhoudingen herstelde, rust bracht, vertrouwdheid representeerde. Een vaste waarde, Miroslaw Ribeke. Hij knikte terug, aarzelde even, stak toen toch de straat over, waarbij hij moest uitwijken voor alweer een klein groepje mensen dat haastig richting Nollendorfplatz liep, nog net niet rende. Hij stak de straat over, zonder jas stak hij de straat over, en nog voordat hij goed en wel bij zijn deur was, vroeg hij al of Ribeke Dankov misschien had gezien. Ribeke maakte een beweging met zijn hoofd in de richting van de Nollendorfplatz en Rega keek onmiddellijk in de aangegeven richting, alsof hij Dankov daar nog zou zien. Hij zocht ook daadwerkelijk tussen de gehaast weglopende mensen naar zijn vertrouwde rug, geloof ik.

'Schon zehn Minuten her', zei Ribeke, zweeg even en voegde toen toe: 'oder fünfzehn.' Hij keek naar zijn nagels, keek vervolgens de andere kant op.

'Meine Türken sind auch dort', zei hij, op een toon alsof het hem onuitsprekelijk verdriet deed. Alsof zijn wereld was ingestort.

Dort.

Rega keek onwillekeurig met hem mee.

'Dort?' vroeg hij.

'Nein, nein, dórt', zei Ribeke, en wees nu weer richting Maaßenstraße en de 'Nolle', zoals hij het plein ook wel, haast liefkozend noemde. 'Die sind ja alle zur Mauer.'

'Mauer', zei, echode Rega.

En het was... nee, zelfs toen nog niet, zelfs op dat moment drong nog niet tot hem door wat er gaande was, al lijkt me dat nu onwaarschijnlijk. Alsof hij het niet wilde begrijpen. Alsof hij uitvluchten zocht. Afleiding. Wat misschien ook wel zo was. Want het schoot hem nu ineens weer te binnen. Schabowski! zo schoot hem te binnen. Of hij zei het, hardop. 'Günter Schabowski.' Die man achter de tafel met de rode stoeltjes. Op tv. Op Dankovs kleuren-tv'tje bij de deur: dat was Schabowski geweest. Zo heette hij. Günter Schabowski. Ineens wist hij het. Maar het verband met de andere beelden, het verband tussen dit prominent lid van het Oost-Duitse politbureau, de Trabantjes aan de Oostenrijks-Hongaarse grens, de beelden van een mensenmassa bij de een of andere grensovergang achter het scheve hoofd van de nieuwslezer, de menigte in de tuin van de West-Duitse ambassade in Praag, het verband met wat Ribeke zojuist had gezegd en wat daarvoor Dankov had geroepen ('Die machen auf, verdammt Mann', of 'Mensch', of wist hij het), het verband met het woord dat hij zo-even toonloos, als in een roes Ribeke had nagezegd ('Mauer', zei hij, hij had 'Mauer' gezegd) – het ontbrak nog steeds, of hij stond zichzelf niet toe het te zien. Dat kan ook. Het was alsof er in zijn hoofd enkel losse woorden bestonden, als her en der op muren of op... op... hoe heet 't... op flap-overs genoteerde, lukraak onderstreepte en omcirkelde termen en begrippen waarachter een hele wereld schuilging, schuil móést gaan. Het kon niet anders of dit alles verwees naar een samenhang, naar een plek misschien, maar Rega zag het niet, wilde het niet zien, denk ik. Hij rilde. Van de kou, denk ik. Schelp, dacht hij nu, misschien. 'Schaal', zei hij.

'Was?'

'Kom', zei Rega. En: 'Den Uyl, Wiegel, Van Agt.' Het ontsnapte hem.

'Wer?'

'Heiligbeen, staartbeen', zei hij nu. 'Tulsa!' Het schoot hem ineens te binnen.

'Rega...' zei Ribeke nu, en hij keek bezorgd, wat een bepaald komisch gezicht was. 'Was ist...'

Maar hij was niet meer te stuiten, nu. 'Mireille', zei hij, en schrok. Hij slikte, schraapte zijn keel. 'Bankhamer, carnaval. Logos. Consumptio perpetuum progrediens.' Het kwam er vloeiend in één keer uit. 'Godverdomme', zei hij nu, meer uit enthousiasme dan uit woede, denk ik. Al kunnen het ook zenuwen geweest zijn. Hij schoot zelfs in de lach. 'Sinaasappel!' Geen verband de dingen hadden geen verband hadden de dingen geen verband met elkaar en met iets anders of zichzelf.

Ribeke had nu zijn beide handen ongeveer ter hoogte van zijn welvende borstpartij geheven, kleine mollige handjes waren het, de polsen slap. Hij zag er ineens helemaal niet uit als de seksexploitant annex maffiabaas waarvoor Rega hem altijd had gehouden. Hij had iets van een overjarige, zwaarlijvige poedel die heen en weer zwaaiend tussen hoop en vrees op zijn achterste poten zat en om nog een worstje bedelde.

'Pudel,' gulpte het uit Rega, 'Herz!' En hij maakte een gebaar naar Ribekes kale hoofd, die verschrikt zijn korte nek nog wat introk. 'Het... het behaviorisme... eh... Behaviorismus oder so etwas', zei Rega nu, en hij keek hem nu plotseling... ernstig aan. 'Burgerl... eh... bürgerliche Reflex... eh... bürgerliches? -licher? Die das dem der den das du.' En hij schoot weer even in de lach, en zette plotseling uit volle borst die kraker... die schlager van... kom, hoe heet hij... - plotseling, uit volle borst zong hij: 'Du bist alles was ich habe auf der Welt, du bist alles was ich wi-hi-hill', en Ribeke leek nog meer in elkaar te krimpen, aanvankelijk met open mond. Maar toen Rega hem na zijn naar de hemel gerichte laatste muzikale uithaal weer aankeek, was het eerder alsof zijn hele lichaam in al zijn gedrongenheid bijdroeg aan de kwade frons die nu op zijn gezicht verschenen was en die zelf weer de voorbode leek van een zich machtig oprichten, van een uitbraak van dit immense lijf uit de deurposten waartussen het geklemd leek te zitten.

'Rega, willst du mir etwa verarschen oder was?'

Nu was het Rega die hem met open mond aankeek. De woorden die zich zo-even nog in een onhoudbare vloed aan hem opdrongen, leken nu om en in elkaar draaiend ergens te verdwijnen, weg te lopen als water in een afvoerputje. Niet dat het daardoor stil werd in zijn hoofd. Integendeel. Het was alsof er iemand continu en ondraaglijk hoog en hard gilde of schreeuwde (misschien was hij het zelf wel). Het was niet te verstaan. Hij sloeg zijn beide handen tegen zijn oren. En terwijl Ribeke nu begonnen was aan een eigen woordenreeks, met gezichtsuitdrukkingen die verbazingwekkend snel veranderden, maar in alle gevallen varianten bleven van boosheid en dreiging, van onversneden woede en kolkende toorn, ook al hoorde Rega niet wat hij zei – terwijl Ribeke tekeerging, keek Rega weer naar rechts, naar de Maaßenstraße en de 'Nolle'. 'Dankov ist da... dort', zei hij, Ribeke onderbrekend. En zonder nog een woord te zeggen draaide hij zich om en begon te lopen, Ribeke nogmaals verbluft zwijgend in de deuropening achterlatend.

Was het toen dat hij zich realiseerde wat er gaande was? Dat hij begreep waarnaar de mensen op weg waren? Begreep hij dat Schabowski zojuist op tv, of al eerder op tv, ieder uur, ieder journaal en ingelast journaal opnieuw, in eindeloze herhaling had hij, had Schabowski gezegd dat de Muur openging, of toch iets wat erop leek. Reporters waren de zaal uit gestormd op weg naar telefoon en telex, zoals Dankov zijn kruk had verlaten, binnen en weer buiten was gestormd. En het nieuws ging als een lopend vuurtje rond de aardbol, sneller dan het geluid, als zoiets kan. Drong het tot Rega door? 'Die machen auf, verdammt noch mal, Mensch, die machen wirklich auf'?

Hij was op weg nu, dat valt niet te ontkennen, zonder jas op weg. Weg van Das Rote Kabinett, weg van de dieprode omarming, van de nabijheid van Yvette of Gitta, Marianne of dingetje... Sonja – van de meisjes, hoe ze ook maar heetten, de blote meisjes wier naakte huid eerder vertrouwdheid dan verlangen was voor hem. Voor hem. Niet voor de klanten, de Harko's, de grijzende of kalende mannen, de enkele getatoeëerde twintiger met een paar kornuiten, die bij het zien van een huidplooi hier, een schaduw daar in een staat van opperste opwinding konden geraken. Alleen voor

Rega was de naaktheid van de meisjes een teken van de intimiteit in de gloed waarvan hij baadde, om het zo maar te zeggen. Nee, geen teken, een ondubbelzinnig bewijs was het. Het was warmte. Het vroeg om niets dan zichzelf. Het was de totale vrede. Het evenwicht. Of verdoving of zoiets. Of misschien zelfs wel het geluk zelf. Dat het hier eindigde of al geëindigd was, er niets meer hoefde, nooit meer. Maar dat het doorging in hoe het er ophield, als het ware. Of nee, dat het daar, in de warmte van Das Rote Kabinett eindigde in hoe het doorging, eerder.

Ik zeg dit niet goed.

Maar hij bewoog weg van dit alles, dat valt niet tegen te spreken. Wist hij toen al waar naar toe, naar wat?

Hij beende nu haastig door de Maaßenstraße in de richting van de 'Nolle', onder het viaduct van de u-Bahn door, langs de haveloze grasperkjes, waar hologige junks in het lantarenlicht samenklitten, of uitgeteld op hun rug lagen te staren naar iets wat ook in de hemel niet te vinden was. Maar nog steeds was hij minder op weg, zo lijkt me toch, dan op zoek, op zoek naar Dankovs vertrouwde gestalte, zijn wat schommelende gang die werd veroorzaakt omdat hij liep alsof... alsof hij iets enorms tussen zijn benen had hangen, zo zou... zou Werda hebben gezegd, dacht Rega, en hij schudde even met zijn hoofd alsof hij zich van hem onverhoeds bestormende gedachten wilde bevrijden, van herinneringen die hij niet wilde hebben en gewoonlijk ook niet had (juist omdat hij het niet wilde, denk ik, zozeer niet wilde dat hij vergeten was dat hij het zich herinnerde, altijd), en die hem nu verrasten, hem besprongen en hem even, heel even het gevoel gaven dat het trottoir onder zijn voeten uit onafhankelijk van elkaar bewegende stoeptegels bestond.

Het was niet dat hij niet begreep dat ook hij op weg was naar... naar waar iedereen heen leek te gaan, plukjes mensen, langsscheurende, claxonnerende auto's op weg naar... naar waar De Muur openging, zo had hij nu toch begrepen, ergens in het noorden van de stad. Hij trachtte zich koortsachtig alle grensovergangen te binnen te brengen: Checkpoint Charlie natuurlijk, maar daar leek niemand naar op weg; de brug over het Schiffahrtskanal in de Invalidenstraße misschien, of de, hoe heet het... de huppeldepupstraße... de Chausseestraße, dat was het...

Iemand hing schreeuwend uit het raam van een crèmekleurige, hij dacht crèmekleurige Mercedes. 'Jíííí-háááá!' Hij voelde iets langs zijn gezicht strijken en het volgende moment zag hij een fietser met een wapperende Duitse vlag – het leek een Duitse, de West-Duitse vlag – richting Hofjägerallee en Siegessäule racen. Hij was buiten adem, maar liep door, links de brede Allee, met aan de overkant daarvan en direct rechts van hem de kale, de bladerloze bomen van Tiergarten en recht voor hem, hel verlicht, de, zo had hij altijd gevonden, ridicule zuil met... met... hoe heette ze... Victoria? Ja, maar Dankov, Dankov zei iets anders...

Dankov. Het ging om Dankov, dacht hij weer, bleef hij maar denken. Rega liep niet, rende niet half struikelend naar waar iedereen heen ging of heen leek te gaan, alsof de hele stad ging samenkomen op een en dezelfde plek, miljoenen en miljoenen (hij overdreef; er reed nog genoeg verkeer precies de andere kant op) – hij rende niet daarheen omdat de Muur openging, meende hij, maar enkel en alleen omdat hij Dankov zocht. Omdat hij Dankov terug moest vinden, zo was zijn vaste overtuiging. Omdat zonder Dankov de innige beslotenheid van Das Rote Kabinett niet langer verzekerd was, noch tegen het verderf van binnenuit, de grijpende handen in de bedompte rode ruimte, noch tegen indringers van buitenaf, de knok-ploeg van Ribeke, als die al bestond, of van een andere concurrent die in de nabijheid een striptent of sekstheater wilde openen, met liveacts of juist volgestouwd met krappe cabines waar de klandizie na het inwerpen van speciale, aan de kassa verkrijgbare muntjes een keuze kon maken uit een eindeloze rij titels. Of zo heb ik me toch laten vertellen.

Hij stond hijgend op de brug over de Spree. 'Luther-brücke' stond er op een geëmailleerd plakkaat dat aan de brugleuning was bevestigd, maar Rega zag het niet, denk ik. Hij keek naar het zwarte water van de Spree. Achter hem passeerden nog steeds claxonnerende auto's vol schreeuwende en zingende mensen. Uit een oud vw-busje knalde Beethovens 'Ode an die Freude':

Freude, schöner Götterfunken,
Tochter aus Elysium,
Wir betreten feuertrunken,
Himmlische, dein Heiligtum!
Deine Zauber binden wieder,
Was die Mode streng geteilt;
Alle Menschen werden Brüder,
Wo dein sanfter Flügel weilt.

Ah ja, alle mensen broeders, ja, jazeker, hoorde hij Puut nu zeggen, dacht hij, 'maar niet onverschillig hóé, hè Rega, niet onverschillig hóé' – en dat we het met 'vreugd' alleen niet zouden redden, zou hij zeggen, en dat die vreugd van... 'Van wie is 't? Schiller? Van een *Spießbürger*, natuurlijk, van wat anders, hm?' – dat die vreugd van zo'n Schiller waarschijnlijk niet toereikend zou zijn om alle mensen – 'álle mensen, Rega, állemaal dus, hè!' – om werkelijk allen met allen te verbroederen. Dat zou hij zeggen. Puut. Natuurlijk. En Werda, Werda zou brommen dat de toekomende tijd hem bepaald gevaarlijk leek. 'We zíjn, Daniël,' zou hij zeggen, 'onder een en dezelfde bom zijn we, in al onze onoverbrugbare verscheidenheid; dat we broeders zouden wórden, veronderstelt dat een van de partijen er eerst een gaat gooien. Zonder grote gelijkheid geen broederschap, en geen broederschap zonder een groot, een vernietigend gelijk.' En hij zou een loopje op zijn gitaar spelen of iets verschikken aan de epauletten op zijn juist op de kop getikte tweede- of derdehands legerjasje, dacht Rega.

Rosa, dacht hij, en schudde met zijn hoofd als een paard.

Hij omklemde de brugleuning met beide handen zo hard dat zijn knokkels wit zagen.

Hij kreeg het koud van het stilstaan.

Goldelse! Die figuur op die zuil, Goldelse noemde Dankov haar haast liefkozend, alsof ze een van zijn meisjes was, een gevleugeld gouden exemplaar.

Bij welke grensovergang zou hij zijn, Dankov, dacht Rega, terwijl hij zich weer in beweging zette, onder het viaduct van de s-Bahn door, waar één straatlantaren kapot was, de andere flikkerde, zodat het even leek alsof iedereen zich schoksgewijs voortbewoog, naar het kruispunt bij de Justizvollzugsanstalt Moabit. Op een huppeldrafje ging hij rechts en toen meteen weer links, linea recta op de brug bij de Hamburger Bahnhof af, de eerste grensovergang, nog minstens een kilometer verderop. Hij kon het niet goed zien. De lantarens maakten lichtvlekken op het plaveisel, en wat achter de volgende lichtplas lag was maar moeilijk waar te nemen. Hij rende nu weer. Zijn voeten deden pijn, maar hij rende. Onversaagd. 'Auferstanden aus Ruinen, und der Zukunft zugewandt', zong het ineens in hem, of misschien, waarschijnlijk, welhaast zeker zong hij het hardop. Bijna alsof hij hoopte dat de slagbomen vanzelf zouden openen, de... het prikkeldraad... de... kom hoe heet het... Spaanse? Friese ruiters? – alsof dat alles door dienst-willige en voorkomende Oost-Duitse grenswachten ter zijde geschoven zou worden om hem toegang te verschaffen als hij uit volle borst zingend zou naderen. 'Open them pearly gates to me' (van wie was dat toch ook alweer?)

Alsof hij zich überhaupt toegang wílde verschaffen, zo zei hij tegen zichzelf. Alsof het hem erom ging de grens over te steken en binnen te treden in de socialistische heil-staat, waar... waar broeder Lenin en broeder Marx het wel-bevinden der ganse mensheid met een op streng weten-schappelijke inzichten gebaseerde leer verdedigden tegen de verderfelijkheid van de kosmopo... nee... de imperialisti-sche, dat was het... de imperialistische en kapitalistische grootmachten, die geen ander doel hadden dan de uitbui-ting van velen ten koste van enkelen. Alsof hij daar wilde zijn. Alsof het daarom ging, om de macht van de rede en haar universele aard, of hoe heette dat ook alweer, om de...

de onderlinge verbinding, verbintenis, verbondenheid... de samenhang van de afzonderlijke bewustzijnen die de universele rede met elkaar deelden. Was het dat? Het individuele bewustzijn dat zich had bevrijd van... van de maatschappij – nee, van de kapitalistische maatschappij natuurlijk, van de tegenstelling tussen productiekrachten... eh... meesters, slaven.

Rega schudde even met zijn hoofd. Daar ging het dus niet om. Het ging niet om toegang te verkrijgen tot de... de... *Arbeiter- und Bauernstaat,* net nu deze heilstaat, zo werd toch gezegd, zo ging als een lopend vuurtje rond, zo was bij monde van Schabowski, Günter Schabowski bekend geworden, net nu dit hermetisch van het verderfelijke Westen afgesloten socialistische paradijs zijn grenzen opende – eerder, zo begreep ook Rega wel, om er mensen uít te laten dan om de aan westerse zijde van ongeduld trappelende menigte bínnen te laten. Maar daar ging het Rega dus niet om, dacht hij toch, om *der historische Augenblick*, of iets dergelijks, om *das historische Verfahren,* om de... de *historische geschiedenis* of woorden van gelijke strekking. Hij rende niet op prikkeldraadversperringen en slagbomen af om deel te hebben aan de wereldgeschiedenis. Geenszins. Het ging noch om geschiedenis, noch om toekomst. Rega's tocht noordwaarts had een andere... een andere *betekenis* dan die van al die mensen met wie hij, zij het niet in een groep, meeliep, van die voor hem onzichtbare maar toch voelbare, die al meer en meer rijzende stroom uit de richting van Kreuzberg, Charlottenburg, Wilmersdorf of Schöneberg, die zich via verschillende wegen naar dat ene, datzelfde punt leek te bewegen, naar daar waar de

Muur zou opengaan, of al opengegaan was, misschien. Het ging om Dankov, zei hij weer tegen zichzelf, om Das Rote Kabinett, om de rode omarming en de stilte, het zwijgen in zijn hoofd – daar ging het om. Niet om het goede of het kwade, om het betere of het slechtere, al evenmin om het juiste of onjuiste ging het. Het ging om zijn en om dat te mogen. Zijn, dacht hij, zonder meer, bedoelde hij; dat het hem was toegestaan om er te zijn, eigenlijk. Daar ging het om. Om Dankov dus, die voor dit alles instond, dacht hij, meende hij wel zeker te weten.

Hij was nu tot op een paar honderd meter van de brug over het Schiffahrtskanal op het Invalidenstraße genaderd, nog niet helemaal tot bij het oude Hamburger Bahnhof, en hij zag, hij had het al gezien: hier was Dankov niet. Hier was niemand, niemand anders dan wat witte, niet goed te onderscheiden gezichten achter de afrastering aan de overzijde van het kanaal, die zich allemaal tegelijk, zo leek het, in zijn richting draaiden. Hier zat alles potdicht. Hier was niets gaande. Alsof hier niet gold wat Schabowski gezegd had, alsof het heden hier niet aangebroken was, nog niet, of zelfs ook maar ooit aan zou breken. Alsof deze plek was achtergelaten in zijn eigen tijd door anderen die inmiddels elders waren – zoiets. En hier ook zou blijven. Altijd.

Rega aarzelde. Hij hijgde. Hij zag dat hij hijgde. Zijn adem maakte wolkjes in de koude lucht. Op een meter of driehonderd voor de grensovergang in de Invalidenstraße stond hij stil en keek naar de witte vlekken achter de slagbomen die naar hem keken. Hij zag, iets meer naar rechts en een klein beetje hoger, het licht van de straatlantarens reflecteren in de verrekijker die vanuit de wachttoren op hem was gericht. Alsof iemand een foto maakte, hem vastspijkerde... eh... hoe heet het... *aufspeicherte* - vastlegde, hier op deze plek, voor altijd.

Maar na enkele ogenblikken draaide hij zich dan toch om en liep, nee rende - hij begon weer te rennen - de Heidestraße in, een lange rechte straat langs het voormalig rangeerterrein. Hij voelde steken in zijn zij. Hij kon niet meer. Maar hij liep door, iets trager nu. Hij ging rechts over de brug over de Nordhafen, en na nog eens bijna een kilometer kwam hij, inmiddels strompelend, aan op de hoek van de Sellerstraße en de Müllerstraße, waar hij rechts, een kleine vierhonderd meter verder, wist hij, zicht had op de grensovergang van de Chausseestraße. Hij klampte zich vast aan een lantarenpaal op de hoek.

Ook hier was er geen beweging, zeker niet aan de westelijke kant, maar ook niet aan de oostzijde, dacht hij. Ook hier was niks zichtbaar van wat Dankov in alle staten had gebracht, wat reporters plotseling het zaaltje had doen verlaten waar Schabowski - aarzelend, herinnerde hij zich nu, met een hapering, met een wat hulpeloze blik op een vodje papier voor hem, van zo nabij gefilmd dat het bijna mogelijk was met hem mee te lezen, de hanenpoten te ontcijferen die op het, dacht hij, licht trillende papiertje in zijn hand stonden, een kleine trilling die hij had kunnen zien, als hij goed gekeken had, als hij beter had opgelet - het zaaltje waar Schabowski had gezegd wat hij had gezegd. Rega wist niet wat precies. Maar hij had iets gezegd. Dat de Muur openging, beweerde Ribeke. Maar hier waren geen mensenmassa's die zich bij de slagbomen, het prikkel-

draad, de wachttorens verdrongen in afwachting van wat
op tv en elders, in kranten en tijdschriften straks natuurlijk
omschreven zou worden als het grote historisch ogenblik
waarop Oost-Duitsland, de veertigjarige DDR haar grenzen
opende en het na lange tijd, na bijna dertig jaar strenge
deling, bijna dertig jaar Muur, eindelijk weer mogelijk was
dat lang verloren gewaanden elkaar opnieuw in de armen
sloten, dat ooit uit elkaar gerukte families elkaar weer vrij-
elijk konden zien en aanraken, dat oude, door het lot, het
noodlot, de historische noodzakelijkheid gescheiden min-
naars elkaar weer konden omhelzen.

Rega tuurde door de spleetjes van zijn ogen.

Ribeke!

Hij hield zijn adem in. Nee, zijn adem *stokte in zijn keel*.

Ribeke, godverdomme!

Misschien had hij gelogen, Ribeke. Misschien ging de
Muur wel helemaal niet open, had hij dat maar verzon-
nen om na Dankov ook Rega nog uit de weg te hebben,
al had hij van hem dan ook weinig te vrezen. Misschien had
die Schabowski wel iets heel anders gezegd. Er kon zoveel
gezegd worden wat journalisten meteen in vuur en vlam
zette, de grootste onbenulligheden soms, en in het licht
van de recente gebeurtenissen, in het licht van de puffende
Trabantjes aan de grensovergang tussen Hongarije en
Oostenrijk, dat gedoe in en rond die ambasade in...

In het licht van de onrust van de laatste maanden was
het ook heel goed mogelijk dat de verenigde pers in dat
zaaltje met de rode stoelen plotseling richting telefoons
was gerend omdat Schabowski aangekondigd had dat...
dat er nog een twééde Muur bij kwam of zoiets, of dat ze

hem hoger gingen maken, nog één keer zo hoog. Dat het afgelopen was met die landverraders die in landen die het klaarblijkelijk niet meer zo nauw namen met hun plichten tegenover het ware socialisme, over de grens vluchtten omwille van zoiets onwaardigs als broodroosters en kleuren-tv's. Want wij dachten toch niet, had Schabowski kunnen zeggen, dat al die... die *Ausreisenden*, dat die zich ook maar een moment bekreunen om datgene waarmee het Westen altijd schermde: die fetisj van de vrije meningsuiting, die heilige koe van de vrijheid überhaupt? Als ze dat al zeiden, dan lieten ze meteen zien wat ze daaronder verstonden: ongebreidelde materiële hebzucht, simpele bezitsdrang, ook al ging dat ten koste van een ander. En, had Schabowski daar gemakkelijk aan kunnen toevoegen als hij dat had gewild: een dergelijke vrijheid, *Genossen*, zou hij hebben kunnen zeggen, was natuurlijk geen vrijheid, maar integendeel juist een wurgende afhankelijkheid van... van de technocratie en van een... een uniform wereldbeeld – nee, een op consumptie en productie gebaseerd wereldbeeld dat geen ruimte meer liet voor de trancendentale krachten en eh... eendimensionale creaturen eh... creëerde.

Misschien had hij dat gezegd, Schabowski, in plaats van wat Ribeke hem op de mouw had gespeld. En nu, terwijl Rega hier stond, op een kruispunt waar niets te zien was, – nu was Ribeke natuurlijk doende om alles in Das Rote Kabinett kort en klein te slaan, duwde een van zijn bullebakken Stielke grijnzend tegen de muur, een mes op zijn keel, terwijl anderen ogenschijnlijk in blinde woede, maar in werkelijkheid op een akelig ordelijke manier Das Rote Kabinett aan het slopen waren. Of met de meisjes... de meisjes... op het podium... Yvette, op haar buik, haar hoofd zijwaarts gedraaid, haar betraande gezicht, één arm boven haar hoofd, één onder haar lichaam...

Waar was Dankov? Waar in godsnaam – in godsnaam, dacht hij – waar in godsnaam was Dankov?

Rega liet zich op de grond zakken nu. Hij was doodop. Zijn bezwete lichaam dampte in de kou, alsof hij ieder moment in vlammen kon opgaan, zo leek het van een afstandje. Hij voelde zich verslagen. Hij had het gevoel dat hij te laat was. Te laat om Yvette te redden uit de handen van Ribeke. Te laat om Dankov te redden van... van de massa, misschien, dacht hij, de menigte waarin hij zou op- en ondergaan. Te laat om zichzelf te redden van... van iets... alles...

Hij liet zijn hoofd tegen de lantarenpaal rusten en sloot even zijn ogen.

Om ze onmiddellijk weer open te doen. Want uit de straat die schuin rechts wegliep van het kruispunt waar hij stond, kwam het onmiskenbare pruttelgeluid van een *Trabbi*, een... de *Personenkraftwagen* met zijn tweetaktmotor, zijn wankelmotor. En onmiddellijk daarna zag hij een Trabant 601 uit een straat komen, een Trabant met een nummerplaat die niet van hier was, niet van West-Berlijn, niet van West-Duitsland. 'IEY-4-51', las hij. Die was niet van hier. Die was van daar. Het autootje nam de bocht met wat een vervaarlijke snelheid leek, en in een flits, terwijl het rakelings langs Rega scheurde, zag hij dat het vehikel afgeladen vol zat. Door de grotendeels beslagen ramen zag je opgepropte lichamen op de achterbank en het leek wel alsof er naast de bestuurder, waar normaliter nauwelijks één iemand past, nu twee mensen zaten, zich klein makend om degene achter het stuur nog enige ruimte te geven om te manoeuvreren. Het wagentje zwenkte van rechts naar links.

En nog voordat het uit zicht verdwenen was, hoorde hij achter zich nog eens dat typische geratel van die hopeloos verouderde motoren, ook al ging het hier dan om wat ooit de trots van de DDR was geweest, en nog steeds was, eigenlijk. Hij draaide met een ruk zijn hoofd om en zag op een kruispunt ruim driehonderd meter verder naar het noorden nog eens drie, vier Trabantjes achter elkaar voorbijkomen uit de richting van de... de hoe heet 't. In zuidwestelijke richting gingen ze. In de richting van de Ku'damm natuurlijk.

Komend van de Bornholmerstraße...

De Bornholmerstraße. Natuurlijk. De Bornholmerstraße...

En ineens wist hij wat hij achter het scheve hoofd van de nieuwslezer had gezien, die mensenmassa bij een grensovergang waarvan hij nog dacht dat het de Hongaars-Oostenrijkse grens wel weer zou zijn. Ineens herinnerde hij zich de twee op tv wat groenig ogende metalen bogen aan weerszijden van de weg en de twee overspanningen met aan het eind, midden op het wegdek als het ware, de wachttoren.

Bösebrücke. De brug over het spoor in de Bornholmerstraße.

En het was toen, nu, op dat, op dit moment, denk ik, dat hij het wist, dat hij eindelijk begreep waarnaar hij op weg was. Dat hij zich realiseerde dat het niet zozeer om Dankov ging, waarschijnlijk, of in elk geval niet in de eerste plaats. En zelfs niet om Das Rote Kabinett, al was hij tegelijkertijd natuurlijk opgelucht dat Das Rote Kabinett nog niet verloren was wellicht, dat Ribeke toch de waarheid had gesproken en dat Stielke, na ook Rega's vertrek, waarschijnlijk kalm en bedaard de deur op slot had gedraaid in afwachting van de politie, die intussen door Yvette was ingelicht en die Harko in de boeien zou slaan, Harko die inmiddels op een stoel zat, een tissue tegen zijn bloedende wang, denk ik. Geen meute wilde honden die het rode vilt van de muren trok, glazen tegen de grond wierp of afmaakte wat Harko was begonnen toen hij Yvette ten val bracht. Misschien, waarschijnlijk was het ook daarom dat Rega zich licht voelde worden, er iets in hem begon te juichen bij het zien van die langsratelende Trabantjes. Das Rote Kabinett zou er zijn zoals hij zich het herinnerde, zou blijven zoals hij het had achtergelaten en terug zou kunnen vinden als hij dat zou willen, in zijn hoofd en daarbuiten, nu en later.

Maar het ging om meer... meer dan alleen Das Rote Kabinett, zo wist hij toen, denk ik toch, om meer dan alleen Yvette en Stielke en de andere meisjes, meer dan de bloedrode binnenzijde van een kleine club in de Nollendorfstraße in Berlijn, al was het dan tegelijkertijd ook dat. Het ging om meer dan Dankov alleen, wist hij nu zeker. Het was alsof het beeld van de brug, die maar geleidelijk oplopende bogen aan weerszijden, zo geleidelijk dat men er met gemak tegenop zou kunnen wandelen; alsof deze zachte welving midden in de stad – als... als een heup, dacht hij misschien, een schaal, een schelp, of nee, als de ronding van de fluweelzachte billen van een vrouw die op haar buik tussen de bebouwing lag – alsof de verschijning van deze brug voor zijn... geestesoog, alsof die een herinnering in hem wakker riep waarvan hij niet wist dat hij haar had.

Al was het dan tegelijkertijd iets wat hij nooit was vergeten, niet werkelijk, was het iets wat hij zich alleen maar nooit te binnen had kunnen of nooit te binnen had willen brengen, dat kan ook; de herinnering aan een... een verwachting, een lichte, een oranje gloed was het, achter zijn ogen, of elders, in de hemel of zoiets – een gloed die een belofte inhield, nee, de inlossing was, of dan toch een mogelijkheid, de mogelijkheid tot inlossing van alles waarop hij altijd had gewacht – of nee, nee, minder gewacht dan gehoopt, denk ik, en misschien nog hoopte, nog steeds en onverminderd, ondanks alles.

Ik zeg dit alweer niet goed. Het ging niet om een ándere wereld, dat was het niet, of een bétere wereld of zoiets. Godbewaarme. Het ging om deze wereld. Daar ging het om. Maar dan zoals ze had moeten zijn. Of geweest had moeten zijn. Zoals ze wás, dacht hij, zoals ze altijd was geweest. Eigenlijk. Zoals hij haar altijd in zich had omgedragen, had bewaard, haast zonder het te weten. Als de plek tussen het een en het ander, tussen toen en straks, tussen nu en nu zelfs.

Hij sloot weer even zijn ogen. Er ging een rilling door hem heen. En ik denk... ik denk dat hij zich ineens... dat hij zich gelukkig voelde. Hij trok zich op aan de lantarenpaal en begon weer te lopen, in noordelijke richting. Hij rende in noordelijke richting, zij het zonder de gejaagdheid van zo-even. Hij rende zoals iemand die jogt, iemand die 's avonds zijn rondjes loopt, één met zijn ademhaling, met zijn tred, één met de kalme machinerie van zijn lichaam dat geen aansporing meer nodig had om te doen wat het deed, dat getraind was en als zodanig deed waarvoor het was toegerust, dat als het ware pas in het rennen zelf leek te worden wat het was en moest zijn. Hij rende als iemand die het gewend was te rennen, zonder paniek, in de volstrekte zekerheid dat iedere stap hem dichterbij bracht.

Pankstraße, Prinzenallee.

Dichter bij de brug.

Hij liep nu rechts de Osloerstraße in, de straat die overging in de Bornholmerstraße, en hij zag nu van ver de fel verlichte brug met de twee zachtronde bogen, die nu overigens niet langer groen leken te zijn, maar eerder... blank, dacht hij, *crème, bianco crema* of *papyruswit* (RAL-kleur 9018). Hij vertraagde. Hij moest wel. Hoe dichterbij hij kwam, hoe meer mensen zich aan weerszijden en op de middenberm van de dubbele weg in de richting van de brug begaven, met daartussen traag voortkruipende auto's met een West-Duitse nummerplaat. Dichterbij. Dat hij vanuit de tegengestelde richting op dat moment geen Trabantjes meer zag komen, viel hem op dat moment niet op. Wel dat de mensen naarmate hij de brug naderde, steeds opgewondener leken te zijn, alsof ook zij weet hadden van wat Rega nu leek te weten, wat hij... wat hij uitstraalde. Het was nu ongeveer kwart over elf.

Aan de overkant van de brug werd het voor degenen die het dichtst bij de hekken stonden inmiddels penibel. Ruim anderhalf uur eerder had *Oberstleutnant* Harald Jäger, die deze avond voor de grensovergang Bornholmerstraße verantwoordelijk was, na overleg met *Generalmajor* Gehrhard Niebling van het Ministerium für Staatssicherheit, die ook niet precies wist hoe of wat en die de top maar niet te pakken kon krijgen – anderhalf uur eerder had Jäger besloten dat er vijfhonderd tot duizend mensen de grens over mochten. Van hogerhand waren daarvoor dus geen instructies... nee, geen bevelen gegeven, maar de 'Ventillösung', zoals de kortstondige opening van de grens in het telefoonverkeer tussen Jäger en Niebling werd genoemd, was op dat moment veruit het verstandigste en misschien zelfs het enig mogelijke wat gedaan kon worden om de druk op de grenspost wat te verlichten. Mensen werden platgedrukt.

Maar het had averechtse gevolgen. 'Die fluten, die haben geflutet!' ging het als een lopend vuurtje door de straten van Oost-Berlijn. En steeds meer mensen stroomden toe. Ten oosten. Maar ook steeds meer ten westen. Des te meer nadat nieuwslezer Hanns Joachim Friedrichs ongeveer een uur later de ARD *Tagesthemen* opende met de... de historische woorden, zou je kunnen zeggen, dat de negende november, dat deze negende november, zei hij, 'ein historischer Tag' was, zei hij (natuurlijk zei hij dat) en dat de DDR, na Schabowski's opmerkingen eerder die dag, dat de DDR haar grenzen nu daadwerkelijk geopend had. 'Die Tore in der Mauer stehen weit offen', zei hij – wat niet waar was, wat op dat moment niet waar was, hij loog, Hanns Joachim Friedrichs loog; Rega stond toen hijgend voor de gesloten slagbomen en hekken van de Invalidenstraße en keek naar de bleke gezichten aan de overzijde van het kanaal, of misschien stond hij toen al op de hoek van de Sellerstraße en de Müllerstraße en zag hij dat de overgang in de Chausseestraße nog potdicht zat.

Oberstleutnant Harald Jäger wist niet wat te doen. Hij had een vrouw. Hij had kinderen, denk ik. Hij zag de afrastering, het hek, waarvan het gaas al bol stond, heen en weer bewegen. Er was de plicht. Er waren de plicht en het gevaar. Hij verstevigde de greep op zijn kalasjnikov. Zijn ondergeschikten keken nerveus in zijn richting. Er waren nog steeds geen bevelen. Er kwamen ook geen bevelen. Geen dwingende wenken. Geen wijze raad. Egon Krenz zweeg. Erich Mielke zweeg. Het politbureau liet niet van zich horen. *Generalmajor* Niebling wist verder van niets. De Nationale Volksarmee en de leiding van de Grenztruppen kregen geen aanwijzingen over wat ze nu moesten doen; sommige soldaten hadden geen idee wat er gaande was zelfs, maar zagen enkel en alleen een volksmassa op zich af komen. *Oberstleutnant* Harald Jäger stond alleen, alleen tegenover duizenden, tienduizenden misschien, of nog meer.

Rega baande zich een weg door de massa, hij... hij *schouderde* zich erdoor, als je dat zeggen kunt, de blik strak vooruit gericht op de brug zelf. Achter de Spaanse ruiters, de gesloten rood-witte slagbomen, achter het grote bord met in zwart-wit het woord 'Abfertigung!' en daaronder een schuine pijl naar links met de tekst 'Der Bürger der BRD', en een pijl rechtdoor met 'Der Bewohner West-Berlins'; op de brug zelf, het stuk wegdek tussen Oost en West, *Sperrgebiet, Todesstreifen,* een strook land die links en rechts van de brug, langs de Muur en het spoor aan beide zijden doorliep, kilometers doorliep, een strook, vaak keurig aangeharkte aarde die geen mens zomaar ongestraft overstak; op de brug zelf was nu niemand. Alsof de lucht er stilstond. Alsof alles er zijn adem inhield. Alsof daar de tijd niet bestond. En de politiek. De oorlog. De liefde. Niets. Alles.

Rega was nu bijna aan de rand van de menigte, bijna daar waar een onzichtbare hand de massa leek tegen te houden, alsof zich ook daar een hekwerk bevond dat de mensen verhinderde om door te lopen – wat aan westerse zijde niet zo was. Maar iets deed de mensen halt houden – misschien instinct, een collectief besef van gevaar, of misschien was het een... een... hoe heette dat ook alweer... een 'pavloviaanse reactie' had dinges gezegd, hoe heet hij... misschien was het dat: een fysieke reactie bij het naderen van bepaalde stukken asfalt overal in de stad, bij het arriveren bij precies dit soort leegte, waar niets te zien was en dat daardoor pas werkelijk werd wat het was: een grens waarvoor men halt hield. Met angst leek het niet zoveel te maken te hebben. Niet per se. Het was meer een verstandige gewoonte.

Een gewoonte die Rega niet kende, misschien, of domweg vergat op dat moment, alsof hij niet goed besefte waar hij was, welke brug hij, haast slenterend – bijna alsof het elke brug willekeurig waar had kunnen zijn – nu opliep, en op welk moment... welk moment in de... in de *geschiedenis* hij dat deed (er was geen geschiedenis, dacht hij misschien, waarschijnlijk). Zo verschrikkelijk terloops, zo zonder misbaar of enig triomfalisme, zonder uitdagend te willen zijn (wel integendeel, denk ik), zonder ook maar de geringste bedoeling, zonder iets te willen demonstreren of representeren, maar meer alsof hij net op dat moment aan iets totaal anders aan het denken was. Alsof hij de brug niet zag (wat niet zo was; het was het enige wat hij zag). Hij had geen plan. Hij was, de ogen steeds strak gericht op de brug, door de almaar dikkere rijen mensen gelaveerd met een 'Entschuldigung, Entschuldigung', een 'Bitte', een

'Darf ich', met voorzichtige, maar besliste armgebaren, soms met een vriendelijke hand op een schouder en een lichte druk, een haast excuserend gebaar was hij naar voren gelopen, onverminderd glimlachend. Inderdaad alsof hij... alsof hij gelukkig was. Gelukkig over iets. Of gelukkig in het algemeen. Gelukkig als de colporteurs voor het eeuwige leven die je op de Ku'damm wel tegen het lijf kon lopen, die ergens diep van binnenuit bleven uitstralen wat ze de mensen wilden verkonden, voor wie er tussen de woorden en de wereld niet de geringste afstand bestond, er niets kierde, ook al werden ze afgesnauwd, bruusk ter zijde geschoven, werden ze genegeerd of soms zelfs uitgescholden. Rega had de blik van iemand die in de verte iets leek te zien en tegelijkertijd volkomen in zichzelf gekeerd was.

Of vrij, bevrijd, vrij... van... van alles.

Vrij van bedoeling en van betekenis. Vrij van Ribeke, maar ook van Dankov. Vrij van Das Rote Kabinett zelfs. En van Che misschien ook, van Puut en Buks en Veerling en de anderen. Van Betty. (Van Mireille.) Vrij van de Rabenhaupt en Werda en Van Parys en Bama en De Vries. Vrij van de wereld zoals ze zich voordeed, en vrij van zichzelf voor zover door die wereld gemaakt tot wat hij was en gedwongen moest zijn. Alsof hij bij zichzelf was louter door zichzelf, en ook daarvan verlost. Vrij van Oost en West. Van rechtvaardigheid. Van elk idee van gelijkheid ook. Vrij van de geschiedenis, van het historische ogenblik. Vrij van verlangen. (Van Rosa.) Vrij van wat verwacht werd. Van hem. Door hem. Vanwege hem.

Vrij van schuld.

Oberstleutnant Jäger zag hem komen. Uit de menigte aan de westerse zijde van de brug maakte zich een eenzame figuur los. 'Was zum Teufel...?' De man, gekleed in een jeans en met een, dacht Jäger te zien, een wit T-shirtje aan en verder niks – geen jas, geen das om, geen handschoenen aan – de man liep kalm naar het midden van de brug en Jäger maakte even met zijn hand een bezwerend gebaar naar achteren, omdat hij iemand zijn wapen hoorde ontgrendelen – der Steffel warscheinlich, dacht Jäger, een nerveuze jongen wiens vader iets hoogs was bij de spoorwegen. 'Immer mit der Ruhe, immer mit der Ruhe', zei Jäger, riep hij bijna, want achter de hekken zwol het rumoer aan. Dit moest *verdammt noch mal* geen bloedbad worden.

'Da kommt einer!'

'Sieh mal, sieh mal!'

'Der kommt uns holen, Leute.'

'Los!'

En Jäger hoorde meer dan dat hij zag hoe achter hem de afrastering, de *Drahtgitterzaun*, ter zijde werd geschoven, hoe de zware betonblokken waarin de metalen palen waren bevestigd, over het asfalt schoven terwijl het gaas rinkelde en rammelde. Met een ruk draaide hij zich om, riep: 'Nicht schießen, nicht schießen!', in de richting van Steffel en Marotzke en Konopka, die allen hun kalasjnikovs richtten op de menigte die zich nu door de opening wrong, en tot alles bereid leken. Hij rende naar voren. 'Kontrollen einstellen!' blafte hij, en samen met de rest van de manschappen trachtte hij de meute alsnog in het gareel te krijgen, om de mensen toch nog op zijn minst de nauwe sluis van de pascontrole te laten passeren, zodat ze in ieder geval met een papiertje met stempel het land zouden verlaten, ook al was er van hogerhand dan geen officiële toestemming, en was het, dat zag hij op hetzelfde moment ook wel, onmogelijk om de gebruikelijke controles uit te voeren. Hij had dan toch zijn plicht gedaan, dacht Jäger, terwijl hij vergeefs trachtte om de mensen tegen te houden en in de richting van de pascontrole te dwingen. Links en rechts renden hem mensen voorbij zonder iets te zien, leek het, zonder acht te slaan op de vertegenwoordigers van het wettige gezag, zonder rekening te houden met hun gespannen zenuwen en hun wapens.

Aan westerse zijde zag men de wachtende massa aan de overkant golven en kolken; er ging duidelijk een stroom mensen van links naar rechts, en daarachter bewogen zich duizenden lichamen van rechts naar links, op weg naar de steeds grotere opening in de hekken. Men applaudisseerde. Sommigen begonnen te juichen. Iemand op het dak van een auto legde zijn hand op zijn hart en begon iets te zingen. Niemand hoorde wat precies. Beethoven misschien wel. Of het volkslied. Of de Internationale (maar dat zal wel niet).

Het eerste moment was er aan de overzijde echter nog niemand die daadwerkelijk de brug betrad. Het was als een ziedende watermassa die daarginds nog een moment werd tegengehouden door opgehoopt drijfhout, door enkele keien, door obstakels die nog een ogenblik lang verhinderden dat zij zich bulderend een weg zocht naar de overzijde. Ook aan westerse kant was er nog niemand die de onzichtbare lijn op het brugdek overschreed om de nieuwe, nee, de oude landgenoten tegemoet te rennen. De brug was nog leeg.

Alleen Rega stond daar, in zijn jeans en T-shirt, als... als
de *laatste der Mohikanen*... of als *de eerste onder zijns gelijken*...
de armen iets van zijn lijf, alsof hij weifelde of hij ze helemaal zou spreiden – in een welkomstgebaar als het ware,
of als een soort vleugels waarmee hij aanstonds traag
wiekend hemelwaarts zou stijgen – of toch stijf tegen
het lichaam zou houden, of hij zich breed zou maken
of juist smal. Hij leek te twijfelen tussen zitten en staan.
Hij keek niet zozeer naar wat er recht voor hem gebeurde.
Hij keek naar rechts. Hij keek naar links. Vervolgens
naar boven, naar de boven hem, links en rechts wijkende
zachte bogen van de brug, vermoed ik, die zijn blikveld, die hém omsloten, liefdevol omklemden in wat een
tedere onontkoombaarheid leek. En juist toen de eerste
bewoners van Oost-Berlijn de brug op stormden – twee
jongens die met grote sprongen, alsof ze aan hordelopen
deden, het brugdek op renden – stak hij zijn beide armen
in de lucht, niet in een gebaar van triomf, leek mij, maar
meer alsof hij naar iets reikte. Zijn hoofd lag in zijn nek,
helemaal achterover, zo ver achterover dat je hem gemakkelijk in zijn gezicht kon kijken. Hij sperde zijn mond en
stak zijn tong zo ver mogelijk uit, als iemand die bij de
eerste sneeuw van het jaar de vlokken wil proeven.

Hij likte in het niets. Zo leek het toch.

Eén keer, twee keer.

Hij zag de beide jongens niet, noch wat er achter hun
rennende, springende gestalten, nu uit alle macht schreeuwend en brullend, zijn kant op kwam.

Het was een muur van extatische mensen, een vloedgolf
die over het brugdek rolde, iets massiefs, leek het wel, iets

wat hem greep juist op het moment dat hij, nog steeds met zijn hoofd in zijn nek, zijn armen zijwaarts strekte, de rug een klein beetje hol. De mensenmuur leek hem al dan en daar in tweeën te breken. Zijn lichaam klapte in het geweld van de botsing voorover alsof hij bij zijn middenrif afbrak. En je zag nog dat hij rond zijn as tolde, één, twee keer, waarna hij kopje-onder ging, om onmiddellijk daarna nog één keer boven te komen, nu bijna alsof hij gedragen werd, alsof de menigte hem in triomf over de brug droeg. Op zijn gezicht was noch pijn, noch ontzetting, noch paniek, noch woede te lezen, maar veeleer, dacht ik, zo leek het toch, veeleer een soort... gelukzaligheid, denk ik dat het was. Zijn ogen waren gesloten en hij rolde als het ware boven op de onder hem door schietende lichamen heen en weer, als op een levend tapijt. En alles in zijn houding leek te zeggen: doe zoals gedaan moet worden, ik vertrouw jullie, ik vertrouw jullie. Alles in en aan hem leek zich uit te willen leveren. Alles in en aan hem was overgeleverd, en wilde dat ook zijn, zo leek het.

Zijn lichaam helde nu vervaarlijk over en verdween ten slotte, nu meer aan de rechterkant van de brug, opnieuw in de hotsende botsende massa hoofden rondom hem – verdween en kwam niet meer boven.

Het volgende moment begon het rechts van de brug hevig te vonken, alsof er op dat moment een trein onderdoor kwam. Of dat er iemand daar beneden foto's nam, iemand op de strook aangeharkte aarde, iemand in de *Todesstreifen,* die flitste om dit alles voor het nageslacht, voor de eeuwigheid, vast te leggen. Maar het kon ook zijn dat er iets op de bovenleidingen viel, een vlag, een kledingstuk, iets anders,

een ronddwarrelende plastic zak of iets dergelijks. Of misschien dat iemand vuurwerk afstak, wat kort daarna, meer
nabij aan westerse kant, inderdaad gebeurde. Er ging een
vuurpijl de lucht in, en nog een.

De brug was een deinende massa mensen waarin niemand
meer werkelijk goed te onderscheiden was, waar Oost- en
West-Berlijners met elkaar versmolten tot één kluwen van
elkaar omhelzende, met de armen om elkaars schouders
hossende, in innige verbondenheid verkerende lichamen;
de brug was een nieuwe, een nooit geziene, niet gekende
nieuwe wereld waarin mijn dijn was, hij zij, ik een ander,
wij jullie en alle anderen allen tezamen één, ach...

En ook elders langs de Muur, zelfs daar waar er geen
grensovergangen waren, bij de Brandenburger Tor bijvoorbeeld, ook daar beklommen mensen van beide zijden de
betonnen afscheiding, staken de *Todesstreifen* over, nerveus
gadegeslagen door twijfelende grenswachten, omhelsden
elkaar innig boven op de Muur, sprongen vervolgens zowel
aan de kant van Tiergarten als aan de zijde van de Pariser
Platz naar beneden, naar een vrijheid die even, heel even
universeel was, deze nacht niet alleen ten westen lag, maar
ook ten oosten, overal – 'Van Stettin aan de Oostzee tot
Triëst aan de Adriatische Zee', van de kleine dorpjes in
het Thüringer Wald tot Zelezna Ruda en Malacky, langs
de Morava en de Donau, overal waar prikkeldraad en
Schießbefehl en *Hundelauf-Anlagen*, waar wachttorens, *Selbst-
schussanlagen* en mijnenvelden het continent in tweeën hadden gedeeld.

Dronken van vreugde waren de mensen, wij, ik, iedereen,
alsof wij niet langer aan onszelf te onderscheiden waren als

wie we altijd waren geweest. Even waren wij wie we moesten zijn, misschien, zo leek het toch – een grijpbare verte, een wak in de tijd, de inlossing van onszelf. Even, heel even, was heel de stad de wereld.

En de wereld een schaal, een schelp, een schoot.

En wij, ja, wij waren gelukkig, die nacht, ingelukkig.

Dat denk ik toch.

Enige aantekeningen

Dries van Agt: Zie kabinet-Den Uyl.

Idi Amin: Dictator in Oeganda van 1971 tot 1979. Hij wordt ook wel de 'Slachter van Afrika' genoemd. Zijn bewind kostte naar schatting 300.000 mensen het leven.

'Auferstanden aus Ruinen, und der Zukunft zugewandt': Eerste regels van het volkslied van de DDR.

Baader-Meinhofgroep (Rote Armee Fraktion): Linkse terreurgroep in Duitsland, oorspronkelijk geleid door Andreas Baader, Gudrun Ensslin, Horst Mahler en de later bij de groep gekomen Ulrike Meinhof. Ze waren begin jaren zeventig actief, werden in 1972 opgepakt en zouden allen in de loop van jaren zeventig in gevangenschap ten gevolge van zelfmoord gestorven zijn – iets wat tot op de dag van vandaag wordt betwijfeld. De RAF werd officieel pas in 1998 opgeheven.

BKR: Beeldende Kunst Regeling, die in Nederland zorgde voor subsidiëring van kunstenaars, wier werken vervolgens aan de staat toekwamen. Het leidde hier en daar tot overvolle depots met kunstwerken waarvan vele nooit meer het daglicht zouden zien.

Phil Bloom: Nederlandse kunstenares die de eerste vrouw was die haar borsten op tv toonde (in oktober 1967 in het VPRO-programma *Hoepla*).

Club van Rome: Een particuliere stichting die eind jaren '60 werd opgericht door Europese wetenschappers om hun bezorgdheid over de toekomst van de wereld voor het voetlicht te brengen. De Club kreeg grote bekendheid door het in 1972 verschenen rapport *Grenzen aan de groei*, waarin toen al alles te lezen was over de uitputting van bodemschatten en het verband tussen ongebreidelde economische groei en milieuvervuiling.

Culturele Revolutie: Een door de partijleiding opgezette revolutionaire opstand van studenten en arbeiders tegen de bureaucraten van de Chinese Communistische Partij. Deze opstand had als doel het maoïsme te behouden als de leidende ideologie van China. Daarnaast was het ook een middel om de politieke oppositie tegen Mao uit te schakelen, onder meer door de intellectuele klasse te verlammen.

Japanse Rode Leger/Franse Ambassade Den Haag: Het Japanse Rode Leger was een terreurgroep die door Fusako Shigenobu was opgericht en die de wereldrevolutie wilde bewerkstelligen, en meer concreet de monarchie in Japan omver wilde werpen om het land socialistisch te maken. Op 13 september 1974 drongen drie terroristen de Franse ambassade in Den Haag binnen en gijzelden vier dagen lang elf mensen. Na onderhandelingen met de

regering van Den Uyl vertrokken de gijzelnemers uiteindelijk met een vliegtuig en 300.000 dollar.

Kabinet-Den Uyl: Progressiefste kabinet uit de Nederlandse
parlementaire geschiedenis (1973-1977), bestaande uit
PvdA (sociaaldemocraten), D66 (links-liberale partij, toen
onder leiding van Hans van Mierlo; zie ook: Jan Terlouw), PPR (zie aldaar), KVP (Katholieke Volkspartij) en
ARP (Anti-Revolutionaire Partij), onder leiding van J.M.
den Uyl (1919-1987). Zijn regering struikelde een paar
maanden voor het verstrijken van de zittingsperiode. De
PvdA boekte in de verkiezingen van 1977 nog eens tien
zetels winst, maar kwam door toedoen van Dries van Agt
(justitieminister van de KVP in het kabinet-Den Uyl, later
leider van de christendemocratische fusiepartij CDA en
premier) en Hans Wiegel (leider van de liberale VVD) niet
aan de macht.

Kalkar: Gemeente in de Duitse deelstaat Nordrhein-
Westfalen, vlak bij de Nederlandse grens. In de jaren
zeventig en tachtig vaak in het nieuws vanwege protest-
acties tegen de ingebruikname van een kerncentrale in
aanbouw.

Egon Krenz: Trad in oktober 1989 na de terugtreding van
Erich Honecker aan als partijleider van de SED en als
feitelijk staatshoofd van de DDR, om al in december van
datzelfde jaar, na de val van de Muur, uit beide functies
terug te treden.

Lockheedaffaire: Kwam aan het licht in 1976 en draaide rond steekpenningen die prins Bernhard, echtgenoot van koningin Juliana, van de Amerikaanse vliegtuigbouwer Lockheed ontvangen zou hebben. De affaire leidde bijna tot een constitutionele crisis; de toenmalige vorstin dreigde met aftreden als haar man strafrechtelijk vervolgd zou worden. Minister-president Den Uyl beredde de boedel.

Ruud Lubbers/kruisraketten: Nederlandse minister-president van de kabinetten-Lubbers I, II en III in de periode 1982-1994. In zijn eerste regeerperiode (1982-1986) werd hij geconfronteerd met heftig protest tegen de plaatsing van 48 kruisraketten met nucleaire lading in Woensdrecht als deel van het NAVO-dubbelbesluit in 1979. Op 29 oktober 1983 vond de grootste vredesdemonstratie die ooit in Nederland is gehouden plaats. Ruim 500.000 deelnemers demonstreerden in Den Haag op het Malieveld.

Erich Mielke: Minister van Staatssicherheit (Stasi) (1957-1989) en Stasi-generaal, medeverantwoordelijk voor de repressie in de DDR.

Hans Van Mierlo/Jan Terlouw: Hans van Mierlo is oprichter van de Nederlandse politieke partij D66; Jan Terlouw loste hem in 1976 af als leider van deze links-liberale partij.

Molukse vrienden/treinkaping: De eerste van twee treinkapingen door Zuid-Molukse jongeren vond plaats bij het Drentse Wijster op 2 december 1975. De kaping duurde twaalf dagen en kostte drie mensen het leven. De Molukse jongeren streefden naar een vrije Republiek der Zuid-Molukken. De tweede treinkaping vond op 23 mei 1977 plaats bij het dorp De Punt, eveneens in de provincie Drenthe.

Daan Monjé: Rotterdamse pijpfitter, (mede)oprichter van de KEN(ML) (Kommunistiese Eenheidsbeweging Nederland (marxisties-leninisties)) en de SP (de Socialistische Partij), de niet-maoïstische opvolger daarvan.

Oh Calcutta: Theaterrevue uit de jaren zeventig, met sketches geschreven door onder meer John Lennon en Samuel Beckett, waarin de acteurs meestal naakt waren. De Nederlandse versie kwam in 1971 op de planken en de première was een item in het tv-journaal.

'O mijn ziel, streef niet naar onsterfelijkheid, maar put het veld der mogelijkheden uit': Pindarus, derde pythische ode.

PFLP: Popular Front for the Liberation of Palestine, een seculiere, extreem linkse Palestijnse groepering die vooral bekend werd door vliegtuigkapingen in de jaren zeventig. Wadia Hadad was lid van het politbureau van de organisatie.

PPR: Politieke Partij Radicalen, Nederlandse politieke partij, in 1968 opgericht door christen-radicalen die zich hadden afgesplitst van vooral de Katholieke Volkspartij (KVP) en in mindere mate de Anti-Revolutionaire Partij (ARP). De partij had van 1971 tot 1989 doorlopend enkele zetels in Eerste en Tweede Kamer, met als hoogtepunt zeven zetels in de periode 1972-1977 (zie Kabinet-Den Uyl). In 1990 fuseerde de PPR met CPN (Communistische Partij Nederland), EVP (Evangelische Volkspartij) en PSP (Pacifistisch-Socialistische Partij) tot GroenLinks.

'Van Stettin aan de Oostzee tot Triëst aan de Adriatische Zee': 'From Stettin in the Baltic to Trieste in the Adriatic an "iron curtain" has descended across the Continent', woorden van Winston Churchill in zijn 'Sinews of Peace'-lezing op Westminster College, Missouri, 5 maart 1946.

Verantwoording

In deel 2 wordt met de nodige vrijheid geciteerd uit Harm Damsma en Jan Griffioen, *Zeggenschap. Grondslagen en een uitwerking van een didactiek van het Nederlands in het voortgezet onderwijs*, Wolters-Noordhoff, Groningen 1978.

Dank ben ik verschuldigd aan Jeroen Theunissen voor zijn prompte vertaling in het Spaans van enig broeierig gelispel in deel 2.

Soundtrack

De Internationale
Muziek: Pierre de Geyter
Tekst: Henriette Roland Holst
Uitgevoerd door: Morgenrood

I'm a Believer
Tekst en muziek: Neil Diamond
Uitgevoerd door: The Monkees

After the Gold Rush
Tekst en muziek: Neil Young
Uitgevoerd door: Neil Young

Du
Tekst: Michael Kunze
Muziek: Peter Orloff
Uitgevoerd door: Peter Maffay

After Midnight
Tekst en muziek: John W. Cale
Uitgevoerd door: J.J. Cale

Vincent
Tekst en muziek: Don McLean
Uitgevoerd door: Don McLean

Son of Orange County
Tekst en muziek: Frank Zappa
Uitgevoerd door: Frank Zappa & The Mothers of Invention

Me and Bobby McGee
Tekst en muziek: Kris Kristofferson
Uitgevoerd door: Janis Joplin

Rawhide
Tekst: Ned Washington
Muziek: Dimitri Tiomkin
Uitgevoerd door: Frankie Laine

So Lonely
Tekst en muziek: Sting
Uitgevoerd door: The Police

Almost Cut My Hair
Tekst en muziek: David Crosby
Uitgevoerd door: Crosby, Stills, Nash & Young

De Bom
Tekst en muziek: Ernst Jansz
Uitgevoerd door: Doe Maar

I Wanna Be Sedated
Tekst en muziek: Joey Ramone
Uitgevoerd door: The Ramones

Weakness in Me

Tekst en muziek: Joan Armatrading

Uitgevoerd door: Joan Armatrading

Happiness Is a Warm Gun

Tekst en muziek: John Lennon (toegeschreven aan Lennon & McCartney)

Uitgevoerd door: The Beatles

Hey Joe

Tekst en muziek: Billy Roberts óf Dino Valenti

Uitgevoerd door: The Jimi Hendrix Experience

So Happy Together

Tekst en muziek: Gary Bonner en Alan Gordon

Uitgevoerd door: The Turtles

Oye Mi Canto

Tekst en muziek: Gloria Estefan, Jorge Casas en Clay Ostwald

Uitgevoerd door: Gloria Estefan & The Miami Sound Machine

Like a Virgin

Tekst en muziek: Billy Steinberg

Uitgevoerd door: Madonna

Ode an die Freude

Tekst: Johann Christoph Friedrich von Schiller

Muziek: Ludwig van Beethoven

Uitgevoerd door: Ambrosian Singers, John McCarthy & Philharmonic Symphony of London

De auteur ontving voor de realisatie van deze publicatie
een werkbeurs van de Stichting Fonds voor de Letteren en
een werk- en reisbeurs van het Vlaams Fonds voor de Letteren.

Meulenhoff | Manteau
Mechelsesteenweg 203, B-2018 Antwerpen
Herengracht 507, Nl-1017 BV Amsterdam
www.manteau.be | www.meulenhoff.nl

Boekverzorging: Dooreman & Houbrechts
Zetwerk: Karakters, Gent

ISBN 978 90 8542 114 6 (B)
ISBN 978 90 290 8024 8 (NL)
NUR 301
D/2007/0034/222